古典詩歌研究彙刊

第一輯

龔鵬程 主編

第9冊

唐宋陶學研究（下）

黃惠菁 著

國家圖書館出版品預行編目資料

唐宋陶學研究（下）／黃惠菁 著 -- 初版 -- 台北縣永和市：花木蘭文化出版社，2007〔民96〕

目 4+244 面；17×24 公分（古典詩歌研究彙刊 第一輯；第9冊）

ISBN-13：978-986-7128-92-8（全套：精裝）
ISBN-13：978-986-7128-80-5（精裝）
1.（晉）陶淵明明 – 作品研究

851.432　　　　96003132

ISBN - 9867128805

古典詩歌研究彙刊
第一輯　第九冊　　　　ISBN：978-986-7128-80-5

唐宋陶學研究（下）

作　　者　黃惠菁
主　　編　龔鵬程
出　　版　花木蘭文化出版社
發 行 所　花木蘭文化出版社
發 行 人　高小娟
聯絡地址　台北縣永和市中正路五九五號七樓之三
　　　　　電話：02-2923-1455／傳眞：02-2923-1452
電子信箱　sut81518@ms59.hinet.net
初　　版　2007年3月
定　　價　第一輯20冊（精裝）新台幣28,000元

唐宋陶學研究（下）

黃惠菁 著

目錄

上冊

下 冊

第五章　唐宋有關淵明思想人格之述評

第一節　儒、釋、道傳統思想的聯繫與反撥

關於陶淵明的思想背景，歷來存在著各種對立的意見，首先展開這種討論的是宋代，這是因爲宋代學術界特別重視文與道的關係，所以對於淵明思想的出處，也就表現出濃厚的討論興趣。他們分就中國思想的三大領域 —— 儒、釋、道，來探討淵明的思想歸依。有的主儒家，有的歸道家，更有入佛家者。概括而言，諸家之說不免失之片面，因爲淵明是一個「形逐物遷，心無常準」（〈扇上畫贊〉）的達人高士，而不是一個思想家。他和其他許多文藝作家一樣，在時代政治、社會思潮下，並非單純接受某一種思想流派的影響。對任何一個門派、學說，他也沒有心存主觀好惡，誠如顏延之所稱，其「學非稱師」（〈陶徵士誄〉）。從其讀書的過程，更可以理解他這種兼容並蓄的襟懷。「歷覽千載書，時時見遺烈」（〈癸卯歲十二月中作與從弟敬遠〉），從其詩文援引的古典文獻資料來看，所謂「千載書」，除了通稱爲「六經」的儒家經典及《論語》外，還有《老子》、《莊子》、《楚辭》、《淮南子》、《史記》、《漢書》、《列子》等，甚至包括古代神話傳說的《穆天子傳》、《山海經》，或史傳文學，如皇甫謐的《高士傳》、劉向的《列仙傳》及《列女傳》等，十分廣泛。足見蕭統〈陶淵明傳〉稱詩人「博

學，善屬文，穎脫不群」，洵非溢美之辭。

從後代史實與淵明詩文中，可知詩人只要「開卷有得」，便「欣然忘食」，他歷覽諸子百家典籍，從中博采眾華，結合當時政治、經濟和生活環境因素，融鑄成自己的思想，這種思想其實正是多層深厚文化傳統的積澱，並非是對前代某一家的單純繼承或對幾家的簡單綜合，而是經由自己豐富的人生閱歷和高超的智慧融鑄而成，其中既有著個人的獨特色彩，也不乏時代的共同精神。所以，硬是派定淵明為「儒」，或「道」，甚至是「佛」，都不免有削足適履之嫌。更何況儒、釋、道思想之間的界限、分際，有時亦不是壁壘分明，互相對立的，看似水火不容，其實又是可以互相補充的，這種相互的融攝、溝通，基本上是無法決定出先後、輕重之分的〔註 1〕。它們緊緊地依附在詩人的身上，或重疊，或覆蓋，或隱或顯，卻自始至終，未曾消褪。不論是採「先儒後道」，或主「內儒外道」之見，或以某一家典籍出現的數據統計，來力證淵明思想的強度，都不能如實地反映詩人的思想本質。宋人未察，往往因個人思想立場、精神情懷，而將淵明引為同調，或以簡單的幾篇詩文，進而斷言詩人的思想淵源。這些意見，雖然不無珠璣者，但總的來說，仍失之片面，不夠周全，不免淪為「管中窺豹」而「不識大體」！受到後來明清學者不少批判。

〔註 1〕淵明的思想既有儒家的色彩，也有道家的影子，甚至其他思想的滲入。各家思想在經過他個人的涵融後，已化為自我的人生特質，而無所謂先後、輕重之分。以功名態度來說，其早年既有「閑靜少言，不慕榮利」（〈五柳先生傳〉）的表現，又有好讀書，「騫翮思遠翥」（〈雜詩〉其五）的懷想；中年以後，傾吐過「四十無聞」、「白首無成」（〈榮木並序〉）的恐慌，也詠唱過「養真衡茅下，庶以善自名」（〈辛丑歲七月赴假還江陵夜行塗口〉）的自慰；晚年雖有「吁嗟身後名，於我若浮煙」（〈怨詩楚調示龐主簿鄧治中〉）的淡然，也不乏「朝與仁義生，夕死復何求」（〈詠貧士〉其四）的不悔。可見，在淵明身上，我們隨時可以看到儒道的交互作用，時而顯，時而隱，難言孰為先，孰為後，或孰為內，孰為外。

爲了清楚呈現宋人在陶學思想上認知的紛歧，我們特就三家思想的主要範疇，分別立說，藉此一探淵明與各家思想的聯繫與反撥情形，以及宋人所持的觀點的基礎所在。

一、儒家士君子風範的充備

魏晉時期文士的意識思想形態，主要是圍繞著玄學與道家思想，而儒家思想則是長期處於弱勢地位，影響相當有限。到了東晉末期，因中央政權已漸趨薄弱，其思想上對人民的鉗制，較之以往也就鬆動許多，思想領域便顯得特爲活躍。當時文士間不乏潛心儒學者，如范寧和范宣兩人，即以積極講誦經書的行動，推展江州一帶的儒學，普及當地的儒術，勤心矯正時風。這種努力確實影響到一些具有儒學家世背景的文人，陶淵明思想性格中的儒家傾向，即是與當時社會的部分人士的努力傳播，有著密切的關係。

淵明儒家思想的形成背景，除了因緣於小環境的影響外，其中家世也是不可忽略的重要促因。曾祖父陶侃在東晉即是尊崇儒學，反對老莊之言的代表人物。侃出生孤貧，但從小就有「遠概綱維，宇宙之志」，年輕時曾受到司空張華的讚美：「後來匡主寧民，君其人也。」（以上見劉孝標注《世說新語・言語》引〈陶氏敘〉）其一生可以說是相當重視功名事業，勇於進取，據史傳記載，他確實是一個勤於政務、孜孜不息的人，其中所具有的儒家色彩，十分鮮明：

> 終日斂膝危坐，閫外多事，千緒萬端，罔有遺漏。遠近書疏，莫不手答，筆翰如流，未嘗壅滯。（《晉書・陶侃傳》）

不惟如此，他亦曾不假顏色地痛斥：「老、莊浮華，非先生之法言。」批評「逸游荒醉，生無益於時，死無聞於後」的所謂「宏達」行爲。所以當時尚書梅陶在與親人曹識論及陶侃時，特稱其「機神明鑒似魏武，忠順勤勞似孔明」（以上均見《晉書・陶侃傳》），相對於時人的自棄放蕩，不僅不能「兼濟」，也無力「獨善」來看，陶侃這種以「兼濟」做爲個體生命的價值實現，其中積極奮發處，就顯得特別突出。

受其影響，淵明的生命氣質也帶有幾分這種特質。他屢次在詩文中寫道：「行行向不惑，淹留遂無成」（〈飲酒〉）、「徂年既流，業不增舊」（〈榮木〉）、「及時當勉勵，歲月不待人」（〈雜詩〉）、「日月擲人去，有志不獲騁」（〈同上〉），這些都是其對時光縱逝，一事無成的恐慌。結合陶侃在光陰把握上的觀點：「大禹聖者，乃惜寸陰，至於眾人，當惜分陰」來看，可以發現他們思想的一致性，這與孔子當初在川上，嘆曰：「逝者如斯夫，不舍晝夜。」（《論語・子罕》）亟思有所作為的精神情懷，其實正是遙遙相契的。所以宋人黃徹特別指出，由詩人對時化推遷的敏感來看，其「非愛枯槁」是可以確定的，其中除了有亟思奮發之念外，也同時傳達出自己對時人「急於聲利」之舉的不滿與傷情（《溪詩話》）。黃氏的這個看法，誠然符合淵明的詩旨所在。

陶淵明的少年時代，物質生活雖然貧困，但精神生活卻是十分豐富。在「學者以莊老為宗，而黜六經」（干寶《晉紀總論》）的兩晉時期，他不僅像一般士大夫一樣，學習《老子》、《莊子》這些必讀的玄學經典外，還學習了儒家的「六經」。在〈飲酒〉詩中曾自言：「少年罕人事，游好在六經。」「游好」兩字，就點出了他對儒家經典的喜好態度。這種喜好的態度、本質，誠如其在〈五柳先生傳〉中所提出的「好讀書，不求甚解」一樣，並非鑽研於字句訓詁，而是側重於與古人心靈精神的「會意」處，其中所具有的實踐意義，與漢儒們的皓首窮經，謹守章句之學，乃至依傍終身而不敢稍離，是大相徑庭的。他雖然仰慕孔子，但這種發自心底的肅然崇敬，是在理性的、客觀的認知下，油然而生的。他好古而不迷古，尊重前賢，而不盲從先哲。一方面他尊奉孔子為「先師」，以其遺訓自我勉勵：「奉上天之成命，師聖人之遺書。發忠孝於君親，生信義於鄉閭」（〈感士不遇賦〉）、「朝與仁義生，夕死復何求」（〈詠貧士〉其四）；一方面，他並不把這種遺訓當作精神桎梏、不敢冒犯，而是從理性生活的實踐中，去進行反省與調整：「先師有遺訓，憂道不憂貧。瞻望邈難逮，轉欲志長勤。」（〈癸卯歲始春懷古田舍其二〉）因此，從孔子遺訓中，他往往能夠比時人汲取更多的生活智慧和人生信念。

例如在〈詠貧士〉中，詩人嘗以仲尼等前賢自比。在〈癸卯歲十二月中作與從弟敬遠〉中亦曾云：「歷覽千載書，時時見遺烈。高操非所攀，謬得固窮節。」不論生活的阻力、壓力有多大，他始終堅持儒家的這種「固窮」原則，不肯爲五斗米折腰。貧困愈甚，意志愈堅，所謂「夏日長抱飢，寒夜無被眠，造夕思雞鳴，及晨願鳥遷」（〈怨詩楚調示龐主簿鄧治中〉）、「傾壺絕餘粒，窺灶不見煙」（〈詠貧士〉其二），他坦然面對，不時以「固窮」自勵：「不賴固窮節，百世當誰傳」（〈飲酒〉其二）、「誰云固窮難，邈哉此前修」（〈詠貧士〉其七）、「固窮夙所歸」（〈有會而作〉）。即使「貧富常交戰」，他也能做到「道勝無戚顏」（〈詠貧士〉其五）的境地，畢竟君子在「寧固窮以濟意」（〈感士不遇賦〉）下，又怎能「恥惡衣惡食」（《論語・里仁》）。

從淵明的行爲來看，他的確有著「士志於道」的精神品質。不過，「惡衣惡食」終究仍具有「衣食」之實，只不過是粗糙、拙劣罷了。對要求不多，「但願飽粳糧」（〈雜詩〉其八）的淵明來說，堅持「固窮」的意志，許多時候還是不能從根本上去改善自己貧窮到「不足」、「寒餒」的可怕境地，當一個人生命的存在，儼然受到死亡威脅之際，仍侈言「守道」，放言「持志」，不謀經營之道的話，恐會讓人有冥頑不通之感，也有標新以爲高之意，這總是不切人情的，所謂「人生歸有道，衣食固其端，孰是都不營，而以求自安」（〈庚戌歲九月中於西田獲早稻〉）。所以，淵明在「不委曲而累己」（〈感士不遇賦〉）的前提下，選擇勇敢地承擔現實，先將「憂道」擺一邊，開始投身田耒工作，來解決實際的溫飽問題。詩人就是以這種面對現實，毫不矯情的作爲來看待孔子的遺訓。表面上，似乎與孔子精神理想稍有相左，其實，這種生活態度是更能符合孔子實事求是的精神眞髓。

除了「守節固窮」方面體現了淵明承襲儒家思想的人生自處模式外；在「進德修業」方面，詩人其實也是積極不落人後的：「先師遺訓，余豈云墜？四十無聞，斯不足畏。脂我名車，策我名驥。千里雖遙，孰敢不至。」（〈榮木〉）這種用世之志，其實一直存在於詩人心中，即使在他選擇「擊壤自歡」後，它仍然隱隱存在。所以，當詩人邁入不惑之年，卻未能有建功立業之成時，他不禁要責備自己的廢學耽飲。從年少的「總角聞道」，到如今的「白首無成」，頗有「情何以堪」的味道。對照詩人年輕時的鴻鵠大志：「猛志逸四海，騫翮思遠翥」（〈雜詩〉其五）、「少時壯且厲，撫劍獨行遊」（〈擬古〉其八），今日卻不得不終老田園，還是不免有幾分「時不我予」的感傷。雖然「丘山」向爲本性所愛，走向田園，亦爲其所樂，自己也能在這些過程中保持超然物外的情懷。但是，曾祖父的典範行爲，儒家思想的催發，廣大生民的有待關懷，都教詩人又有一些責無旁貸、「舍我其誰」的使命感。在完全歸隱後，他還是寫下「精衛銜微木，將以塡滄海。刑天舞干戚，猛志固常在」、「徒設在昔心，良晨詎可待」（〈讀山海經〉其十）一類金剛怒目式的文句，甚至還帶有明知不可爲而爲之的悲壯豪情，如〈詠荊軻〉。可見詩人未曾忘懷於「大濟蒼生」的理想，他努力奮發過，卻因個人「性剛才拙，與物多忤」（〈與子儼等疏〉），發現大時代已然「眞風告逝，大僞斯興」（〈感士不遇賦並序〉），所以，才選擇了「擊壤自歡」的生活道路。這一種出處抉擇，與儒家「邦有道則仕，邦無道則可卷而懷之」（《論語・衛靈公》）的人生信念，基本上還是一致的。也因此，造成許多唐、宋文人在解讀淵明的心理結構時，特別喜歡在「孤憤節義」這一點上，提出自己的體會。

例如顏眞卿，一生忠貞，其詠陶之作蓋爲借古寄懷，目的乃在抒發自己持節不屈的心志，所以有「嗚呼陶淵明，奕代爲晉臣，自以公相後，每懷宗國屯。題詩庚子歲，自謂羲皇人」（〈栗里〉）之句。又如宋人湯漢，以爲淵明詩中雖然「言本志少，說固窮多」，但因其能堅守固窮，能「忍於飢寒之苦」，而後才能「存節義之閑」。就這一點而言，自然要比那些「高談名義，自方於古之人」，卻貪嗜榮祿，競事豪侈的俗士高明許多（見陶澍集注《靖節先生集・諸本評陶彙集》）。另外，眞德秀也指出：細玩淵明文辭，「時亦悲涼慷慨，非無意世事者。或者徒知義熙以後不著年號，爲恥事二姓之驗，而不知其眷眷王室，蓋有乃祖長沙公之心。」（〈跋黃瀛甫擬陶詩〉）顯然眞氏是企圖在爲淵明「忠晉」之說，提出更有力、更深刻的思想依據，這個依據即是儒家的彝倫觀、愼終追遠的思想紹承。眞氏以爲正因爲淵明有著根深柢固、牢不可破的儒家思想，所以在時不我予、「獨以力不得爲」的情形下，只好選擇「肥遯以自絕」。不過，雖已退隱，卻仍有至深痛切的「食薇飮水之言」，和「銜木塡海之喻」，而這又何嘗不是淵明始終不渝的心志告白？看來，宋人藉由讀陶詩而想見其人，其實，許多時候，又何嘗不是因愛其人格而喜讀其詩乎？

此外，在宋代有著相近似體會的，還包括向來認爲淵明思想出於老、莊的朱熹。從《朱子語類》中，我們可以看到，朱熹也特別欣賞詩人這種「忠憤」情懷，以爲其中可以上接張良當初一心救韓的義行：

> 張子房五世相韓，韓亡，不愛萬金之產，弟死不葬，爲韓報讎。雖博浪之謀不遂，衡陽之命不延。然卒藉漢滅秦誅項，以攄其憤。然後棄人間事，導引辟穀，託意寓言，將與古之形解銷化者，相期於八紘九垓之外。使千載之下，聞其風者，想像歎息，不知其心胸面目爲何如人，其志可謂壯哉！陶元亮自以晉世宰輔子孫，恥復屈身後代，自劉裕篡奪勢成，遂不肯仕。雖功名事業，不少概見，而其高情逸想，播於聲詩者，後世能言之士，皆自以爲莫及也。蓋古之君子，其於天命民彝君臣父子大倫大法所在，惓惓如此。是以大者既立，而後節概之高，語言之妙，乃有可得而言者。如其不然，則紀逡、唐林之節非不苦，王維、儲光羲之詩非不翛然清遠也。然一失身於新莽、祿山之朝，則其平生之所辛勤而僅得以傳世者，適足爲後人嗤笑之資耳。（〈向薌林文集後序〉）

朱熹治學，主張「尊德性」與「道問學」互相成全，互相發明，因此，其對人格與詩品一致性的要求，也就特爲強烈。上文他通過淵明與紀逡、唐林、王維、儲光羲的比較分析，指出只要曾向強權暴政妥協、屈就之詩人，其人格必然會沾上污點，如此一來，即使其詩歌「翛然清遠」，創作再爲辛勤，亦適足爲「後人嗤笑之資耳」。不似淵明，即使歷困厄也不改初衷，守善道而堅貞不屈，節慨之高與語言之妙，相互映襯，是個體生命價值高度統一的呈現。這一點，實非「失身於新莽、祿山之朝」的王維等人，所可以抗衡、比擬的。

朱熹這種看法，實際上是超出單純的文學研究範圍，而帶有強烈的時代色彩。宋室南渡之後，許多愛國志士和作家的政治理想，都是放在收復中原、重整河山的議題上，在他們身上不難發現高漲的愛國熱情和強烈的民族意識，不少作家即是以激清飛揚的氣勢和深情沈鬱的感嘆，抒寫忠憤塡膺的壯志和憂國憂民的悲慨。流風所及，即使強調道德人格修養的理學家，也不免有慷慨昂揚、恃才騁氣的另一面。朱熹的父親朱松，就曾因上書反對秦檜議和而遭到迫害，這種打擊，不僅未使朱熹噤若寒蟬，反而使其在立志改革社會弊病的決心上，顯得更爲堅定。當時宰相湯思退力倡「和議」之際，他仍義無反顧地上書與孝宗：「君父之讎，不與共戴天。今日所當爲者，非戰無以復讎，非守無以制勝。」（《宋史・朱熹傳》）一再陳述古先聖王所以強本折衝，威制遠人之道，要求「罷黜和議」、「追還使人」、「任賢人」、收復失地（〈壬午應詔封子〉）。這種對現實的強烈關注，顯示出他絕不是一個但言「正心誠意」，卻行爲枯槁、不通情理的儒士。

由此可以發現，理學家除了立功、立言的要求外，更留心的是立德方面的的修養。他們以儒家的倫理學和心性學來評文論藝，將文學思想導向對主體道德人格的絕對肯定，文學批評成爲對作家思想動機善惡、人格行爲是非等道德倫理價值問題的評判，而文學藝術成就的高低，也就從中有了定奪。例如朱熹嘗作〈記孫覿事〉一文，尖刻地諷刺了孫覿變節投敵之舉。孫覿工詩文，與汪藻、洪邁、周必大齊名，乃翰林學士，然其詩文卻因人品之低劣，被時人所不齒。朱熹視淵明爲高山，待孫覿爲糞土，完全是從人格的角度出發，做出看待之別。這種觀點幾乎是南宋忠愛文士的共識，他們之所以愛陶，也是因爲從陶詩中，可以汲取到精神的營養，用來鑄造自己的人格。朱熹一生積極入世，志在改革，思法孔子，「以其學易天下」，渴望像張良、孔明、范仲淹一樣，施展一己長才，報效國家，斥責秦檜一類奸臣：「久專國柄，內忍事仇之恥，外張震主之威，以恣睢戮善良，銷沮人心忠義剛直之氣。」其罪「所以上通於天，萬死不足以贖」（〈毀秦檜生祠文告〉），這種言論、思想，適足以說明朱熹是一個具有憂患意識與進取精神的思想家。同淵明一樣，目睹南宋的政權國勢之危，他無力爲之，也僅能將其滿腔憤鬱之情，貫注在《韓文考異》、《楚辭集註》、《楚辭辯證》等著作上，借注解韓愈、屈原的詩文，來抒發自己「繾綣惻怛」的愛國之情。正因他是一個以氣節自許、以國事爲憂的知識份子，所以，當其過世消息傳出時，雖然僞學之禁方嚴，其門生故舊多不敢前去弔祭，然辛棄疾卻顧不得朱熹生前被誣指「結黨營私，圖謀不軌」，名列「僞學逆黨」之首的罪名，甚至韓侂胄的禁令，特作祭文獨往弔祭，哭之曰：「所不朽者，垂萬世名，孰謂公死，凜凜猶生。」（《宋史・辛棄疾傳》）陸游亦有〈祭朱元晦侍講文〉曰：「某有捐百身起九原之心，有傾長河注東海之淚。路修齒耄，神往形留，公歿不亡，尚其來饗。」在以道德爲主體的南宋時代，朱熹本持著對淵明精神的神往，塑鑄自己的生命價值，這種跨越生死，不計利害的精神上契，益發使得其人具有超道德的人格境界之美！對處於民族危機中的南宋來說，詩人這種傾向道德、節操的文化哲學意識，可說是具有時代意義的。

除了用世之心外，其實淵明的生活態度也具有十足的儒家風味。孔子曾云：「士志於道，而恥惡衣惡食者，未足與議也。」（〈里仁〉）這是從道德上來立說，主張士人不應以追求物質享受爲人生目標，蓋「士而懷居，不足以爲士矣」（〈憲問〉），士人是不當貪戀安逸舒適的生活。不過，這並不等於說孔子是喜歡「惡衣惡食」者，他只是在物質享受和精神陶冶的兩擇中，強力主張後者的重要性。以〈述而〉篇所提及的「志於道，據於德，依於仁，游於藝」配合來看，更可以明白儒家理想士人的典型，絕不是一個只會背誦聖賢遺文的書呆子。除了志向於「道」外，在行爲實踐上，他還必須能夠「據德」、「依仁」，甚至「游藝」，這些都是「志於道」的手段內容，所以，在《論語》一書中，我們不僅可以看到從容於經典史籍的夫子，也看到一個喜愛山水，熱心漁獵，甚至在音樂方面也能並臻絕詣的聖人形象〔註 2〕。可見，孔子也是一個能夠享受生活的人，尤其在愈艱困、惡劣的環境中，他愈能以這種精神陶養來保持生活的興味：「飯疏食，飲水，曲肱而枕之，樂亦在其中矣」（〈述而〉）、「一簞食，一瓢飲，在陋巷。人不堪其憂，回也不改其樂。」（〈雍也〉）富足時，有樂處，清貧時，亦有樂處。

淵明何嘗不是如此！他對生活的要求，也是一切從簡，但求稱心，所以僅僅「揮茲一觴」，也能「陶然自樂」（〈時運〉）。從他自云：「衡門之下，有琴有書；載彈載詠，爰得我娛。豈無他好？樂是幽居。朝爲灌園，夕偃蓬廬。」（〈答龐參軍〉）便可了解詩人的歡娛所由，不是華屋，也不是玉食，更不是權勢，這些「人之所寶」者，對詩人而言，卻是「尙或未珍」。眞正令他「歡心孔洽」處，或彈琴，或詠誦，或灌園，生活雖然簡單，卻極充實。田園生活細節，都足以讓他領略人生樂趣：「山澗清且淺，可以濯吾足；漉我新熟酒，隻雞招近局」（〈歸園田居〉其五）、「過門更相呼，有酒斟酌之。農務各自歸，閒暇輒相思。相思則披衣，言笑無厭時」（〈移居〉其二）。不論是鄰曲的「素心人」，還是「學語未成音」的弱子，甚至是「好聲相和」的「翩翩飛鳥」、「涓涓始流」的清泉，「欣欣向榮」的古木，都教詩

〔註 2〕孔子的這些形象，均可由《論語》一書中，逐一勾描出來。例如〈述而〉篇，記述孔子在齊聞「韶」，三月不知肉味。曰：「不圖爲樂之至於斯也。」從中透露出孔子的藝術心情；又如〈雍也〉篇：「知者樂山，仁者樂水。」想像孔子徜徉山水的悠然，既是知者，也是仁人；再如〈述而〉：「子釣而不綱，弋不射宿。」是一種陶然的逍遣，並非志在漁獵，所以也不會有「趕盡殺絕」的意想。這些都顯示出孔子絕非枯淡之人，他的人生是充滿仁人君子的自在魅力的。

人有著生活的感動。儘管物質生活偶有匱乏，但是詩人早已表明「過足非所欽」（〈和郭主簿〉其一），一些蔬菜、稻穀，幾斗酒，便已足夠，「此事眞復樂，聊用忘華簪」（〈同上〉）。這種樂在其中的精神情懷，自是儒家一心追求並極其贊賞的人生境界。

另外，我們也發現，選擇「擊壤自歡」後的淵明，其生活不僅相當淳樸，而且又極富人間情味。在鄭重的發出「請息交以絕遊」的宣言後，接著表達出「悅親戚之情話」（〈歸去來兮辭並序〉）的渴望。這段自適自得的日子，或與鄰曲「但道桑麻長」，或與素心人「奇文共欣賞，疑義相與析」（〈移居〉其一）。在本持著「落地爲兄弟，何必骨肉親」（〈雜詩〉其一）的認知下，詩人無不展現出儒家可貴的人道情懷，其寬厚對待毫無血系之親的僕力，就是最好的說明：

> 不以家累自隨，送一力給其子，書曰：「汝旦夕之費，自給爲難，今遣此力，助汝薪水之勞。此亦人子也，可善遇之。」（蕭統〈陶淵明傳〉）

在魏晉講究門閥世第的風氣下，階級之分謹嚴，所謂「計資定品」，鮮有人敢於破除。淵明以實際行動，表示對云云眾生的同等關懷，人權的尊重，即使一個看似微不足道的僕力，也能出之以爲人父、爲人母的憐恤，更遑論其他具有親友、手足與骨肉之實的關係者。所謂「良朋悠邈，搔首延佇」（〈停雲〉）、「信宿酬清話，益復知爲親」（〈與殷晉安別〉），這是對親友的眷眷情思；「恩愛如同生」（〈悲從弟仲德〉）、「斯情實深，斯愛實厚」（〈祭從弟敬遠文〉）、「誰無兄弟，人亦同生，嗟我與爾，特別常情」（〈祭程氏妹文〉），這是對手足的不忍情傷；「大懽止稚子」（〈止酒〉）、「厲夜生子，遽而求火。凡百有心，奚特于我」（〈命子〉）、「弱子戲我側，學語未成音」（〈和郭主簿〉其一），這是對骨肉的牴犢情深。誠如〈與子儼等疏〉中所稱，詩人一直有著「四海皆兄弟」的強烈情愫，即使在努力「忘情俗累」下，也「未有置天性之愛於膜外」者（明人張自烈《箋注陶淵明集》）。這種既淳厚又樸實的人情味，除了煥發出儒家「民胞物與」的光環外，也一再顯示出陶公獨具魅力的感情色彩，高曠而不冷漠，癡情而無俗情的特色。

正因爲陶淵明的人生是如此質樸而又迷人，所以唐、宋文士對淵明的哲學、人生思想來源，也就表現出高度討論的興趣。

首先揭舉淵明的哲學思想淵源於儒家的，是南宋儒學大師陸九淵。陸氏向來自視甚高，嘗曰：「學苟知道，六經皆我注腳。」（《宋史・陸九淵傳》）更曾自謂己學「因讀《孟子》而自得之」；又嘗以爲孔子之後，其學「自曾子傳之子思，子思傳之孟子，乃得其傳者」（〈與李省幹〉），以爲只有自己方上承孟子，儼然以儒學重要發展者自居。而在儒學修養論的見解上，他特別強調「先立乎其大者」，主張發揮心官的思考作用，以克服耳目之官與外物接觸時，所產生的非禮之欲，並以知本立志與收拾精神做爲自我反省的修養方法，認爲由外向內的收斂功夫，是發明本心的主要步驟，而這種收斂的功夫，可以藉由讀書來達到充養德性的目的。但其所謂的讀書，並不以積累知識爲目的，而是以優游態度陶冶性情，涵養德性爲方向，順著個人的情性、精神，理會書中意旨。循此觀點，陸氏觀照了歷來詩人的行爲表現，發現其中最能合轍者，莫如李白、杜甫及陶淵明，蓋三人「皆有志於吾道」（〈語錄一則〉），而此「道」，依陸氏學養淵源來看，當然是指儒家之道。另外，發表近似意見的，還包括眞德秀與羅大經。

眞德秀雖曾自謂對朱學「私淑而有得」，而且思想一宗朱熹，依門傍戶，在傳播朱熹思想及確立朱熹理學的宗主地位方面發揮重要作用。但在領略淵明哲學思想的背景上，他卻有不同於朱子「其旨則出於莊、老」的看法：

> 淵明之學，正自經術中來，故形之於詩，有不可掩。〈榮木〉之憂，逝川之嘆也；〈貧士〉之詠，簞瓢之樂也。〈飲酒〉末章有曰：「羲農去我久，舉世少復眞。汲汲魯中叟，彌縫使其淳。」淵明之智及此，是豈玄虛之士所可望耶？（〈跋黃瀛甫擬陶詩〉）

眞氏特從淵明詩中一再湧現對時光感嘆和簞瓢屢空，卻能晏如自在，及對三皇時代的仰羨意識上，去聯繫孔子的川上之嘆、顏回的簞食瓢飲不改其樂，乃至孔子挽救世風的思想行為，兩相對照，認為詩人的精神上接孔、孟，乃是有跡可尋，故進而推斷出其學「正自經術中來」，必為儒家無誤。宋人羅大經亦主此說，認為淵明「其於六經、孔、孟之書，固已探其微矣」（《鶴林玉露》卷十二）。客觀上來說，眞氏之見，除卻「淳」為道家概念，「還淳」為道家的理想社會外，其對淵明思想的體悟，大致是不差的。他們認定淵明皈依儒門，蓋從其家世、成學背景、人生態度來看，確乎有此氣象。不過，如同其他學人分別看待淵明思想是來自道家、佛家一樣，這些見解均是不夠全面，都犯了局限一隅的偏差。因為詩人身上所呈現的人格魅力，基本上是來自於一種深厚的文化傳統積澱，而不是一種思想，一個學說門派所能籠絡的。然在信奉儒家學說的士大夫眼中，陶公是一個具有理想人格的「士」，其生活態度已達儒家所讚許的理想境界的說法，這一點，還是信而有徵的。

二、道家個體自由風度的展現

淵明生活的時代，莊老思想方興未艾，玄學思潮風靡一時，其規模之盛，波及之廣，無遠弗屆，造成社會各個層面無不受其影響，不論是政治生活、個人生活或社會時尚，以致審美觀念上，都顯現出這種思潮的滲透力。「玄」不僅是一種哲學思潮的指稱，而且成了一種社會心理和時代審美精神的標志。

受到玄學精神的濡染，魏晉時代士大夫多表現出寄心玄澹、崇尚自然的態度，人們認為在可以企及的天地之間，只有自然山水可以給人以充分自由的棲遲享受，並聊以替代精神上的彼岸世界。而玄學中「貴無輕有」、「貴虛輕實」、「貴清輕濁」、「貴遠賤近」、「貴無限而輕有限」的理念，適在大自然中可以得到充分的體現。清風朗月，當下純淨、空靈而澹然的審美感受，是魏晉士人一心嚮往的境界。淵明雖不像當時世族名流，憑恃門第而不修德行，怯於禍亂而溺於哀樂，耽於玄釋而又捐本舍實，一味空談論虛，把老、莊視爲言家口實。或知其皮毛，便鎮日置諸口上而未歇，生吞活剝。不過，淵明對於道家，尤其是莊子，確實有著理性而又透徹的精微認識，並非出於盲目的崇拜、效法。在〈擬古〉其八詩中，他曾慨然寫道：「路邊兩高墳，伯牙與莊周。此士難再得，吾行欲何求。」其中將絕絃破琴的伯牙與齊物達生的莊子，引爲自己塵世道路上的知己，可見對於莊子的人生，淵明是以心靈去體悟，從內心深處去察覺莊子思想的特質，在個體的精神氣質和美學情趣上，接受他的影響；換言之，他與莊子之間的聯繫，是一種心靈的感應，精神的契合，而在某些日常生活與人際關係的對應上，他仍然是帶有儒家的理性特色。這也就是淵明比魏晉清談名士高明之所在。他既有儒家的人倫情份，又不失道家的精神風度，各得其全。不似清談名士，雖然崇尚老莊思想，卻無法師其萬一，結果流於形式，不得其門而入。想要超然而忘情，最後反倒流於矯情；想要求眞，卻又走上放任，終不能眞正逍遙自適的原因所在。

爲了回復人的自然本性，達到人生的理想境界，莊子主張對現實採取一種超然於利害得失之上的情感和態度，要求徹底捨棄人事而與自然合一，如此，個體才能是「無所待」的「逍遙」，能夠獲取最大的生命活力：「搏扶搖而上者九萬里」、「背負青天而莫之夭閼者」（〈逍遙遊〉）。這種由精神超脫所得到的心靈解放，是生命存在的最大意義所在。它不僅是超倫理，也是一種超功利的審美態度，是順應自然，同是非，一死生，泯物我的世俗超越。主體人格精神一旦能從世俗的利害得失中解脫出來，超然物外，那麼外物便不再是滿足功利的對象，而是被凝視欣賞的客體，主客體乃是相融而不是對立。這樣，人便能在這種沒有計較利害的觀照過程中，得到精神最大的愉悅與享受，感覺到「天地有大美」，而我與萬物是合而爲一的。

這種審美人生，淵明的體悟是特別深刻的，所以，才會把莊子視爲千古知己，引爲同調。

眾所知之，淵明在仕與隱的道路上，曾經有過掙扎、矛盾，但是從其「性本愛丘山」的特質來看，他對大自然的確有著比別人更多的依戀。所以，一旦「有志不獲騁」時，這種依戀就會浮上心頭，讓他有強烈被物役的屈辱感。他發現功利的物質追求遠遠不及超功利的精神享受，所以，在人生價值判斷上，他選擇了後者。這種選擇固然有著儒家重志節的傳統，但是當下心理上進退的落差，就不是儒家「兼濟」不成，退而求「獨善」的玉律所能平衡的。對淵明來說，莊子式的價值判斷，才是眞正讓他在人生轉向時，有著另一種欣然遂志的喜悅，而不是一般士大夫的沮喪無可奈何。從「覺今是而昨非」的大徹大悟，到「羈鳥戀舊林，池魚思故淵」（〈歸園田居〉其一）的解脫，「復得返自然」，他找回了迷失的自我，所以，「不樂復何如」（〈讀山海經〉其一），這便是他理想的人生模式。

這種精神自然是合乎道家旨趣的，比起正始玄學那些同樣嚮往自然的人來說，自是有所不同的。

阮籍、嵇康也嚮往自然，但不是「方宅十餘畝，草屋八九間」的自然，而是「大人先生」或「赤松」、「王喬」之類舉逸超凡的自然。他們是以精神擴張的方法來超越現實，同化於自然的。雖然在許多時候，他們或可以達到這種精神上的自由境界，在瞬間進入一種與天地同構的自我體驗中，但因其畢竟生於亂世中，精神一旦返回現實，痛苦便會加遽，無以自拔，其中之苦悶、悲情，不言而喻。阮籍一系列的〈詠懷〉詩，正是尋求超越塵世而不得其途之後的失落表述。淵明則不同，他也追求莊子的精神自由境界，其間更將這種精神的自足，建構在現世切實的人生態度上，以最平庸、簡單的生活：「開荒南野際，守拙歸園田。」（〈歸園田居〉其一）體驗超越功利、精神自由的可貴。他不矯情，也不放任，眞實面對生活，坦然迎對自己，所以，可以讓自己身心和諧地進入老莊清靜自然、返樸歸眞之境。「開卷有得，便欣然忘食。見樹木交蔭，時鳥變聲，亦復歡然有喜」（〈與子儼等疏〉），這種「北窗下臥」，自喻爲「羲皇上人」的自得生活，不正是道家的理想生活境界？

除了在生活境界上，淵明具有莊子式的自由率眞風度外，在人生觀上，他也有著濃厚的「自然委運」的道家思想。他認爲「大鈞無私力，萬物自森著」（〈形影神・神釋〉），天地萬物無一不是受著「道」的支配，舉凡天道盈虛，日月運行，寒暑相推，時運夷險，乃至萬物所有遷化，都是大自然自身運動的結果。從興起到發展至滅亡，「回復遂無窮」（〈五月旦作和戴主簿〉），這就是自然。既是自然，就應該「委運任化」，因爲長期多慮，甚念不捨，營營惜生，反而只會更「傷吾生」（〈形影神・神釋〉）。所以，能以「不喜亦不懼」的心情對待生活中的一切變化，自然能「保身」，能「全生」，取得精神的平和寧靜：「窮通靡攸慮，憔悴由化遷。」（〈歲暮和張常侍〉）「達人」如能「解其會」，也就可以眞正做到「樂夫天命復奚疑」（〈歸去來兮辭〉）。基於這種觀點，所以，淵明能夠將人生種種遭遇視爲自然化遷的結果，從容面對。如同莊子面對妻子過世時，最初「獨何能無慨」，但繼而一想，「察其死而本無生，非徒無生也，而本無形，非徒無形也，而本無氣。雜乎芒芴之間，變而有氣，氣變而有形，形變而有生。今又變而之死，是相與爲春秋冬夏四時行也」（〈至樂〉），一切不過是自然變化，所以，「安時而處順」才是常道。正因淵明能悟得此中造化之理，因此，他可以坦然無顧忌的寫下〈自祭文〉與〈擬挽歌辭〉，把生死、壽夭、貴賤，看得很淡，泰然處之，表現得很超脫，讓自己的心神跳出動盪起伏的情感漩流中，從容的走完人生的最後歷程。

淵明的生活、精神誠然體現著道家的境界與風度，所以，宋人朱熹一方面認爲其思想與行動確實合乎儒家的「大倫大法」，另一方面，他又指出「靖節見趣多見老子」、「淵明之辭甚高，其旨出於老莊」、「淵明所說者莊、老，然辭卻簡古」（《朱子語類》卷一百三十六）。同意這項看法的，還包括汪藻。他也是從淵明的詩句中，體味「莊老」的氣象：「〈歸去來〉託興超然，《莊》、《騷》不能過矣。」（《浮溪集・信州鄭固道侍郎寓屋記》）另外，像劉克莊則是將前人與陶公做一比較，得出陶公所勝者，乃是道家的自由風度，一種自始至終的物我超越與榮辱相忘的「全眞」：

> 士之生世，鮮不以榮辱得喪，撓敗其天眞者。淵明一生，惟在彭澤八十餘日涉世故，餘皆高枕北窗之日。無榮惡乎辱，無得惡乎喪，此其所以爲絕唱而寡和也。二蘇公則不然。方其得意也；爲執政侍從；及其失意也，至下獄過嶺。晚更憂患，於是始有和陶之作。二公雖惓惓於淵明，未知淵明果印可否。（陶澍集注《靖節先生集‧諸本評陶彙集》）

又曰：

> 柳子厚之貶，其憂悲憔悴之歎，發於詩者，特爲酸楚。卒以憤死，未爲達理。白樂天以能脫處軒冕者，然榮辱得失之際，銖銖校量，而自矜其達。每詩未嘗不著此意。是豈眞能忘之者哉！亦力勝之耳。惟淵明則不然，觀其〈貧士〉、〈責子〉與其他所作，當憂則憂，當喜則喜，忽然憂樂兩忘，則隨所寓而皆適，未嘗有擇於其間。所謂超世遺物者，要當如是而後可。觀三人之詩，以意逆志，人豈難見。以是論賢不肖之實，何可欺乎！（同上）

這些文字都喻示著淵明是一個眞率自然的人。莊子提倡「法貴天眞」，不事雕琢的天然之美，反對悖天忘情，「強笑」、「強怒」與「強親」〔註3〕，要求無拘無束表現「受於天」的眞性情，而淵明正是這樣一位眞情而不矯作的人。所以，蕭統特以「穎脫不群，任眞自得」來概括他的神韻風采。

儒家重「善」，道家貴「眞」，淵明的人格與詩品，正是「眞」、「善」統一之下的「美」質表現。朱熹一生雖致力於對老莊、佛教思想的批判，但這種批判並不是全盤的否定和揚棄。以朱熹治學過程來看，他

〔註3〕莊子法天貴眞，云：「眞者，精誠之至也，不精不誠，不能動人。故強哭者雖悲不哀，強怒者雖嚴不威，強親者雖笑不和。眞悲無聲而哀，眞怒未發而威，眞親未笑而和。眞在內者，神動於外，是所貴眞也。」（〈漁父〉）這種順應自然的表現，既不矯情，也不濫情，其實正是眞正的「發乎情」，而且是眞情、自然之情，只要順乎此情，所有的喜怒哀樂均可無所避，可以「眞悲」，也可以「眞怒」，更可以「眞親」。由此來看淵明的人生，洵爲莊子生命氣質的再現。

頗有兼采眾家之所長的開闊態度，既能融化匯通，也能善加擇取。所以，，他能從「儒道互補」的角度上，看待淵明的思想，指出陶公長期深受儒家文化的薰陶，又善於從老莊哲學中吸取「貴眞」的思想，所以，其詩歌在思想方面，就顯得特別堅實。

朱熹認爲陶詩「之辭甚高」的「高」，正是指由「貴眞」而表現的自由境界。所謂「眞」，是相對於「虛」而言，表裡一致，光明磊落，如精金美玉般，「自然不可易也」(《莊子・漁父》)。不論是出處進退，還是日常起居，淵明都能率性而任眞。家貧無以爲濟，他就叩門乞食，坦然地將自己因飢而貸的窘迫狀寫到詩裡；酒食充裕時，也能熱情地「有酒斟酌之」(〈移居〉其二)、「隻雞招近局」(〈歸園田居〉其五)；客人來訪，不分貴賤，「有酒輒設」；若先喝醉，亦直率地表示：「我醉欲眠，卿可去！」(《宋書・隱逸傳》)其率眞至此。他從不自標清高，既不諱言家貧，亦不隱瞞自己的出仕是「聊欲弦歌，以爲三徑之資」(蕭統〈陶淵明傳〉)，這等眞情，誠爲其人格價值所在之一。所以朱熹在遍覽前人詩文後，亦不免發出由衷的讚佩之聲：

> 晉、宋間人物，雖曰尚清高，然箇箇要官職，這邊一面清談，那邊一面招權納貨，淵明眞箇能不要，此其所以高於晉宋人物。(陶澍集注《靖節先生集・諸本評陶彙集》)

觸處任眞，無非天機流露。魏晉風度的核心精神是「眞」，朱熹注意到淵明這種人格特質背後的哲學思想基礎，這與朱子個人本身亦帶有曠世超俗的精神傾向，當然不無關係。在他的〈雲谷記〉、〈高士軒記〉、〈雲谷雜詩〉、〈滄洲歌〉等詩文中，都可以找到其個人嚮往自然，追求精神自由的明顯軌跡。所以，他對淵明的「自然」、「任眞」，有如此強烈的共鳴，絕非偶然。

三、佛家生死形神觀點的質疑

佛教自東漢在中國流傳，到兩晉時期，因玄學的興起與流行，也爲當時文人帶來接受佛教的契機。玄學是儒學老莊化，其理論與人生觀都與佛教般若學有相通之處，言體則佛教「空有」之辨與玄學「有無」之旨相通，言用則佛以「治心」，而儒以「濟俗」，兩者殊途同歸，佛理與言理是有所契合的。當時的幾個名僧，在解釋佛教義理時，常常採取「格義」方法〔註4〕，道安創「本無宗」時，即是利用玄學的語言和理論築構其中義理。慧遠講經亦引《莊子》義爲連類，開解聽者疑惑（《高僧傳・慧遠傳》）。如此一來，讀玄與悟空合一，名士與高僧合流，彼此往來，如魚得水，許多化外之徒，不僅是高僧，也兼爲名士。這些特色使得佛教在傳播上，得到更大的普及條件。晉宋之際，這種風氣更盛。劉宋時，何尚之談到當時信佛諸人的特色：

> 渡江以來，則王導、周顗，宰輔之冠蓋；王濛、謝尚，人倫之羽儀；郗超、王坦、王恭、王謐，或號絕倫，或稱獨步，韶氣貞情，又爲物表。郭文、謝敷、戴逵等，皆置心天人之際，抗身煙霞之間，亡高祖兄弟，以清識軌世；王元琳昆季，以才華冠朝。其餘范汪、孫綽、張玄、殷覬略數十人，靡非時俊。（《弘明集・答宋文帝贊揚佛教事》）

當時士大夫崇佛風氣，想見一斑，即如王、謝大族，亦不免受這股風潮的影響〔註5〕。

陶淵明生當名僧與儒士往來，玄談與佛理結合的晉宋時代，統治

〔註4〕魏晉時代，解釋佛教義理，往往是採取「格義」的方法。《高僧傳》卷四〈法雅傳〉記載：晉法雅「少善外學，長通佛理」、「衣冠仕子，或附諮稟」，他特以「經中事數擬配外書，爲生解之例，謂之『格義』」。「事數」即指名相。而「格義」並非法雅的發明，早從安世高譯經就用了這個方法。他們利用「玄」的語言與理論，將佛義中的義理托出，以深入人心，達到流通的目的。換言之，「格義」方法的運用，實際上是將佛教義理融合於中國學術的解釋之中。因爲適合潮流，所以也造成以此解經的長久流行。

〔註5〕如《晉書・謝安傳》謂謝安未出仕前：「寓居會稽，與王羲之及高陽許詢、桑門支遁游處，出則漁弋山水，入則言詠屬文。」另外，據《世說新語》的記述，像支遁等名僧，也有與名士們往來頻繁的事實，彼此是交契無間，如魚得水。又如道安僧，曾在襄陽會見習鑿齒，其時則有「四海習鑿齒」、「彌天釋道安」的佳話流傳。

者又大力推尊這種宗教信仰〔註6〕，而一些名僧在講倡之時，又將中華學術教化與佛教思想混同，或玄佛合一，或儒佛同歸，以利宣揚，調和傾向十分明顯。在這種情形下，文人要置身這股強勢風潮之外，顯然是不太可能的。從淵明的詩文中，我們隱約可以看到這種思想濡染的痕跡，如「銜戢知何謝，冥報以相貽」（〈乞食〉）、「明明上天鑒，為惡不可履」（〈讀山海經〉其十三）、「吾生夢幻間，何事紲塵羈」（〈飲酒〉其八）、「人生似幻化，終當歸空無」（〈歸園田居〉其四）、「有生必有死，早終非命促」（〈擬挽歌辭〉）。這種「無我」、「無常」之念，與《涅盤經》所稱，極爲相近。所以，宋人之中，亦不乏將陶公思想歸入佛家者，如施德操：

> 淵明詩云：「山色日夕佳，飛鳥相與還。此中有眞意，欲辨已忘言。」時達摩未西來，淵明早會禪，此正夫云。（《北窗炙輠錄》卷下）

葛立方也附合其說：

> 不立文字，見性成佛之宗，達摩西來方有之，陶淵明時未有也。觀其〈自祭文〉則曰：「陶子將辭逆旅之館，永歸於本宅。」其〈擬挽歌辭〉則曰：「有生必有死，早終非命促。」其作〈飲酒〉詩則曰：「採菊東籬下，悠然見南山。此中有眞意，欲辨已忘言。」其〈形影神〉三篇，皆寓意高遠，蓋第一達摩也。（《韻語陽秋》卷十二）

葛氏之見，認爲淵明有著極高的禪佛領悟，不少詩文是釋家「見性成佛」思想的呈現。文中還特別標舉〈形影神〉一詩，指其「寓意高遠，

〔註6〕劉宋承東晉遺風，士大夫普遍崇信佛教，宋武帝劉裕稱帝前，其所鎮壓的桓玄，乃是反佛的。而劉裕所以討伐成功，有一部分也是因爲得到佛教徒的支持，所以其對佛教的態度，自然是有樂見其成的味道。至於宋文帝劉義隆，元嘉年間，朝政以文治見稱。重儒術，立四學：雷次宗主儒學，何尚之主玄學，何承天主史學，謝元主文學。其中雖無佛學，但因四人與佛教均有淵源，如雷次宗乃慧遠弟子，何尚之崇佛，謝元亦出身於奉佛家庭，加以當時道安、慧遠遺風猶存，所以，許多文人在創作中均表現出濃厚的佛教意識。

蓋第一達摩也」，這是指詩末的六句箴言：「甚念傷吾生，正宜委運去，縱浪大化中，不喜亦不懼。應盡便須盡，無復獨多慮。」葛氏認爲這幾句透露出濃郁的禪機，而視爲詩人在佛教思想下的人生領悟。陶公這一組詩寫作時間，一般都斷在義熙末年，當時正是名僧慧遠在廬山主持東林寺，宣揚淨土宗教義之時。傳說詩人與慧遠過從甚密，常往來廬山〔註7〕，因此後人就認爲其身上自當帶有佛教思想色彩。

其實，評點〈形影神〉組詩具有釋家色彩者，非始於葛立方，而是葉夢得。葉氏的《玉澗雜書》，以爲三詩主旨乃在兼詰形、影，〈神釋〉篇方是代表淵明對生命的眞實看法：

> 淵明作形影相贈與神釋之詩，自謂世情惑於惜生，故極陳形影之苦，而釋以神之自然。形影曰：「願君取吾言，得酒莫苟辭。」影答形曰：「立善有遺愛，胡爲不自竭。」形累於養而欲飲，影役於名而求善，皆惜生之辭也。故神釋之曰：「日醉或能忘，將非促齡具。」所以辨養之累。曰：「立善常所欣，誰當爲汝譽。」所以解名之役，難得之矣。然所致意者，僅在促齡與無譽。不知飲酒而得壽，爲善而皆見知，則神亦將汲汲而從之乎，似未能盡了也。是以極其釋曰：「縱浪大化中，不喜亦不懼，應盡便須盡，無復獨多慮。」此乃不以死生禍福動其心，泰然委順，乃得神之自然耳。此釋氏所謂斷常見也。此公天姿超邁，眞能達生而遺世，不但詩人之辭，使其聞道而達一間，則其言豈止如斯而已乎。坡翁問陶詩云：「子知神非形，何復異人天。豈惟三才中，所在靡不然。」又云：「委順憂傷生，憂死生亦遷。縱浪大化中，正爲化所纏。應盡便須盡，寧復俟此言。」或曰：東坡此詩，與淵明反。此非知言也。蓋亦相引以造意，言者未始相非也。

〔註7〕除了上一章第二節「家世里居與生平——里居」中，所言《廬山記》的「三笑圖」廣爲流傳外，《廬阜雜記》亦載淵明與慧遠師往來之經過：「遠師結白蓮社，以書招淵明。陶曰：『弟子嗜酒，若許飲，即往矣。』遠許之，遂造焉。因勉令入社，陶攢眉而去。」

葉氏以爲淵明眞正表達的是「形累於養而欲飲」、「影役於名而求善」，都是「營營惜生」下的迷惑。所以〈神釋〉批評「形」是：「日醉或能忘，將非促齡具。」批評「影」是：「立善常所欣，誰當爲汝譽。」而最後其歸結人生的自處之道，不外是「委運任化」、「無復多慮」。葉夢得的體會是相當細微的，他甚且做出反向思考，質疑淵明：如果反推飲酒乃可「得壽」，爲善而可「見知」的話，是否「神」亦將同「形影」之說，不再對其發出用力詰難，甚至還會「汲汲而從之」？循此思考，他得出一個結論，認爲淵明「似未能盡了」，並沒有完全從紅塵執著中解悟過來。其所做到的境界，也只是佛家的「斷見」、「常見」罷了，雖眞能「達生而遺世」，但距離佛家的大徹大悟，仍有些距離。然認爲其思想脫胎自佛家，基本上還是無疑的。

不過，葉夢得的這種推論，看似合理，其實不情。淵明這組詩的產生背景，除須考量作者的思想成因外，社會思潮也是不容忽視的內容。當時社會到處瀰漫宣揚符籙煉丹、昇仙永生的荒謬風氣，玄學也由無爲的自然觀趨於放誕，達官貴族僅知追求奢侈享樂；而名教的毒流，又有鼓勵士人沽名釣譽的偏差。所以淵明發此議論，乃有批判社會風潮的意義，端正人們對生命存在的自然看待。〈形影神〉序中的「營營以惜生，斯甚惑焉」等語，便已指明其操觚染翰的主旨所在，葉氏強爲之辭，顯然在理解陶詩的主旨上，有了誤會，漸離題意。這一點，後人是應該有所澄清、理解的。

〈形影神〉一詩，究竟可否做爲淵明吸收佛教思想的例證呢？事實上，魏晉時代三教思潮本已有合流的趨勢，當時佛教大乘所追求的最高精神境界是「涅槃」，也就是「無」，亦即「波羅蜜」(到彼岸)。這種說法與玄學所講的「聖人體無」，幾無差別，故頗爲當時士大夫所接受。而在佛教與儒學關係上，慧遠也曾明白表示：「內外之道(佛與儒)，可合而明矣。」提出：「常以爲道法之與名教，如來之與堯、孔，發致雖殊，潛相影響，出處誠異，終期則同」(〈沙門不敬王者論〉)的看法，文人一旦接受這種合流思潮，體現在思想行爲上，必然就帶有融通的特色，如果一定強作分解，說其是「道」也可以，說其是「佛」也無妨，畢竟他身上都有援道入佛，或引佛濟道的影子存在。不惟士大夫，僧人亦然。如東晉高僧支遁，是著名的般若學者，《世說新語・文學》說他思想的主要觀點是「色即是空，色復異空」，以為現象是無自性的，是性空的，但此空又無自性，因而又異於本體之空。其人生觀也是主張超越物質世界的絕對自由，表現出濃厚的玄學色彩。這種融玄言佛理於一身，或是以為「周、孔即是佛，佛即周、孔，蓋外內名之耳」（孫綽〈喻道論〉），統合儒、釋見解的例子，在當時可謂比比皆是。再者，佛教的「空有」與玄學的「有無」之旨相近，兩家時有互相發明的趨勢，所以，淵明在涉及人生生存問題上，難免會有合轍於老莊之處，或有闡明大乘精義的微旨處，畢竟〈形影神〉一詩所傳達出的「不以死生禍福動其心，泰然委順」（羅大經《鶴林玉露》卷十五）的養神之道，既有道家「委化自然」、「一任去留」的生存內涵，也有佛家「世事無常」、「人生空幻」的「中觀」思想。所以，羅大經說淵明是「知道之士」（《鶴林玉露》卷十五），此「道」，可以說似「儒」，似「道」，亦似「佛」。但若以淵明深厚的文化修養，博采眾華、自成一家來看，說其既非儒，也非道，更非佛，又何嘗不可。

然而，詩人在〈形影神〉詩中，除了接受道家或佛家的生命觀，表現出「泰然委順」的人生態度外，同時也揭示了個人對當時「形盡神不滅」之說的質疑。因佛教的東傳，致使「形神」關係的命題，在六朝引起熱烈的討論，東晉戴逵是當時率先點燃這一場論辯的學人。他在〈流火賦〉、〈釋疑論〉等著作中，批判了佛教的「神不滅」與「因果報應」說。之後，羅含提出「更生」論，指出「今生之生，為即昔生」、「今我故昔我」，論點恰與戴逵相左，堅信冥冥之中有著善惡果報的業力。這一說法出現後，立刻又引起其他人的反駁。而這樣一場論爭的焦點，最主要還是集中在慧遠、桓玄等人的身上。

晉安帝隆安年間，桓玄作〈罷教論〉，主張禁止佛教，慧遠不以為然，特以〈明報應論〉答辯；桓玄又作〈沙門應敬王者論〉回應，以儒家君臣觀，指責佛教違背人倫，慧遠再次不甘示弱，更作〈沙門不敬王者論〉五篇答辯。其中第五篇題爲「形盡神不滅」，指出「神」的性質是圓融周遍，隨物感應，無生無死，永恆存在，所以是不滅不窮的。之後，慧遠又在廬山立塔，勒〈萬佛影銘〉一篇於石，大加宣揚，並遣道秉時至建康請謝靈運撰〈佛影銘〉以充刊刻，可見聲勢之大。但是淵明對此，卻不表認同，特以慧遠在〈萬佛影銘〉中談及「形影神」的筆法，反駁其說，指出形、影雖有不同，但生來就相互依附，不論夭壽、賢愚，定數一樣，同有一死，所以應該聽任自然變化，無復困擾多慮。誠如宋人羅大經所體會的：

> 「人爲三才中，豈不以我故」。我，神自謂也。人與天地並立而爲三才，以此心之神也；若塊然血肉，豈足以並天地哉。(《鶴林玉露》卷十五)

神是心，形影同爲血肉，形影神三者「生而相依附」，但是「老少同一死」，形滅，影失，神自然也消失了。形神既然俱滅，也就無所謂因果報應與來生輪回之說。所以，淵明在其他詩中也寫道：「積善云有報，夷叔在西山。善惡苟不應，何事立空言。」(〈飲酒〉其二）正如司馬遷對「天道無親，常與善人」(《史記・伯叔列傳》) 所發抒的感慨，其中有著對善惡報應的不信任。又如「翳然乘化去，終天不復形」(〈悲從弟仲德〉)、「有子不留金，何用身後置」(〈雜詩〉其六)，是對生死輪迴的否定。這些都可以見出淵明對佛教思想的反駁態度。

由以上討論吾人可以看出，在許多時候淵明都能以現實人生的感受，對佛教發出理性的質疑。換言之，在哲學思考上，他的見解雖和佛教教義有著深刻的分歧，但在社會風潮下，他也不免會有情感上的靠攏，心靈深處，不自覺地接受某些佛教思想的影響。如「人生似幻化，終當歸空無」(〈歸園田居〉其四)、「銜戢知何謝，冥報以相貽」(〈乞食〉)、「明明上天鑒，爲惡不可履」(〈讀山海經〉其十三）等，多少都流露出人生無常，善惡報應，乃至因果輪迴的佛教思想。以魏晉南北朝士大夫階層廣受佛教思想霑被的情形來看，淵明或多或少吸收了這類思想，亦是不無可能之事。更何況經過時人對佛、道，儒、佛的調和後，所謂的佛理、佛思，都帶有一些人生智慧哲理的味道，絕不僅僅只是停留在宗教迷信的層次上。所以，崇尚自然的淵明，雖因時代氛圍，濡染其中，卻也能掌握「體用」的原則，自取其中所適者，或有與儒、道能夠溝通者來應對人生。一切思想所貴者，不在「知」，而在「行」，以淵明對待佛教的理性、知性態度而言，這門思想已然轉化爲其人生出處的另一種智慧。以此角度認識他的濡佛內涵，應該是較合情，也是較合理的。

第二節　人生進退抉擇的衝突

淵明的青少年時代，正值范宣在江州講學，當時許多名士都「聞風宗仰，自遠而至，諷誦之聲，有若齊魯」。范寧緊接其後，在郡大設庠序，至者千餘人，從此「江州人士，並好經學」（以上見《晉書·范宣傳》）。淵明生逢其時，自難置身於這股風氣之外，加上曾祖赫赫功勳在前，在在影響淵明有建功立名之想。在〈感士不遇賦〉中，他寫道：

> 奉上天之成命，師聖人之遺書。發忠孝於君親，生信義於鄉閭。推誠心而獲顯，不矯然而祈譽。……獨祗修以自勤，豈三省之或廢；庶進德以及時，時既至而不惠。

顯然，儒家進德修業的思想曾在淵明身上發生過激勵作用，是光宗耀祖和救世濟時的想法，促使他在政治上切望積極進取與及時有爲：「少時壯且厲，撫劍獨行遊。誰言行遊近，張掖至幽州」（〈擬古〉其八）、「憶我少壯時，無樂自欣豫。猛志逸四海，騫翮思遠翥」（〈雜詩〉其五）。也是這種雄心壯志，讓詩人深恐碌碌無聞而平生虛擲：「感物願及時，每恨靡所揮」（〈和胡西曹示顧賊曹〉）。

不過，限於家道的日愈淪落，詩人在「出仕」這條道路上，走得格外辛苦，既無顯職可望，也就只能屈身「州祭酒」的閒職。然這第一次的出仕，據史傳所稱，卻是迫於家貧的無奈，但因「不堪吏職」，所以詩人「少日自解歸」(《宋書・隱逸傳》)，這說明了詩人首次的出仕果是出於生計的壓力。的確，在淵明的詩文或史傳的記載中，都可以看到他的生活是頗爲清寒的。早年喪父，中年長期「簞瓢屢罄，絺綌冬陳」，所以在「爲飢所驅」下，他不得不走上做官代耕這條道路，而他向親友表述的「聊欲弦歌，以爲三徑之資」，也不是誇張之辭。不過，對一個能夠「守節固窮」的文士來說，經濟的壓力，絕不是其出仕的根本原因，關鍵還是在於他對儒家「兼濟」之志的期待。所以，在他幾次出仕後，邁入「不惑」之年時，仍然滿懷熱忱，寫下一首惕勵自我的〈榮木〉詩：

嗟予小子，稟茲固陋。徂年既流，業不增舊。
志彼不舍，安此日富。我之懷矣，怛焉內疚。
先師遺訓，余豈云墜。四十無聞，斯不足畏。
脂我名車，策我名驥。千里雖遙，孰敢不至。

同年，亦有「時來苟冥會，宛轡憩通衢」(〈始作鎮軍參軍經曲阿作〉)，尋求報效機會的自白。這種「千里雖遙，孰敢不至」的心情，明確地道出詩人不遠千里，欲思效力的心志。即使在完全歸隱後，他還是不能忘情於「大濟蒼生」的理想，甚至有隨著歲月推移和時局變化而加深的傾向：「丈夫志四海，我願不知老」(〈雜詩〉其四)、「良才不隱世，江湖多賤貧」(〈與殷晉安別〉)、「進德修業，將以及時。如彼稷契，孰不願之」(〈讀史述九章〉其六)，這些幾乎都是在「知天命之年」所道出的，可見淵明「遇時得用」的企盼，一直深植內心。在儒家「兼濟」之志的激勵下，他企盼以外在事功來實現自我價值。其所以「入世」，也是在履行儒家這種「兼濟天下」的傳統義務。不過，當這種責任義務受到外在情境阻撓，無法盡其在我下，詩人只有反求諸己，走向「擊壤自歡」的道路了。然而他與別人最大的不同點，乃在於詩人的心靈深處，始終將逍遙自適、精神自由，視爲人生最高境界。因爲他「性本愛丘山」，「出世」一樣是其素志所在，性情所趨，所以，投身其中，也自然會有無限的喜悅與生機。

十三年斷續的出仕經驗，讓詩人看到東晉政權的腐朽及其滅亡之運的不可逆轉，一種不能回天的徹底失望，逐漸清楚起來。淵明的「仕」，絕非率意之舉；同樣地，他的「隱」，也不是姑且爲之。在他的心中，的確曾有「仕」與「隱」的掙扎徘徊，終因無法爲理想而仕，所以，他寧可選擇超功利的精神享受，既沒有爲仕而仕，也沒有爲隱而隱。黑暗的官場現實，不僅令詩人嚐到官事繁瑣、案牘勞形、「不堪吏職」的辛苦，也體識到無常變化、陰險陷阱的可怕，所謂「密網裁而魚駭，宏羅制而鳥驚」（〈感士不遇賦〉）。所以，他決意「擁孤襟以畢歲，謝良價於朝市」（同上），選擇躬耕田園，做爲自己人生的歸宿。

如此一來，我們可以了解「終返班生廬」（〈始作鎮軍參軍經曲阿〉）的淵明，其決定拂衣歸里，自然不是出於一時的衝動。史傳上所傳述「不爲五斗米折腰」一事，似乎有部分誤導作用。其實在他面對「八表同昏，平陸成江」的現實時，早已有與官場文化扞格不入的自覺，世俗的虛文縟節與他任眞自得的個性是相左的。所以「仕」「隱」的抉擇，一直在詩人心中交戰著，甚而陷於「一心處兩端」的矛盾中，最後在督郵即將來縣視察時，引發了淵明歸隱的決定。這次事件充其量只能是導火線，而他對整個腐敗官場的鄙夷，厭棄，卻早在心中滋長。所以，「不爲五斗米折腰」，絕不是出於一時的傲氣或不平。若眞是出於一時，他的歸隱也就難以持久與堅定，這從他後來的〈飲酒〉詩中，便可以看出當初選擇這條道路的堅定與果敢：

> 清晨聞叩門，倒裳往自開，問子爲誰歟，田父有好懷。壺漿遠見候，疑我與時乖。襤縷茅檐下，未足爲高棲。舉世皆尚同，願君汨起泥。深感父老言，稟氣寡所諧。行轡誠可學，違己詎非迷。且共歡此飲，吾駕不可回。（〈其酒〉其九）

另外，他以回憶的口吻說：「是時向立年，志意多所恥。遂盡介然分，拂衣歸田里。」（〈飲酒〉其十九）可見他早對世局黑暗，官場藏污納垢的不恥。即使在「將養不得節」下拂衣而去，可能造成「凍餒固纏己」，也在所不惜。畢竟「身可殺，志不可辱」，混跡官場，必是自污人格，所以決定盡其「介然分」，不因艱難困厄而折節，變易本心，直接以「甘貧賤而辭榮」的行動，表示自己對污濁世局的反抗。

不爲五斗米折腰，揭示了淵明思想的底蘊：既是「寧固窮以濟志」，也是「不委曲而累己」；既有儒家所堅持的志節操守，也有道家所嚮往的精神自由。從內心衝突到和諧，儒道思想的互補，發揮了最大的調節效應，這種交融，自然使得詩人的精神面貌更爲突出，既不失個人志節，又能符合自然之旨，這種性格魅力，自教後人傾心不已。

唐、宋文士在仕與隱的衝突上，不似魏晉時代完全受制於嚴峻的政治氣候：只要稍不小心，就會引禍殺身〔註8〕。不過，隨著國情的發展、君主對待人才的態度，當時文士也不免有著「仕」、「隱」間的兩難抉擇。雖然大部分的士人都以儒家「天下有道則見，無道則隱」（《論語・泰伯》）做爲自己出處的依據，但仍不免面臨與淵明相同的窘境。一方面，士人苦於天下「無道」，想以自己價值來建構社會的秩序；一方面，又不免將「有道」視爲自己出仕的前提，將選擇的條件放在客觀環境的基礎上。如此一來，則會造成必須放棄建構價值體系的主動權。他們既想發揮士人的獨立意識與主體精神，以「爲天地立心，爲生民立命」的感奮心情來行「大濟蒼生」之實，卻又有將一切實現理想的可能契機，繫於君主一身，自己反而淪爲從屬身份，希冀君臣遇合，來完成所謂「致君堯舜上，再使風俗淳」的夢想。正是

〔註8〕例如嵇康，曾公然拒絕別人的舉薦，而這種「隱」而不仕的行爲，在當權者眼中，竟也是「毀謗之屬」，爲自己惹來殺身之禍。阮籍正是看清這一點，了解到「潔己以尤世，修身以明洿者，毀謗之屬也」（〈達生論〉），因此他寧可污泥蔽身，也不願成爲統治者的眼中釘。不僅「口不臧否人物」（《晉書・阮籍傳》），而且日日酣醉不問世事。《魏書・王粲傳》注引〈魏氏春秋〉，但言阮籍：「聞步兵校尉缺，廚多美酒，營人善釀酒，求爲校尉，遂縱酒昏酣，遺落世事。」其所以喝得酩酊大醉，渾忘世事，不過爲求保身。這種動輒得咎的恐怖時代，的確令人有噤若寒蟬之感。

這樣的尷尬，讓中國的知識分子在人生道路的選擇上，幾度徘徊，幾度留連，無所適從。

也因此，唐宋文士對於既能「寧固窮以濟志」，又能「不委曲而累己」的淵明，有著崇高的敬意。在他欲「仕」時，即能效力於國，造福於民；當他思「隱」時，就能「不事王侯，高尚其事」，投入大自然的懷抱，既不欺人也不自欺，活得如此誠實，如此淳樸，這是士人一致嚮往的人生典型。用世之心至死不渝的孟浩然，對功名事業其實有著強烈的熱望，無奈「嗟吁命不通」（〈書懷貽京邑同好〉），不得不走上「養望待時」、「養高忘機」、「扁舟泛湖海」（〈自洛之越〉）的道路。這種出處模式，其實是他企羨淵明隱退而產生的人生自覺：

> 嘗讀〈高士傳〉，最嘉陶徵君。日耽田園趣，自謂羲皇人。余復何爲者，栖栖徒問津。中年廢丘壑，上國旅風塵。忠欲侍明主，孝思侍老親。歸來冒炎暑，耕稼不及者。扇枕北窗下，採芝南澗濱。因聲謝朝列，吾慕潁陽眞。（〈仲夏歸南園京邑舊遊〉）

孟氏從〈蓮社高賢傳〉中看到了淵明的理想人生，以此對照自己的「栖栖徒問津」，頗有自慚形穢之感。他汲汲塵世，既不能遂其「忠欲侍明主」，何不如「因聲謝朝列」，徜徉山水之中，過起「扇枕北窗下，採芝南澗濱」的歸田生活。

值得注意的是，唐人這種歸田隱逸之風，並非始於盛唐，早在李唐王朝開基創業之初便已出現。隋末遺民王績，便是在「天子不知，公卿不識，四十五十，而無聞焉」（〈自撰墓志銘〉）下，乃「結廬河渚」、「躬耕於東皋」（《舊唐書·隱逸傳》）。雖然他的退隱，是出於升遷無望，並非起於與統治者的不合，不過，既是走著相同的人生道路，也多少能體會到淵明歸隱的部分用心：「庚桑逢必跪，陶潛見人羞。」（〈晚年敘志示翟處士〉）

至於「志氣宏放，飄然有超世之心」（《舊唐書·李白傳》）的李白，對於淵明能夠在世風敗壞下，不與奔競浮華、追逐榮利者同流合污，則表達了由衷的敬佩：「淵明歸去來，不與世相逐。」（〈九日登山〉）不過，李白也曾對淵明最後終老田園，不復出仕之舉，大不以爲然：「酣歌激壯士，可以摧妖氛。齷齪東籬下，淵明不足群。」（〈登巴陵置酒望洞庭水軍〉）這種觀點，與盛唐士人普遍有著強烈的建動立業之想，自然是分不開的。因此，甚愛陶公的詩佛白居易，也不免繼踵詩仙李白的看法說：「以淵明之高古，偏放於田園。」（〈與元九書〉）對其遠離仕途，不參與現實變革而感到惋惜。當然，這些意見，多半是抽離了陶淵明所處的時代背景，純粹是個人一時之興發，具有理想主義的味道。

至於王維，他對陶淵明的隱逸，則呈現兩極化的評價。早年，王維對淵明的歸隱頗不以爲然，不滿他「生事不曾問」的豁達；甚至對他掛冠求去，大加責難：

> 〈乞食〉詩云：「叩門拙言辭」，是屢乞而慚也。嘗一見督郵，安食公田數頃。一慚之不忍，而終身慚乎？此亦人我攻中，忘大守小，不鞭其後之累也。（〈與魏居士書〉）

在王維看來，淵明不肯爲五斗米折腰，完全意氣用事，所以，他特別對這種貧賤飢寒、在所不計的骨氣，予以冷嘲熱諷。顯然，王維完全忽略了淵明一生立身行事的原則，而是站在庸俗士大夫的立場，對陶公進行主觀的批評，這當然難以令人認同。不過，如果結合對照王維早年急於仕進，即使委屈求全也在所不惜的情形來看，其所以發爲此論也就不足爲奇了。但中年之後，由於他思想的變化，加上政局的翻雲覆雨，仕途的幾次沈淪，他開始以完全不同於先前的眼光看待淵明的隱逸，一改舊說的狹隘與偏激：

> 無才不敢累明時，思向東溪守故籬。不厭尚平婚嫁早，卻嫌陶令去官遲。（〈早秋山中作〉）

王維這時顯然對淵明是相當贊許的，甚至有自愧覺悟太晚，不能及時踵武前賢之嘆。

由王維對同一事的高低評價來看，可以發現唐人所以對淵明隱逸不復出的行爲，表示深切的嚮往，實與該行爲的不易做到有很大的關係。因爲多數人在面對這種人生抉擇和審美判斷時，無不流露出掙扎的痛苦與困惑。仕途失意，使他們憤而歸隱，而眞正歸隱後卻又很難徹底忘懷誘人的仕宦道路，如孟浩然本已「因之泛五湖，流浪經三湘」，卻又表達出「魏闕心常在，金門詔不忘」（〈自潯陽泛經明海〉）的渴望。又如高適在失意時，也說過放達之言，表示要歸身田畝：「不然買山田，一身與耕鑿，且欲同鷦鷯，焉能志鴻鵠。」（〈淇上酬薛三據兼寄郭少府微〉）可是骨子裡卻一刻也未放棄仕進的念頭，濟世之心耿耿於懷：「萬事切中懷，十年思上書。」（〈苦雨寄房四昆季〉）雖然這是因時勢不同，士人的價値觀基本改變，也注定了唐人不可能再像淵明的隱退一般，是出於對黑暗現實的唾棄，或對個人志節的堅持。不過，在「雖不能至，然心嚮往之」的情形下，他們最終仍是以理性的態度來接受、肯定淵明的隱退之舉。時代不同了，讓唐人在歸隱的行徑表現上，是一種對光明前途的迂迴追求。而山水田園的歌詠，也不再純粹是對鬱悶胸懷的排遣，而是寬廣胸懷的倚托。在講求實際的唐人看來，或先仕後隱，或亦仕亦隱，無可無不可，即使以隱求仕，也能師出有名，天經地義。正因爲這種對仕宦的熱衷、執著，更使他們油然佩服淵明眞的可以做到「耿介拔俗之標，瀟灑出塵之想，度白雪以方絜，干青雲而直上」（孔稚圭〈北山移文〉）；換言之，唐人對待淵明的隱逸所以會發出由衷的讚嘆與感佩，實與其個人難以企及這種人生境界，有很大的關係。

唐人除了對淵明的隱逸給予高度肯定外，對其歸隱的動機，也各有不同的解釋。而大都是結合自身遭遇來各抒己見。

出身寒微的高適，雖然少年立志功名，卻仕途蹭蹬，直至五十歲，才被舉爲「有道科」，授官封丘縣尉。官秩品位雖離詩人期望甚遠，但畢竟是他追求三十年的一個機會。孰知在他全力以赴下，才發現小小縣尉根本不能使他有「永願拯芻蕘」（〈淇上酬薛三據兼寄郭少府微〉）的抱負。既不堪吏職的繁雜瑣碎，還要不斷揣摩上司的心理，這時，他痛苦地萌發辭官之念，也特別能夠體會淵明當年辭官的心境：

> 我本漁樵孟諸野，一生自是悠悠者。乍可狂歌草澤中，寧堪作吏風塵下。只言小邑無所爲，公門百事皆有期。拜迎官長心欲碎，鞭撻黎庶令人悲。歸來向家問妻子，舉家盡笑今如此。生事應須南畝田，世情盡付東流水。夢想舊山安在哉，爲銜君命且遲迴。乃知梅福徒爲爾，轉憶陶潛歸去來。（〈封丘作〉）

有了切身之痛，高適終於明白漢代梅福爲何要拂袖而去，而自己也想學淵明「不爲五斗米折腰」，歌一曲〈歸去來兮辭〉，掛官歸隱。古今事同時異，彼此聲息相通，所以他認爲淵明的歸隱，是與仕途黑暗，官場機詐有密切聯繫。

白居易則是從大時代風雲詭譎著眼，認爲會讓一個「猛志逸四海」的文人志士抽身政壇，根本原因應該是改朝換代的劇變所造成的：

> 嗚呼陶靖節，生彼晉宋間。心實有所守，口終不能言。永惟孤竹子，拂衣首陽山。（〈訪陶公舊宅〉）

白氏所受教育，基本上屬於儒家思想范疇，主張君子賢人治國，倡導仁政愛民，渴慕「兼濟」救世。可是在他積極參與朝政後，卻又因得罪權貴，淪爲謫臣，宦海浮沈，在政治熱情逐漸消退後，他仍然堅持自守的高尚情操，批判社會的黑暗面。這也就是他爲何認爲淵明之隱如同伯夷、叔齊一樣，是對舊國的依戀，新朝的恥居，帶有忠於晉室、堅守節操的原因了。

與高、白兩人以個人際遇出發解釋陶公歸隱的動機相較，韓愈的論見就顯得深刻許多：

> 吾少時讀〈醉鄉記〉，私怪隱居者無所累於世，而猶有是言，豈誠旨於味邪？及讀阮籍、陶潛詩，乃知彼雖偃蹇不欲與世接，然猶未能平其心，或爲事物是非相感發，於是有託而逃焉者也。（〈送王秀才序〉）

他以爲淵明之隱，乃是主觀世界與客觀現實矛盾衝突的反映，原因不僅一端，絕非偶然一時一事所致，故難以驟下定論。這說明了韓愈對人生自處、進退兩難的矛盾掙扎，有著相當程度的理解：愈是難以下決定的事，其背後的醞因必然複雜，難以概括而論。所以對淵明的退隱，他也僅從「或」字立論，以可能是「有託而逃焉者」，來表明自己是朝大方向來揣測的。

與上述諸人相較，劉禹錫的看法，就顯得通俗皮相。他依據史家說法，認爲淵明的辭官，就是不肯「爲五斗米折腰」所致，所以詩中對陶公爲區區「折腰」一事而歸去來兮，大感不解：

> 世途多禮數，鵬鷃各逍遙；何事陶彭澤，拋官爲折腰。（〈寓意〉二首之一）

這種思觀方式，正說明劉氏之見不過泛泛而已。

宋人對於淵明隱逸的見解基本上與唐人相仿，多採贊頌的態度。如朱熹就對淵明「未肯輕爲折腰客」、「霜下風姿自奇特」（〈題霜傑集〉）的高風亮節，表示由衷敬佩之意。至於有關歸田原因的抉發，韓駒（子蒼）則率先打破《宋書》本傳所稱「不爲五斗米折腰向鄉里小兒」的說法，認爲「躬耕乞食，且猶不恥，而恥屈於督郵，必不然矣」：

> 傳言淵明以郡遣督郵至，即日解印綬去。而淵明自敘，以程氏妹喪去奔武昌。余觀此士，既以違己交病，又媿役於口腹，意不欲仕久矣。及因妹喪即去，蓋其友愛如此。世人但以不屈於州縣吏爲高，故以因督郵而去。此士識時委命，其意固有在矣，豈一督郵能爲之去就哉！（陶澍集注《靖節先生集》卷五引）

明白指出淵明早有感於出仕的「違己交病」與「役於口腹」之愧，所以歸隱之志一直隱然存在，並非一個偶發事件便能左右其決定的。洪邁則進一步說明史傳所稱淵明「素簡貴，不私事上官」，因督郵將至，縣吏要求束帶見之，遂有感而發，嘆曰：「吾不能爲五斗米折腰，拳拳事鄉里小人。」即日解印綬去一事，並非詩人歸隱的根本原因。並依〈歸去來兮辭〉序中所言「妹喪而去」來理解，認爲辭中「正喜還家之樂，略不及武昌，自可見也」。因此，問題的關鍵應在所謂「矯厲違己之說」。洪氏認爲詩人「定有所屬」，別有不便明言的隱衷，蓋「不欲盡言之耳」（以上見《容齋五筆》卷一）。

黃徹在看待淵明出處上，則是一反時人，特將重點置於出仕一途的心志理解上。他認爲世人，有以爲淵明「專事肥遯」，乃忽略了詩人的「康濟之念」，所以，千古以來「知其心者寡也」。他特別從文集中去尋索詩人的用心：

> 若云：「歲月擲人去，有志不獲騁。」又有云：「猛志逸四海，騫翮思遠翥。」「荏苒歲月頹，此心稍已去。」其自樂田畝，乃眷懷不得已耳。士之出處，未易爲世俗言也。（《溪詩話》）

將「大濟蒼生」理想，視爲淵明人生的全部眷懷，而實在不得已，才走上田畝自樂一途，這種說法明顯忽略了淵明「質性自然」的本質。他的出世，亦是素志所在，若只是「不得已」，也就不會有「倦鳥投林」，「池魚入淵」的歸田喜悅。黃氏本欲矯時人之偏，竟又淪於一隅之見，或是始料所未及。

以個人志趣、主觀角度來審視淵明的隱而不仕者，則有辛棄疾與包恢兩人。

辛棄疾也有建功之業的宏偉理想，卻受到強力壓抑，與淵明同樣是「有志不獲騁」，並具有相同的不慕功名利祿的高尚情操。這些相近點，將辛棄疾與陶公這兩位相距千載的詩人志士，緊緊相繫，所以，陶公在詩文中所表達的思想，屢屢在稼軒詞中得到共鳴。也是這份心契，讓辛棄疾在體味陶公之隱時，帶有強烈的同情共感。他認爲陶公之歸，是相當嚴肅的決定，是一位敢於向惡世敗俗說「不」的勇者。所謂「應別有，歸來意」（〈水龍吟〉），正暗示淵明的「北窗高臥，東籬自醉」的隱居生活是別有原因的，不單是不「爲五斗米折腰」而已。此中之「意」，必然另有不足爲外人道的地方，唯稼軒自己可感、能知。所以，他始終相信：「此翁未死，到如今凜然生氣。」這種靈犀相通，心心相印，無非是建立在兩人對人生事業幾爲彷彿的立場上，包括對「富貴他年」的態度上。對這樣的仁人志士而言，如果一生的志業不能實現，即使他年富貴了，也是沒有意思的。試還原淵明一生思想行事來看，那一聲「吾駕不可回」，已堅決表明歸隱的決心，矢志不屈，是不可能再有任何迴轉的餘地。而稼軒所以能夠有如此深刻生動的體會，乃緣於其平生即是「以氣節自負，以功業自許」（范開〈稼軒詞序〉）。因此，在建功無望下，他也只有藉歌詞做爲「陶寫之具」，其中內容與現實社會有著密切的關聯，或寫奮發進取的精神，或寄感慨、或發議論，以表達自己對於國家和民族的熱愛。其中奮鬥精神，始終昂揚，所以在解讀淵明歸隱心志時，自然容易摻入個人情感。詞雖詠淵明，又何嘗不是說自己！

包恢則是將淵明的思想與詩文相互對照，以志驗詩，以詩逆志，多層次地剖析淵明退歸之所由：

> 陶之沖澹閒靜，自謂是羲皇上人，此其志也。「種豆南山」之詩，其用志深矣。「羲皇去我久」一篇，又直嘆孔子之學不傳，竊有志焉。（〈答曾子華論詩〉）

既看到淵明心靈深處逍遙自適的通達，也看到其對道義傳統的執著。在包氏眼中，詩人的隱居顯然非「形如槁木」，而是「用志深矣」。

從以上的討論可以發現，唐、宋文士對淵明出仕或歸隱的研究，主要還是從政治變化的社會生活外部條件來加以觀照，對淵明自身亦即主體方面，顯然較少全面而深入的認識。而唐人這方面的缺陷，尤其明顯。身爲一位思想敏銳的詩人，既有受社會政治直接影響的群體意識，也有其個人獨立自覺的主體意識。特別是在人生道路的抉擇和人生態度的表現上，這種個人獨立自覺的主體意識，往往會產生關鍵性的作用。所謂「各師成心，其異如面」。個人如果不能保有這種特色，同一個社會群體下的作家，甚至大眾，豈非千人一面？淵明從出仕到歸隱，除卻社會外部因素外，也有其個人主觀價值觀和自身處境的特殊性。宋人已經注意到這一點，所以，對所謂的「不爲五斗米折腰」之說，提出諸多評論。這種對獨立自覺的主體意識的關注，也正是陶學研究進步和發展的重要客觀標志。

第三節　人生妙境理想人格的建立

一、生活態度 —— 任眞自得

淵明在「仕」與「隱」的問題上，曾有過一番掙扎，幾度出仕，幾度歸隱，最後自覺到在那樣的環境下追求功利，遠不及超功利的精神享受。所以他決定將「誤落塵網」的「自我」找回，回歸大自然中的「本我」，走向更完美、更理想的人生境界：

> 偶愛閒靜，開卷有得，便欣然忘食。見樹木交蔭，時鳥變聲，亦復歡然有喜。常言：五六月中，北窗下臥，遇涼風暫至，自謂羲皇上人。(〈與子儼等疏〉)

從官場回到田園，並非人生的失敗，他的出仕，是爲了實現自己獨特的理想志向；而他的隱退，也是爲了不違背自己的理想志趣，「遂志」才是他人生的意義所在。至於他所謂的「志」，當然不是只有限於「大濟蒼生」上。在〈感士不遇賦〉中，他曾道：「或擊壤自歡而隱遁，或大濟於蒼生，靡潛躍之非分，常傲然以稱情。」可見不論「進」或「退」，假使都出於順應自然的常情，那麼，隱遁或出仕也就沒有根本的區分，而所謂的「志」，就當是指一種放任不羈的心靈自由。既得自由，可以志在「長勤」，志在「銜觴賦詩」，或志在「騫翮思遠翥」，無適而不可。所以，不舍「志」，才是詩人人生的堅持。一旦「志」有所阻，不能得騁，他也就會感到懊惱、羞恥，深愧「平生之志」。所以「達則兼善天下，窮則獨善其身」的說法，套用在淵明身上，不盡然合適。他所追求的人生，既是「遂志」，也就是一種自然與自得，一種「介然安業」的超脫曠達。其中既有儒家「孔顏樂處」的「樂在其中」，也有道家「窮亦樂，通亦樂」的樂在「窮通」之上的超功利審美態度。淵明以非常自然的方式，融合了兩家，領悟人生的至美至樂。在閒靜中，他既可以「無樂自欣豫」地得到自我心靈的滿足，又可以無拘無束地擁有情感的慰藉。即使在「晨興理荒穢」的艱苦勞動中，他也可以體會「帶月荷鋤歸」(〈歸園田居〉其三)的詩情畫意，縱然是「辛勤無此比」，卻又能「常有好容顏」(〈擬古〉其五)，如果不是一個能夠超然物外的人，又如何能守得住清貧，「進」、「出」如此從容自然而無所滯礙！

淵明就是這麼一位自我主體意識較強的詩人，任眞自得，又能忘懷得失，所以，世人若純以「游方之內」來忖度淵明，是不合情也不合理的。他所注重的，是自我內在的完美，心靈的無塵，情操的高尚，甚至也包括道德的完善。而這些美質衡量的標準，並非全由顯赫的仕宦一途來決定，這就是淵明能夠超越群體意識的可貴之處，畢竟人生的價值取向，不是只有在治國輔政上，才能完全體現。雖是如此，但在淵明之前，或之後的士人，我們可以發現：鮮有人能夠跳出所謂的「群體意識」規範。長期以來，大家幾乎都是以儒家思想中的「窮」「達」觀來應世、處世，甚至在「窮」時，仍心存冀望，盼能轉「窮」爲「達」，並不即此甘於「獨善」。

在長期倫序一統的社會裡，「窮則獨善其身，達則兼濟天下」的儒家傳統觀念，對廣大知識份子一直有著左右命運的影響力，它幾乎成了士人的一種群體性意識。許多士人都遵循著先求「兼濟天下」之「達」，在不得之後，才歸於「獨善其身」之「窮」，後者基本上是潛在的，前者往往才是他們人生主要的奮鬥目標。淵明之前的建安時代如此，之後的唐、宋亦如是。以曹操來說，他亟於仿效「周公吐哺」，期使「天下歸心」(〈短歌行〉)，爲了實現此「達」，他孜孜不倦，甚至自比爲「老驥伏櫪，志在千里」(〈步出夏門行〉)。再如曹植，權勢雖不如其父兄，卻也念念不忘「戮力上國，流惠下民」(〈與楊祖德書〉)，晚年自省，因未能實現「兼濟天下」之志，竟有「寢不安席，食不遑味」(〈求自試表〉)之苦。後來的李白、杜甫，又何嘗不是如此！他們都是在求「達」而不能下，才不無痛苦地轉向「獨善其身」的退隱道路。看他一個出諸狂放地發出「人生在世不稱意，明朝散髮弄扁舟」(李白〈宣州謝朓樓餞別校書叔雲〉)的瀟灑;一個彷彿傷情地道出「非無江海志,瀟灑送日明。生逢堯舜君,不忍便永訣」(杜甫〈自京赴奉先縣詠懷五百字〉)。這些都可以看出他們對「兼濟」的重視,頗有「大丈夫當如是」的味道。這種看法也就造成許多懷才不遇的隱士,並非眞隱,而是將隱居視為一種謀求出仕的手段,走上所謂「終南捷徑」的道路。這般以仕宦進身為主要目的的隱退:「身處江海之上,心游魏闕之下。」嚴格來說,算不得隱逸,隱既與仕相對,可以仕而不仕,方成為隱。正因為有太多人無法甘於「隱」的寂寞,甚至清貧,所以,在隱居大不易下,眞正心甘情願,完全是情性所致而走上這一條道路的文士,自來十分稀少。吾人並非在責難「蓄養而待」、「審時而動」式隱逸的不是,畢竟「鐘鼎山林,人各有志」,只要順其志,不矯情,不欺世,心身自得,未必隱者為高,仕者為俗。只是許多人在做人生價值的選擇時,往往受到群體意識的制約,不能眞正「反求諸己」,追求眞正的自我所在。自我主體意識常常是被社會群體意識所壓抑,只能潛藏在心靈的小角落,在不能擺落「悠悠談」的情形下,生命也就難以活得大自在。而社會群體性意識的一再高漲,為所有的知識份子鋪設了一條無多選擇的人生道路,造成了許多人在達不到的情形下倍覺痛苦,生命意義自此落空,「長恨此身非我有」的感慨,也就與日俱增。所以,當他們目睹到淵明可以活得如此自然、眞實,既能「放浪形骸之外」,又能「謹守規矩之中」(明人鍾秀《陶靖節記事詩品》);既有儒家的「善」、「美」,又有道家的「眞」、「淳」。把尋常的人生,提煉為高雅脫俗的生活境界,讓外在的自然環境與內在的自我心靈和諧統一,甚至「靈」與「肉」做出完美的結合,形成一種不可抗拒的人格魅力,他們就不免傾心,眷眷之情油然而生。這也就是為何唐、宋以後的士人,始終對淵明有著一分崇高的敬意,禮讚之聲,未曾歇止的根本原因。

被歸為隱逸詩人的王績,是初唐人士中最早對淵明發出由衷贊嘆的人。他說:「嘗愛陶淵明,酌禮焚枯魚」(〈薛記室收過莊見尋〉)、「草生元亮徑，花暗子雲居」（〈田家〉）。這種推崇喜愛，與他個人際遇不佳而成為隱逸道路的過來人有很大的關係。為了讓生活也能過的如淵明的悠然自得，他甚至在許多生活情境上仿陶、效陶。史傳說他喜與隱士往來，並特將《周易》、《老子》、《莊子》等書置於床頭，儼然有心潛習道家的思想風度。歸隱後，亦以「琴酒自樂」，嗜酒尤其有名，傳聞他可以「飲至五斗不亂」，而「人有以酒邀者，無貴賤輒往」，並著〈五斗先生傳〉一篇。這些都顯示出王績對陶公人格、任眞自得的嚮往。他甚至連創作上，也不免仿〈五柳先生傳〉的「五柳」，而以「五斗」自況，濡染之深，不難看出。

不惟士人，即使是貴為君王的唐中宗李顯，也表達出對淵明一派風流自得的神往：「長房萸早熟，彭澤菊初收」、「陶潛盈把，既浮九醞之歡」（〈九月九日幸臨渭亭登高得秋字〉并序）。

另外，生命氣質幾分近似淵明的李白，同樣也對陶公的人格、精神境界給予高度的肯定。李白一生素以狂人自居，我行我素，重視個體自由。他的率眞，是其他唐人所罕及的。即使在追求閒適之際，也不稍減狂放的本質，而巧妙自然地將兩者結合在一起，完成了自我滿足的過程，這一點，與淵明的人生態度相彷彿。所以，他視陶公為天地間第一流高人雅士，也就不足為奇了：「夢見五柳枝，已堪挂馬鞭。何日到彭澤，長歌陶令前。」（〈寄韋南陵冰餘江上乘興訪之遇尋顏尚書笑有此贈〉）對一個狂放不羈，重視個體生命自由的人來說，陶公就是他們的知己：「兩人對酌山花開，一杯一杯復一杯，我醉欲眠卿可去，明朝有意抱琴來。」（〈山中與幽人對酌〉）不同的時代，卻有著相同的任眞，這就是淵明與李白。

田園詩人王維，在歷經人生的憂患浮沈後開始傾心山林，留連澤畔。他的隱逸明顯帶有「激流勇退」與「明哲保身」的色彩，不失為一種自覺自願的人生追求。世事的無常，政治的險惡，已使他心灰意冷。所以在力求其「淡」的心境下，他「出則陪岐、薛諸王及貴主游，歸則饜飫輞川山水」（張戒《歲寒堂詩話》卷上），轉為對生活無太大欲求的山林居士。由此心境出發，他對淵明的認識，一反年少的功利心眼，改以較客觀超然的態度，來體味詩人對生活經營的用心與眞誠。在〈偶然作〉詩中由衷的發出肯定讚嘆，心醉淵明「酣歌歸五柳」的瀟灑任眞：「陶潛任天眞，其性頗耽酒」、「奮衣野田中，今日嗟無負」、「得意苟爲樂，野田安足鄙」。從「少年十五二十時，步行奪取胡馬騎」（〈老將行〉）的血氣逞勇，到「路旁時賣故侯瓜，門前學種先生柳」（同上）的閑散淡然，這裡面清楚地記載王維一生心志的轉向。晚年他全身心地投入到大自然的懷抱，修養自我，過著逍遙自在的遁世生活，從此，他的心靈更加貼近陶淵明，對陶公人格的看法，也就與早年的無法諒解，不可同日而語。

對於淵明在仕、隱之間不委屈逆己，概能以「質性自然」爲人生選向的依歸，這種任眞自得的生活態度，宋人普遍都給予極高的評價。

任眞自得是淵明人格的集中表現，魏晉名士許多是「任情」而故作曠達狀，並非出於「眞性」，反而多流於「矯情」。淵明則不同，誠如蕭統所說的：「穎脫不群，任眞自得。」（〈陶淵明傳〉）所以，代表宋代詩文家與道學家最高成就的兩位中堅人物，蘇東坡與朱熹，儘管兩人思想氣性分歧，卻難得地都對淵明表現出極高的推崇：

> 孔子不取微生高，孟子不取於陵仲子，惡其不情也。陶淵明欲仕則仕，不以求之爲嫌；欲隱則隱，不以去之爲高。飢則扣門而乞食，飽則雞黍以延客。古今賢之，貴其眞也。（蘇軾〈書李簡夫詩集後〉）

> 晉、宋人物，雖曰尚清高，然箇箇要官職，這邊一面清談，那邊一面招權納貨，陶淵明眞箇能不要，此所以高於晉、宋人物。（朱熹語，見陶澍集注《靖節先生集‧諸本評陶彙集》）

這正說明淵明一生行爲出處，毫不矯揉做作，無一不是出之以率眞的性情。《冷齋夜話》的作者惠洪也說：

> 東坡每曰：「古人所貴者，貴其眞。陶淵明恥爲五斗米屈於鄉里小兒，棄官去；歸久之，復游城郭，偶有羨於華軒。」

姑且不論淵明在歸隱後，是否眞有「羨於華軒」之事〔註9〕，可貴的是，即使有，也是欲思濟世而毫不掩飾，這種自然流露毫不矯情處，正是顏延之誄辭中所稱的「亦既超曠，無適非心」了。

這種任眞的人格素養，其實從陶公對自己出處進退的絕對自主上，可以窺見一斑。「不以求之爲嫌」、「不以去之爲高」，該做官就做官，想歸隱就歸隱，無適而不可，他的價値觀是超乎世俗的。在順應自然之下，既可以泯物我，也能同是非，這種自覺，的確有著超拔於現實常人之上的意義。所以，劉後村對於山谷詩中所言：「淵明千載人，東坡百世士。出處固不同，風味要相似。」（見吳可《藏海詩話》）則別有看法：

> 士之生世，鮮不以榮辱得喪，撓敗其天眞者。淵明一生，惟在彭澤八十餘日涉世故，餘皆高枕北窗之日。無榮惡乎辱，無得惡乎喪，此其所以爲絕唱而寡和也。二蘇公則不然，方其得意也，爲執政侍從。至下獄過嶺。晚更憂患，於是始有和陶之作。二公雖惓惓於淵明，未知淵明果印可否？（陶澍集注《靖節先生集・諸本評陶彙集》）

一方面，他推崇淵明「懷抱則曠而且眞」（蕭統〈陶淵明集序〉）的人格特徵；一方面則對世人動輒推舉東坡比附陶公，或蘇軾兄弟有心自比陶公的傾向不表苟同。劉後村認爲，東坡的進退出處完全是以君主的意志爲轉移。得志時根本未能忘情政治，急流勇退；失意時因憂患日深，才有抽身之念，繼而有「和陶之作」，顯然是情勢所迫，非出於自覺自主。所以，他反問即使蘇軾兄弟一味鍾情於陶公，引爲知己，但不知陶公是否同意〔註10〕。

從以上，可以了解到宋人對淵明人格的標榜、推許。他有如「天

〔註9〕朱熹也持過類似的看法：「隱者多是帶氣負性之人爲之，陶欲有爲而不能者也，又好名。」（《朱子語類》卷一百四十）

〔註10〕劉克莊的看法，其實並非完全否定東坡的人格特色，從他也曾說過：「陶公如天地間之有醴泉慶雲，是惟無出，出則爲祥瑞，且饒坡公一人和陶可也」（《後村詩話》）來看，他仍然不得不承認宋人中，與陶公氣象較爲接近者，誠爲東坡。

地間之有醴泉慶雲，是惟無出，出則爲祥瑞」（劉克莊《後村詩話》）。在這種忘懷得失的任眞態度下，他一生或「擊壤自歡」，或「大濟蒼生」，均可以做到完全依個人情性來做不同的選擇，「傲然以稱物」，不受世俗是非、巧拙的影響。所以，黃徹一針見血地指出：「淵明所不可及者，蓋無於非譽、巧拙之間也。」（《溪詩話》卷五）這說明詩人是以一種超功利的生活態度在面對人生，如果強以世俗功利觀加諸其身上，不僅不合，也顯得可笑。

正因許多宋人在人情彌巧下，始終無法企及於淵明的一任自然、淡然若忘於世。加上黨爭和派系傾軋問題不斷，出爲兼濟或退而獨善的選擇，長期困擾他們，受制於政治，亟欲抽身又不能忘情，因此，便視淵明這種「遺榮辱，一得喪，眞有曠達之風」（眞德秀語，見陶澍集注《靖節先生集・諸本評陶彙集》）的理想人格爲世間唯一，每每在言談之中不禁流露出相當程度的深情與傾慕。如張文潛：「讀〈飲酒詩〉，竊愛其文辭，而慕其放達。」東坡也在〈和貧士詩〉中，進一步寫道：

> 夷齊恥周粟，高歌誦虞軒。產祿彼何人，能致綺與園。古來辟世士，死灰或餘煙。末路益可羞，朱墨手自研。淵明初亦仕，絃歌本誠言。不樂乃徑歸，視世羞獨賢。

這首追和之作，充分傳達出淵明去就隨心的任眞。以古代伯夷、叔齊、商山四皓進退出處的自性自在，對照今人的眷眷不捨，再襯映出淵明的「任性自然」，更見出其人的不平凡。北宋范元實曾經嘗試解讀東坡這首詩，論見十分精闢，可謂深得東坡之題旨：

> 此詩言夷、齊自信其去，雖武王、周、召不能挽之使留。若四皓自信其進，雖祿、產之聘亦爲之出。蓋古人無心於功名，信道而進退，舉天下萬世之是非，不能回奪。伯夷之非武王，綺、園之從祿、產，自合爲世所笑，不當有名，偶然聖賢辨論之於後，乃信於天下，非其始望。故其名之傳，如死灰之餘煙也。後世君子，既不能以道進退，又不能忘世俗之毀譽，多作文以自明其出處。如〈答客難〉、〈解

> 嘲〉之類皆是也。故曰：「朱墨手自研。」韓退之亦曰：「朱丹自磨研。」若「淵明初亦仕，絃歌本誠言」，蓋無心於名，雖晉末亦仕，合於綺、園之出。其去也，亦不待以微罪行，「不樂乃徑歸」，合於夷、齊之去。其事雖小，其不爲功名累其進退，蓋相似。使其易地，未必不追蹤二子也。東坡作文工於命意，必超然獨立於眾人之上，非如昔人稱淵明以退爲高耳。(《潛溪詩眼》卷上)

范溫的剖析，確切詳實，把東坡的原意闡釋得極爲清楚，亦有突顯陶公人格，直追夷、齊與四皓之可敬可佩處，更矯正了世人以爲「淵明以退爲高」的錯誤觀念。

世人「既不能以道進退」，又「不能忘世俗之毀譽」，所以，根本無法享受生活的自得與自在。淵明的「開卷有得」、「欣然忘食」、「見樹木交蔭，時鳥變聲，亦復欣然有喜」、「五、六月中，北窗下臥，遇涼風暫至，自謂是羲皇上人」(〈與子儼等疏〉)，這種種適意生活的情懷，的確是難與俗人言。葉夢得曾指出：

> 人誰無三間屋，夏月飽睡讀書，藉木陰，聽鳥聲，而惟淵明獨知爲至樂，則知世間好事，人所均有，而不能自受用者，何可勝數。吾今歲闢東軒，自伐林間大竹爲小榻，一夫負之可趨，擇美木佳處，即曲肱跂足而臥，殆未覺有暑氣。不知與淵明所享孰多少，但恨無此詩耳。(《玉澗雜書》)

相同的生活情節，若無相似的胸襟懷抱，也只是徒具形式、東施效顰罷了。淵明平生眞意，無不見及詩文，而且是自然流露，與一般俗人「多作文以自名其出處」，當不可同日而語。而這種情性的率眞自得，更可由生活的細節，得其大概。這一點，宋人的體會就遠比唐人深刻得多了。

「有生則有情，稱情則自然」(嵇康〈向子期難養生論〉)，淵明即是這般眞性情之人，所以後人別爲稱讚其人與其作是「情眞，景眞，事眞，意眞」(元人陳繹〈詩譜〉)，這種眞性情，許多時候也流露在與人往來對待的細節上。因爲情眞，故能自愛也能愛人，秉持「落地爲兄弟，何必骨肉親」（〈雜詩〉其一）的信念原則，淵明的人道思想是沒有等級之分的。這一點，宋人可謂獨具慧眼，體察入微，是歷代文士中首次注意到陶公這種「民胞物與」的精神光華者。黃庭堅就曾動容地指出：

> 昔陶淵明爲彭澤令，遣一力助其子之耕耘，告之曰：「此亦人子也，善遇之。」此所謂臨人而有父母之心者也。夫臨人而無父母之心，是豈人也哉！是豈人也哉！（《豫章先生文集·解疑》）

儒家的倫理內涵，顯然是淵明情感驅動的主要內容，從血親之愛推擴出去，成爲一種天地萬物的博愛，體現出作者寬厚宏博而誠摯的愛心〔註11〕，即使是僕力，也是有人的自尊，淵明的人道精神，無疑突破了魏晉以來閥閱制度的偏頗，帶有人的自覺精神與人性覺醒的積極意義。人性的眞淳美善，在淵明的身上是表露無遺的。誰無父母？誰無子女？若不能將心比心，是如山谷所言：「是豈人也哉！」不惟山谷，葛立方也曾對淵明諄諄告子務須「善遇人子」深爲稱揚：「蓋古人之役僕夫，其忠厚率如此！」（《韻語陽秋》卷二十）

另外，在生活情境的經營上，詩人是「以物觀物，而不牽於物；吟詠情性，而不累於情」（魏了翁語，費元甫〈陶靖節詩序〉引）。正由於其可以拋開物欲牽絆，放下私情繫累，所以可以「縱心肆志」，以一種審美的眼光來觀照整個生命，領悟人生的「至美至樂」。而這

〔註11〕陶淵明對待僕役的態度，其實正代表著自建安以來「人的自覺」精神和「人性」覺醒的一種體現。所以，他歸居田園之後，可以與左鄰右舍農人，眞誠往來，平等相待，完全擺脫一個文士鄙棄田事勞動的態度。由認同這份工作，而喜愛這裡面的人，完全出之以人性的「善」，來對待這些淳樸可愛的鄰曲。當然，淵明並非以毫無選擇的態度，來對待所有的人事。對於那些志不同、道不合的人，甚至品德低劣者，不論貴賤，他都出以相同的不屑。配合江州刺史檀道濟「往候之」一事來看，檀道濟之徒是無法理解淵明的，所以，淵明寧可忍飢挨餓，偃臥病榻，也絕不接受檀道濟的粱肉餽贈。可以說，他既接受了儒家仁愛思想的薰陶，又能做出合情合理的對待判斷，使後人在他身上發現了最珍貴的「人文主義」光輝。

種藝術心情，正是體現在所謂「酒中味」與「琴中趣」的追求上。

從淵明的詩文中，可以看到他對撫琴的陶醉，嘗自言：「少學琴書」（〈與子儼等疏〉）、「弱齡寄事外，委懷在琴書」（〈始作鎮軍參軍經曲阿作〉），不論仕宦與否，素琴長伴。這種喜好，甚至已到「臥起弄書琴」（〈和郭主簿〉其一）的地步。直至晚年，猶於〈自祭文〉說：「欣以素牘，和以七弦。」依理，如此嗜琴者，必是箇中高手，可是《宋書》卻言其「蓄素琴一張，無弦」，並且「不解音聲」；〈蓮社高賢傳〉亦同此說，又敘其自云：「但識琴中趣，何勞弦上聲。」這裡點出了淵明所撫者，不過無弦琴，而他卻能從中自得其樂。這種樂之所由，其實也就是莊子所說的：「無聽之以耳，而聽之以心。」（〈人間世〉）淵明捨棄了外在的形跡，不受樂器和技巧的制約，恣意縱橫，直取其心，所以，能得到這種「行之在心，外無形狀」的「無聲之樂」（孔穎達疏《禮記》）的自由享受。既然能夠享受「大音希聲」（《老子》）的美妙境界，又何必拘執於弦上聲音的傳達？「無聲之中，獨聞和焉」（莊子〈天運〉）。詩人所陶醉者，正是「弦外之趣」，追求的是一種內在、深層的審美意趣，而不是外在、表層的物象。如此一來，解不解音律，也就不是那麼重要了。

與「無弦琴」意趣相通、相應的，還包括詩人的「性嗜酒」。

魏晉名士幾乎個個沈湎酣飲，所謂「何以解憂，惟有杜康」（曹操〈短歌行〉），當然其中不少是爲了韜晦避禍、渾忘塵俗。淵明亦嗜酒，傳說在彭澤令上，公田悉令吏種秫，且曰：「吾嘗得醉於酒足矣。」（蕭統〈陶淵明傳〉）歸隱後，更好此樂：「親舊知其如此，或置酒而招之，造飲輒盡，期在必醉。既醉而退，曾不吝情去留。」（同上）更甚者，曾將好友顏延之造訪時，所置的兩萬錢，「悉送酒家，稍就取酒」（《宋書・隱逸傳》）。嘗九月九日，「値弘送酒，即便就酌，醉而後歸」（同上）。從這些記載都可以看出其「任眞自得」的性情。不惟史傳如此描述，淵明在其詩文中，也一再湧現出對箇中之喜好：「偶有名酒，無夕不飲」（〈飲酒〉詩序）、「故老贈余酒，乃言酒中仙」(〈連雨獨飲〉)、「舂秫作美酒，酒熟吾自斟」(〈和郭主簿〉其一)。連自作〈挽歌詩〉時，都意有未盡的指出：「但恨在世時，飲酒不得足。」(〈擬挽歌辭〉其一) 可見「酒」之於淵明，可謂大矣。從《世說新語‧任誕》所云：「三日不飲酒，覺形神不復相親」來看，對魏晉文人來說，飲酒不僅僅止於麻痺作用，其實也是通向物我兩冥境界的最佳途途徑：「酒正自引人著勝地。」(《世說新語‧任誕》) 陶公所以能吟出：「何以稱我情，濁酒且自陶。」(〈己酉歲九月九日〉) 正因爲杯中樂是他指向物外入神的最好憑藉，可以令他刹那間神遊象外，達到物我兩忘之境，既「不覺知有我」(〈飲酒〉其十四)，外物自是不縈於胸間，又「安知物爲貴」(同上)？所謂「無思無慮，其樂陶陶，兀然而醉，豁爾而醒」(劉伶〈酒德頌〉)。然而，他嗜酒卻不酗酒，因爲了解「酒中有深味」(〈飲酒〉其十四)，所以能夠以一種藝術心情來品酒：「試酌百情遠，重觴忽忘天。天豈去此哉，任眞無所先。」(〈連雨獨飲〉) 酒中眞趣，歡然自得，不但可以擺落世間悠悠談，也可以「逍遙浮世，與道俱哉」(劉伶〈酒德頌〉)。喝醉了，即使「雜亂言」、「失行次」(〈飲酒〉其十四) 又何妨！「我醉欲眠，卿可去」(蕭統〈陶淵明傳〉)，一旦可以忘卻俗情禮儀，人生也就可以任眞而率性，無所牽掛地進入到「天地萬物與我同一」的境界。掙脫有限時空，擁抱宇宙，個體的精神活動便可以獲得極大的自由，如大鵬一般：「背若太山，翼若垂天之雲，摶扶搖羊角而上者九萬里，絕雲氣，負青天，然後圖南。」(莊子〈逍遙遊〉) 這種物我隔膜的卸除，才是淵明飲酒的「眞意」所在。

對於淵明飲酒、撫琴的思想、眞意，唐、宋文人均表現出探討的興味。自謂「臣是酒中仙」的李白，即曾寫道：

> 陶令日日醉，不知五柳春。素琴本無弦，漉酒用葛巾。清風北窗下，自謂羲皇人。何時到栗里，一見平生親。(〈戲贈鄭溧陽〉)
>
> 笑殺陶淵明，不飲杯中酒；浪撫一張琴，虛栽五株柳。(〈嘲

王歷陽不肯飲酒〉）

從詩中的形容，我們彷彿看到淵明的高遠風韻。對於陶公撫賞「無弦琴」的用意，李白的體會，可謂陶公的千古知音。在〈贈臨洺縣令皓弟〉詩中，李白吟出：「陶令去彭澤，茫然太古心。大音自成曲，但奏無弦琴。」可以發現一生追求狂放與閒適的詩仙，在解讀淵明的人生時，也採取類似的心理態度。所以，他認爲陶公的撫琴，並非醉漢之舉，也非附庸風雅，而是一種超乎形跡的境界欣賞——「大音自成曲」。捨棄外在形跡，直取其眞，縱意馳騁，而得到不可言狀的「弦外之趣」。最美妙的音樂是聽不到聲音的，這正符合了老子「大音希聲」的審美意旨，達到音樂表現的最高境界。

唐人之中，提出相類似看法的還有張隨。張氏在〈無弦琴賦〉中云：

> 陶先生解印彭澤，抗跡廬阜。……酒兮無量，琴也無弦。……是以撫空器而意得，遺繁弦而道宣。……於是載指載撫，以逸以和。因向風以舒嘯，聊據梧以按歌。曰：樂無聲兮情逾信，琴無弦兮意彌在。天地同和有眞宰，形聲何爲迭相待。

可見張氏頗能體悟淵明自撫空器的樂趣，其實就是重在「得意」，既「得意」，也就無適不可，不須孜孜在乎是否有弦，重要的是能在撫弄之間，得到與「天地同和」的樂趣。

至於宋代歐陽脩，自號六一居士，所謂「六一」者，包括有琴一張。可見他亦具備相當的音樂素養，或許因此，他在體會淵明的弄琴之樂時，頗能感知淵明的眞意：「吾愛陶淵明，有琴常自隨。無弦人莫聽，此樂有誰知。」（〈夜坐彈琴有感二首呈聖俞〉）這種物外之趣的領會，非有獨詣以會，是難以享受的。明人陸樹聲在〈清暑筆談〉中，就提及歐公精通於此道，這也正是他能夠領知陶淵明的「得意」所在：

> 歐陽公論琴帖，自敘夷陵令時，得一琴，常琴也。及作舍人學士，再得琴，後一琴，雷琴也。官愈昌，琴愈佳。然在夷陵得佳山水耳，耳目清曠，意甚適。自爲舍人學士，

日奔走塵紛聒聲利，無復清思，乃知在人，不在器，苟意所自適，無弦可也。

得意處乃在人，非在器，琴器只是媒介。因此一個人的涵養深淺，境界高低，實乃可否得其趣的關鍵所在。

宋末人鄭思肖，與歐公的看法極相彷，也能立於高處，充分感受淵明「無弦琴」世界的聽覺之美。鄭氏在羨慕陶公之餘，特撰〈無弦處士〉一文，申發無弦的哲理，並寄寓個人懷抱：

晉徵士陶潛後八百七十七年，雪心先生羨無弦之意，亦假而寓焉。……彼無弦之琴，無朕可尋，雖無宮商，至樂悠長。欲辨玄黃，狂見荒唐。動機泯亡，遠邇蒼涼。不知其方，自然成章。非配桐以梓，可以發提，天機不露，萬響如瞽，絕越邃亡。……奚其琴，奚其弦，奚其聲，三者悉泯於無跡，然後吾之心始出，吾之心出，然後與萬化冥而爲一。譬如無弦之琴，不耀山水之音，寧枯於至貧，斷不可失無弦琴，君欲不寒斯盟，切勿辜負淵明，久假不歸。其名不名，曰無弦處士。(〈無弦處士說〉)

所謂「與萬化冥而爲一」，也就是唐人張隨所稱的「天地同和有眞宰」的境界。琴、弦、聲，三者「泯於無跡」，正是吾心出與萬化冥而爲一之時，這時的「得意」、「至樂」處，是旁人無法想像的。所以，領略「無弦琴」的聽覺美感，必由其心：「無聽之以耳而聽之以心」，這與庖丁解牛時，「官知止而神欲行」、「以神遇而不以目視」的境界，其實有異曲同工之妙。

東坡在詩文中，也曾簡括地道出淵明的生活特質，其中也包括所謂的「無弦琴」：

君不見拋官彭澤令，琴無弦，巾有酒，醉欲眠時遣客休。」
(〈和蔡準郎中見邀遊西湖〉三首之一)

雖然他對淵明有「無弦琴」深信不疑，可是卻不解其爲何撫弄「無弦琴」：

我笑陶淵明，種秫二頃半，婦言既不用，還有責子嘆。無

弦則無琴，何必勞撫玩。(〈和頓教授見寄用除夜韻〉)

又云：

陶淵明作無弦琴詩云：「但得琴中趣，何須弦上聲。」蘇子曰：「淵明非達者也。五音六律，不害爲達；苟爲不然，無琴可也，何獨弦乎？」(〈劉陶說〉)

東坡並非不解音律，但卻對淵明撫弄無弦琴感到迷惑，不能領會他寓琴以舒情、以得天趣之理的用心，因此以爲陶公「非達者」。在東坡認爲：即使五音六律，琴上有弦，也不妨其通達；尤有進者，即使無弦也無琴，一樣不失爲達者。像淵明好琴，體性全，卻粗具琴形，似乎與眞正通達者不盡吻合，所以，從淵明對琴的言行表現來看，顯示他在這方面仍然不夠通達。其實，東坡對「通達」的含義並無誤解，既通達，則形體已是次要。不過，吾人在檢視淵明通達與否時，當由其「任眞」一途入手，當他撫弄無弦琴，純然爲享受「無聲之樂」、「大音希聲」的美感，琴體形跡早已遺忘。陶公已然遺形，對琴之有弦無弦，早已「放下心」，一無掛礙，所以才會說：「但識琴中趣，何勞弦上聲」(〈蓮社高賢傳〉) 了。

整體而言，唐、宋人在淵明通曉音聲，蓄有「無弦琴」一張的共識上，幾乎無多異議。唯一較特殊的是，宋人阮閱《詩話總龜》卷六所收，題名〈百斛明珠〉者所云：

淵明自謂「和以七弦」，豈得爲不知音？當是有琴而弦弊壞，不復更張，但撫弄以寄其意，如此爲得其眞。

文中，作者首先以淵明自云「和以七弦」，來駁斥蕭統、沈約等人所稱的「淵明不解音律」。至於既解音聲，爲何所蓄爲「無弦琴」一點，則解釋爲「當是有琴而弦弊壞，不復更張，但撫弄以寄其意」。顯然此說是從東坡的論點出發，進而澄清淵明是位達者。既是達者，就必須替淵明緣飾，以符合東坡所稱的「五音六律，不害爲忘琴」的原則。所以，在必須承認無弦琴存在，又不妨其爲達者的前提下，乃推想爲「有琴而弦弊壞」，陶公撫弄無弦琴，乃爲偶發性的情境。這種說法，只著眼於表面現象上的推測，對揭示個中底蘊，並無實際助益，所以，後代接踵或增益其說的人極少見。

至於淵明的「嗜酒」，唐人的看法就不如對「無弦琴」的體會來得深刻。有唐近三百年，文士無不將淵明之醉酒予以理想化，視爲清高人格的襯筆，從中寄寓個人的理想情趣。這種認知，實際上距離陶公的思想有一段落差，幾乎流於皮相之見。比起昭明太子的品題：「吾視其意不在酒，亦寄酒爲跡」來說，反有倒退的傾向。如王績，除了發現「阮籍醒時少，陶潛醉日多」（〈醉後〉）外，還擬設了一個「醉之鄉」，並言：

> 阮嗣宗、陶淵明等十數人，並遊於醉鄉，沒身不返，死葬其壤，中國以爲酒仙云。（〈醉鄉記〉）

王維也以爲詩人屢屢有「斗酒呼鄰曲」之舉，可見「其性頗耽酒」。當酒精發作之際，則「兀傲迷東西，蓑笠不能守」，甚至「傾倒強行行，酣歌歸五柳」（〈偶然作〉）。劉長卿則將淵明的嗜酒，與王羲之等人永和九年的蘭亭宴遊，相提並論，視爲文人風流的一種表現：

> 壺觴須就陶彭澤，時時獨傳晉永和。更待持橈徐轉去，微風落日水增波。（〈三月三日李明府後庭泛舟〉）

白居易的體會，則稍爲具體，多少能得陶公的飲酒眞意：

> 歸來五柳下，還以酒養眞。人間榮與利，擺脫如塵泥。先生去已久，紙墨有遺文。篇篇勸我飲，此外無所云。（〈效陶潛體詩十六首〉其一）

這說明了淵明飲酒是爲了追求一種「眞」的意趣，而酒的「深味」也正在此。隱逸詩人陸龜蒙，則是將陶公「取頭上葛巾漉酒，畢，還復著之」的形象加以渲染，抹上了一層更具光華的人格色彩：

> 靖節高風不可攀，此巾猶墜凍醪間。偏宜雪夜山中戴，認取時情與醉顏。（〈漉酒巾〉）

以上除了白居易的看法可以遙承蕭統的卓見外，其餘對於淵明嗜酒的認知，都缺乏思想體會，他們幾乎都熱衷於描繪陶公嗜酒的「仙然」模樣，著意勾勒其外表，而忽略詩人內心世界的探討。這是因爲唐代詩壇本身就有醉飲成風的歷史背景，文人學士皆喜飲酒，酒既能抒發飲者心中的喜悅，也可排遣胸中的鬱悶。詩和酒，是他們人生的最愛，許多人都是詩酒俱佳者，如賀知章、白居易。而韋應物還被稱爲「詩酒仙」；李白「斗酒詩百篇」之名，也是舉國皆知；文人間拼酒、鬥酒之事，更是時有所聞。杜甫也乘機做了一首〈飲中八仙歌〉，以生動的形象，對八個人的醉態做了詳盡的刻畫，傳達「八仙」酣飲之際的飄逸之姿，表現出當時人們不受世情凡俗的約束，嚮往個性自由的浪漫精神〔註12〕。因爲唐人有這樣的文化背景，所以往往不自覺地藉古人相類似的形跡，做爲自己酣歌醉飲，盡情享樂的歷史根據。如此一來，淵明飲酒的「眞意」，反而被掩飾了，一直要到宋代，才得到澄清的機會。

在掘發詩人嗜酒的思想背景中，東坡率先跳出酣飲飄逸的形象塑造，從作者一系列〈飲酒〉詩下手，試圖釐清淵明喝酒的眞象。他以爲詩人若是在酣飲間寫下這些作品，「何緣記得此許多事」？(〈書淵明「飲酒」詩後〉)。而從「但恐多謬誤，君當恕醉人」中，他找到了答案：

> 此未醉時說也。若已醉，何暇憂誤哉！然世人言「醉時是醒時語」，此最名言。(〈書淵明詩〉)

他意識到陶公的醉語，其實是打著「醉酒」旗幟，一吐清醒時不便明抒的感懷。這般體識，的確顧及詩人的時代及思想背景，也比較能合

〔註12〕天寶初年，李白、賀知章、李璡、李適之、崔宗之、蘇晉、張旭、焦遂等八位詩酒仙曾在長安一座酒樓上拼酒。杜甫在他的〈飲中八仙歌〉中，特以生動形象的文字對這八個人及其醉態做了描述：「知章騎馬似乘船，眼花落井水底眠。汝陽三斗始朝天，道逢曲車口流涎，恨不移封向酒泉。左相日興費萬錢，飲如長鯨吸百川，銜杯樂聖稱避賢。宗之瀟灑美少年，舉觴白眼望青天，皎如玉樹臨風前。蘇晉長齋繡佛前，醉中往往愛逃禪。李白一斗詩百篇，長安市上酒家眠。天子呼來不上船，自稱臣是酒中仙。張旭三杯草聖傳，脫帽露頂王公前，揮毫落紙如雲煙。焦遂五斗方卓然，高談雄辯驚四筵。」杜甫巧妙地以不同的酣飲之態，傳達出「八仙」的飄逸之姿，表現了盛唐時代文人不受世情凡俗拘束，嚮往個性解放的浪漫精神。

理解釋陶公嗜酒的原因所在。

相類似的意見，還包括葉夢得與湯漢兩人。

葉夢得在評淵明的〈飲酒〉詩第十四首時云：

> 晉人多言飲酒，有至於沈醉者，此未必意眞在於酒。蓋時方艱難，人各懼禍，唯託於醉，可以粗遠世故。（《石林詩話》卷下）

湯漢則於〈飲酒〉詩第十三首下，注云：

> 醒者與世討分曉，而醉者頹然聽之而已。淵明蓋沈溟之逃者，以醒爲愚，而以兀傲爲穎耳。（《陶靖節先生詩注》卷三）

葉、湯兩人之見如同東坡一樣，都是在聯繫晉、宋政局與社會風氣後做出的理解，咸以爲詩人飲酒的動機並不單純，而蕭統的「寄酒爲跡」之說，無疑是他們尋訪解答的契機。加上淵明自己在詩文中透露的訊息，讓宋人在條理詩人喝酒的原因時，能夠跳出「以酒論酒」的狹小範圍，從更高、更寬的角度來著眼。所以這些意見，基本上都爲元、明、清乃至近人所接受。

不過，如果再從淵明的人生態度來看待他的飲酒，其實，酒中的眞味不僅僅只是可以抒發懷抱，寄寓憤世之情而已。在陶淵明的身上，也能煥發出一種生活的清趣，有人對飲固好，無人而自斟，也能品嘗酒中的無上情味，這才是陶淵明人生迷人的所在。東坡不僅注意到詩人藉飲酒以緣飾「吐之則逆人」的後患，免觸世網，也看到詩人喝酒時的另一種藝術心情——「試酌百情遠，重觴忽忘天」（淵明〈連雨獨飲〉）。又云：

> 孔文舉云：「坐上客常滿，樽中酒不空，吾無事矣。」此語甚得酒中趣。及見淵明云：「偶有名酒，無夕不飲。顧影獨盡，忽焉復醉。」更覺文舉多事矣。（《東坡題跋・書淵明詩》）

舉觴自飲，亦能歡然自得，比之孔融的「客滿對酌」，淵明境界顯然略勝一籌。他喝酒並無一般文人的繁文縟節。詩人或「即便就酌」，或「要之其至酒坐，雖不識主人，亦欣然無忤」，個性率眞若此。蓋飲酒一事，既能寄寓懷抱，又能進入物我兩忘境界，回歸自然。這般深味很難教人離手！張文潛就認爲淵明的飲酒，首重其「趣」。一來家貧，不能常飲；二來，其所與飲者，多是「田野樵漁之人，班坐林間」。所以，淵明是不可能在形式上吹毛求疵的，要求必飲美酒來達成「口腹」的滿足（見李公煥《箋注陶淵明集》卷三引）。這的確道中了淵明對生活的態度。在〈和劉柴桑〉一詩中，淵明嘗自言：「谷風轉淒薄，春醪解飢劬。弱女雖非男，慰情良勝無。」趙泉山特別對此四句加以發揮：

> 雖出於一時之諧謔，亦可謂巧於處窮矣。以弱女喻酒之醨薄，飢則濡枯腸，寒則若挾纊，曲盡貧士嗜酒之常態。（李公煥《箋注陶淵明集》卷二引）

其窮困至此，卻仍然嗜酒情深，一語破的，其中所嚮往的，不過是酒中「任眞無所先」的境界，既是如此，濁酒又何妨〔註13〕！獨飲又何妨！欲得眞味，形式也就必須擺落，不能過分地去強調、在乎，這就是淵明任眞生活的一部分。

然而，在許多宋人對淵明嗜酒發出讚嘆的同時，南宋呂祖謙卻有不同的看法。他對淵明〈雜詩〉其八最後的「且爲陶一觴」，大不以爲然，認爲：「卻有一任他底氣象，便是欠商量處。」（《呂東萊文集·雜說》）呂氏的感覺是其中有不知節制之嫌，以「過則爲災」來看，他顯然是從理性的角度出發，批評詩人飲酒的放任，怕是感性的氾濫。呂祖謙乃一理學家，爲人本來有就事論事、注重事功的傾向，所以發此議論，也就不足爲怪。除此之外，宋人對淵明飲酒動機與思想的認知，是比唐人要符合詩人的情性本質的。

二、生活實踐 —— 守節固窮

如果說「不委屈而累己」，表現著道家傳統對精神自由及個體人

〔註13〕淵明飲酒，但得酒中之趣味，並不講究口味之享受，所以在〈己酉歲九月九日〉中，且云：「濁酒且自陶。」〈飲酒〉其十九亦言：「濁酒聊可恃。」甚至爲了能多喝幾口，他還喝摻水的酒。《雲仙雜錄》記載：「陶淵明得太守送酒，多以春秫水雜投之，曰：少延清歡。」

格的極高推崇，那麼「寧固窮以濟意」，就凸顯出儒家傳統對志節操守的極端重視。

遠從孔子開始，在文化漫流的歷史發展過程中，儒家思想便逐漸積澱出一項極其重要的「尚志」傳統。孟子也說：「士窮不失義，達不離道。」「志」或「道」所指的，即是一種社會理想。陶淵明既本持孟子所稱的「志士不忘在溝壑」（〈滕文公〉下）的精神，又具有屈原的骨髓氣節，所以，當「眞風告逝，大僞斯興」之際，爲了持志，他再也不肯「爲五斗米折腰向鄉里小兒」，即使是飢寒交迫，必得走上乞食一途，也不改變這種心志。在〈飲酒〉（其九）詩中，他鄭重發出宣告，對勸其「汨其泥」的田父說：「深感父老言，稟氣寡所諧。紆轡誠可學，違己詎非迷。」其中暗示著自己也曾有過屈原式的掙扎，徘徊在「清」、「濁」、「醒」、「醉」之間，但他和屈原一樣，都拒絕了隨波逐流。但是，兩人最後的人生歸向，卻是大異其趣，「醉眠陶令，終全至樂；獨醒屈子，未免沈菑」（稼軒〈〈沁園春・城中諸公載酒入山，余不得以止酒爲解，遂破戒一醉，再用韻〉），屈原選擇了投水自沈，而淵明卻在「清」、「濁」之間成全另一種選擇：不管是水清或水濁，都無損於自己的自處，只要在精神上超越濁世污穢，澄清己志，世之清濁又怎能奈何得了我之清濁！也因此，他的持志守節，沒有一般人的痛苦呻吟，也沒有一般人的不安蠢動。他是以「任眞而自得」的懷抱，去面對守節，並補充守節過程中可能的心理煎熬。所以，可以自然而然地達到「稱情而自然」的境地。心既有所安，亦必有所得。

從南朝鮑照長嘆：「丈夫生世會幾時，安能蹀躞垂羽翼」起，唐、宋文士幾乎都以淵明這種精神氣質，做爲個人行事的理想原則，縱使其間有人發出「屢乞而慚」、「一慚之不忍，而終身慚乎」（王維〈與魏居士書〉）的嘲諷，還是抵擋不住大多數知識份子對淵明的崇拜。在現實環境下，文士幾乎是以一種「雖不能至，然心嚮往之」的心情，對詩人發出衷心的禮讚。像李白，在建功理想落空之際，長歌高呼：「安能摧眉折腰事權貴，使我不得開心顏。」（〈夢遊天姥吟留別〉）

即是淵明蔑視權貴，不肯屈服小人的精神遺響。

又如白居易，也對陶公一生的堅貞不屈、矢志不二十分景仰。嘗以「垢塵不汙玉，靈鳳不啄膻」（〈訪陶公舊宅〉）比喻他高尚人格，並稱頌道：「腸中食不充，身上衣不完，連徵竟不起，斯可謂眞賢。」所以，每讀〈五柳傳〉，樂天先生總是「目想心拳拳」（同上），不能自已。再對照自己對功名仕進的始終難捨，淵明的「不慕樽有酒，不慕琴無弦，慕名遺榮利，老死此丘園」（同上），益教人深愧不如。

再如「早爲世所捐」的東坡，也能從淵明的人格中，發現自我。他認爲淵明〈擬古〉詩中的「東方一士」，即是陶公自己的化身，詩中所謂「願留就君住，從今至歲寒」，正傳達出淵明堅持晚節的可貴。對於詩人這種爲維護「道」而堅持隱居的品格，東坡不免流露出深深的嚮往：

> 此東方一士，正淵明也。不知從之游者，誰乎？若了得此一段，我即淵明，淵明即我也。（〈書淵明東方有一士詩後〉）

另外，東坡在稱許陶公「紆轡誠可學，違己詎非迷，且共歡此飲，吾駕不可回」（〈飲酒〉其九）時也說：

> 此詩叔弼愛之，予亦愛之。予嘗有云：言發於心而沖於口，吐之則逆人，茹之則逆予。以謂逆人也，故卒吐之。與淵明詩意，不謀而合，故并錄之。（〈錄陶淵明詩〉）

雖然淵明晚年的生活十分艱苦，已然「襤褸茅簷下」，造成時人不忍，屢有勸他出仕，甚至朝廷也徵他爲著作郎之舉。但他卻仍堅持己志，不肯復出，一副不爲世俗所羈的神氣態度。而相類似的操守懷抱，其實在東坡的身上也隱約可見。和淵明一樣，東坡與世俗總是落落寡合，卻又不肯屈從世俗，然骨鯁在喉，所以寧可選擇一吐爲快。縱使這種「狂直」個性，爲自己種下了「早爲世所捐」（〈懷西湖寄晁美叔同年〉）的蹭蹬命運，但他仍然還是選擇順應自己的原則本性，繼續過著心安則身安的生活，既不以貶謫爲懷，又能隨遇而樂。可見東坡身上，多少有著和淵明相同的任眞。這種人格情性、生活態度，讓不同時代的兩人縮短許多距離。所以，東坡常常會不由自主地引淵明為知己、同調，表示：「吾於淵明，如其為人，實有感焉！」(〈與蘇轍書〉)這種感知愈深，不僅讓他覺得淵明人格的崇高不可及，也愈發覺得自己的不足，年華蹉跎，所謂「半生出仕，以犯世患，此所以深愧淵明，欲以晚節師範其萬一也」(〈與蘇轍書〉)，這確實是東坡真誠的告白。

同樣酷愛淵明，並自號「醉翁」，暗示對朝政不滿的歐陽脩，也是陶公人格的醉心者。當初他不畏強權，挺身為范仲淹辯護受牽連，雖為謫臣，而猶未悔，所以好友梅堯臣特許以「陶淵明」，並賦詩為別云：

> 淵明節本高，曾不為吏屈。斗酒從故人，籃輿傲華紱。悠然目遠空，曠爾遺群物，飲罷即言歸，胸中寧鬱鬱。(〈送永叔歸乾德〉)

另如南宋姜夔，始終一介書生，既無機會兼濟天下，隱居又難以自足，卻猶能保住人品，天放任真，持志不改，雖有詩名，卻不以詩為游走乞索之具，後人多視其具有魏晉風度。這隱然間，不正讓我們看到淵明精神人格在宋人身上的發酵！

又如大詞人辛棄疾，在幾次的宦海浮沈後，深深體會到淵明在「士志於道」堅持上的不易，既肯定他這種守節不渝的心志，也決意以他為師，向渾濁黑暗、是非顛倒的社會，宣告徹底決裂：「穆先生、陶縣令，是吾師。」(〈最高樓・吾擬乞歸，犬子以田產未置止我，賦此罵之〉)可謂浩氣直貫而下。稼軒一生雖然迭遭挫折失意，而兀傲之氣依違猶存，那種「傍素波，干青雲」的氣概，可謂直追陶淵明。時代的不堪，令辛棄疾有強烈的無力感，長期的政爭，使他更能深刻體會到淵明當年的處境：對統治者難以根除的痼疾沈，是多麼的心痛，而他選擇毅然去職，又是多麼令人可敬！這種切身的體會，使他更相信陶公的歸田守志，是存在著熾烈的感情：

> 老來曾識淵明，夢中一見參差是。覺來幽恨，停觴不御，欲歌還止。白髮西風，折腰五斗，不應堪此。問北窗高臥，

> 東籬自醉，應別有，歸來意。須信此翁未死，到如今，凜然生氣。吾儕心事，古今長在，高山流水。富貴他年，直饒未免，也應無味。甚東山何事，當時也道，爲蒼生起。(〈水龍吟〉)

在稼軒看來，淵明的持志退隱，絕非忘卻世事，只因其才高志大，世亂位卑，不能有爲，故自免去職。所以，他的隱退其實是對「道」、對人生理想的一種堅持。而這種「應別有，歸來意」，正暗示淵明的「猛志」即使在告別官場後，依然是「常在」的。所以說，「須信此翁未死，到如今，凜然生氣」，這種爲「道」而堅持的精神是永遠不朽的。

朱熹的體會亦然。即使在他無端被派以「結黨營私，圖謀不軌」的罪名下，依然以忠義剛直之氣，堅守善道，繼續講學不輟。他對淵明以晉世宰輔子孫之態，恥復屈身後代，晉、宋易位之際，不肯出仕，特爲贊賞，認爲即使「後世能言之士」，也應當「自以爲莫能及也」。所以一再在詩文中湧現對陶公「未肯輕爲折腰客」、「霜下風姿正奇特」(〈題霜傑集〉)風節的傾心悅服。心有靈犀一點通，在被冠以「僞學逆黨」之首的那幾年，朱熹特藉註解古人詩文來抒發自己「繾綣惻怛」的愛國之情，這與淵明藉詩文、琴、酒以自娛的情懷，實乃相通。正因朱熹是一個具有憂患意識與進取精神的思想家，所以他對陶公的人格與詩，一再產生強烈的共鳴：

> 予生千載後，尚友千載前。每尋高士傳，獨嘆淵明賢。(〈陶公醉石歸去來館〉)

跨越了時空，朱文公找到了千古知音。

宋末英雄文天祥，生當悲情的時代，令他痛苦不堪。但他仍然力圖恢復，念念不忘宋室，自比爲「一片磁針石，不指南方不肯休」(〈指南錄〉)。他並不時以古代胸懷正氣之士的高風亮節勗勵自我。他由淵明身上，汲取到矢志不渝的精神力量，激發出個人「當仁不讓」的報國豪情：

> 天邊青鳥逝，海上白鷗馴。王濟非癡叔，陶潛豈醉人。得

官須報國，可隱即逃秦。身事蓋棺定，挑燈看劍頻。(〈海上〉)

在文山先生的觀念中，陶公的隱志，其實是有反抗暴政的積極意義。

從以上可以發現，宋人所以贊賞陶公的原因之一，實在於他一生不爲世事所累，不屈己從人，也不附媚權貴的高尚情操。洪邁就曾爲文指出：

> 淵明詩文率皆紀實，雖寓興花竹間亦然。〈歸去來辭〉云：「景翳翳以將入，撫孤松而盤旋。」其〈飲酒〉詩二十首中一篇云：「青松在東園，眾草沒其姿。凝霜殄異類，卓然見高枝。連林人不覺，獨樹眾乃奇。」所謂孤松者是已，此意蓋以自況也。(《容齋三筆》卷十二)

這種持志品格，確實有如青松雖冒凝霜，而卓然挺立，似秋菊但迎寒風，而傲然開放。陶公在詩文中，一再表述自己的爲人是「性剛才拙，與物多忤」(〈與子儼等疏〉)，「剛」則不阿，「拙」則能守，所以他既可以不與世苟合，也能不隨俗俯仰。這種情操，除了是來自傳統家風外，先人典籍風範的啓示，也是是他最堅實的依靠。他「歷覽千載書，時時見遺烈；高操非所攀，謬得固窮節」(〈癸卯歲十二月中作與從弟敬遠〉)。因爲自己純樸自然，不弄機巧，所以他能夠秉以高節自勵，視出仕爲違心逆志，寫下了「望雲慚高鳥，臨水愧游魚，眞想初在襟，誰謂形跡拘」(〈始作鎮軍參軍經曲阿〉)的眞切感言，下定決心「聊且憑化遷，終返班生廬」(同上〉)。這種全身而退的勇氣，向來即爲掙扎、游移於仕、隱之間的文人所不及的。一個人就算是身在魏闕，心在江海，要完全擺脫錦衣玉食、高車華屋之念，又談何容易！但詩人做到了。這中間的爲難、堅忍處，誠如羅大經所云：

> 士豈能長守山林，長親蓑笠，但居市朝軒冕時，要使山林蓑笠之念不忘，乃爲勝爾。陶淵明赴鎮軍參軍詩曰：「望雲慚高鳥，臨水愧游魚。眞想初在襟，誰謂形跡拘。」似此胸襟，豈爲外榮所點染哉！(《鶴林玉露》卷五)

的確，眞要全身而退並不是一件易事。在一開始，淵明決意從政壇抽身，走向躬耕自資的道路時，現實就預示著種種可能的艱辛。但詩人毫不退卻，仍然選擇辭官，即使在日後環顧周遭，儼然已是「了無一可悅」(〈癸卯歲十二月中作與從弟敬遠〉)，面臨到「勁氣侵襟袖，簞瓢謝屢設，蕭索空宇中」(同上)的難堪，他仍然表示決心「吾駕不可回」(〈飲酒〉其九)。這種「富貴不能淫，貧賤不能移，威武不能屈」的持志品格，對許多士人來說，只是一種理想，對淵明而言，卻是一種人生精神的落實！

從一個衰落的仕宦家庭，跌入貧窮艱困的庶族處境，淵明面對了一個最殘酷的現實問題：如何求得溫飽？如何讓自己還有家人生存下去，而且是有尊嚴的活下去？在「靈」與「肉」之間，他試圖做出一個平衡。他在「大濟蒼生」幾乎無望下的出仕，本是爲求溫飽，爲解決「肉」的需求。然在物質干擾精神的情形下，他無法讓「靈」屈從於「肉」，長期過著「自以心爲形役」的日子，所以，他決定安貧守志，遵循孔子「君子固窮，小人窮斯濫矣」(〈衛靈公〉)的遺訓，不失儒門本色的度過人生的後半輩子。但是他之所以比一般儒者更通達的地方，乃在於他能夠清楚地意識到「人生歸有道，衣食固其端。孰是都不營，而以求自安」(〈庚戌歲九月中於西田獲早稻〉)的生存規律。所謂「憂道不憂貧」，是「瞻望邈難逮」(〈癸卯歲始春懷古田舍〉其二)的，所以，詩人在以心滿意足享受「詩書敦宿好，林園無世情」(〈辛丑歲七月赴假還江陵夜行塗口〉)的閒適生活時，仍然不忘「晨出肆微勤，日入負禾還」(〈庚戌歲九月中於西田獲早稻〉)。雖然辛苦，但畢竟「所懼非飢寒」(〈詠貧士〉其五)，只要能滿足最低限度的衣食需求——「粳米塡度，粗布禦冬」，讓「靈」與「肉」之間的衝突降至最低，精神能自由自得，躬耕也就非他所嘆了。

不過值得留意的是，儘管詩人一向意志堅定地認爲「窮通靡攸慮」(〈歲暮和張常侍〉)，但「靈」、「肉」之間的矛盾還是時常衝擊著他的生活。從〈戊申歲六月中遇火〉一詩中所描述的：「一宅無遺宇，舫舟蔭門前。」及〈怨詩楚調示龐主簿鄧治中〉形容的：「風雨縱橫至，收斂不盈廛。夏日抱長飢，寒夜無被眠。」正反映出他實際的窘迫遭遇。雖然自己是唯善而行，卻不足以解決生活的難境。在生存已然受到最嚴酷的考驗下，我們卻仍然可以看到一個不屈服於現實環境的崇高靈魂，一再疾聲吶喊：「誰云固窮難，邈哉此前修」（〈詠貧士〉其七）、「固窮夙所歸」（〈有會而作〉）、「竟抱固窮節」（〈飲酒〉其十六）、「貧富常交戰，道勝無戚顏」（〈詠貧士〉其五）。詩人的高風亮節，不喻而明。所以對唐、宋的士人而言，淵明又何嘗不是：「誰云其人亡，久而道彌著！」（淵明〈詠二疏〉）

因爲持志守節，所以淵明也就能「固窮」，縱使饑寒交迫，他也矢志不渝。〈擬古〉第三首中，他就假托與仲春時節返歸舊巢的新燕談心，來寄寓雖世事變革，而自己卻仍不忘故物，不改初衷的微意：「自從分別來，門庭日荒蕪；我心固匪石，君情定何如。」「我心匪石，不可轉也」，貼切的道出自己的堅定，彷如夸父逐日、精衛塡海、刑天舞干戚般的不屈。詩人在面對火災、蟲害，「慷慨獨悲歌」後，卻能自比爲黔婁，依然堅挺地過著「固窮」的日子。「貧」與「道」無關，儘管再窮，能夠守道，精神也就無憂。誠如莊子所言：「古之得道者，窮亦樂，通亦樂，所樂非窮通。」（〈讓王〉）這就是淵明的執著。這種執著，代表的意義是：「死生不改其操，貧賤不以道得者不去。」即使「顚沛」，也必於是者矣（清人何焯〈義門讀書記〉）。試想，歷來有多少文士只爲了裹腹禦寒而屈己從人，兩相對照，更襯映出詩人的不凡。所以，東坡就一針見血指出：「以夕露沾我衣之故，而違其所願者，多矣！」（見湯漢《陶靖節詩註》）感慨之餘，也不禁對淵明因貧病交迫，淪而乞食，寄與無限的同情：

> 淵明得一食，至欲以冥謝主人，此大類丐者口頰也，哀哉！哀哉！非爲余哀之，舉世莫不哀之也。飢寒常在生前，聲名常在身後，二者不相待，此士之所以窮也。（〈書淵明乞食詩後〉）

這種感同身受的體會，讓東坡對淵明的人品有著更多的傾心，他甚至以爲：

俗傳書生入官庫，見錢不識。或怪而問之。生曰：「固知其爲錢，但怪其不在紙裹中耳。」予偶讀淵明〈歸去來辭〉云：「幼稚盈室，瓶無儲粟。」乃知俗傳信而有證。使瓶有儲粟，亦甚微矣。此翁平生只於瓶中見粟也耶！（〈書淵明歸去來序〉）

東坡是這般堅定地相信詩人的貧困之言並無誇張，不意，卻挑起了宋人對陶公家貧程度的針鋒相對。

《宋書》本傳嘗記載淵明「種秫稻」一事：

（淵明）復爲鎮軍、建威參軍，謂親朋曰：「聊欲弦歌，以爲三徑之資，可乎？」執事者聞之，以爲彭澤令。公田悉令吏種秫稻，妻子固請種杭，乃使二頃五十畝種秫，五十畝種杭。

蕭統的〈陶淵明傳〉亦同於沈說，並補述淵明嘗有言：「吾常得醉於酒，足矣。」其實，照蕭〈傳〉所言詩人爲彭澤令時，因不以家累自隨，而送一力予其子來看，淵明當是未嘗攜妻子赴任。故〈歸去來兮辭〉始云：「僮僕歡迎，稚子候門。」雖未指明妻子，但家室留住潯陽，未隨就任，是最有可能的情況。如此一來，妻子又如何在彭澤「固請種杭」？宋人馬永卿爲澄清世人由《宋書》、蕭〈傳〉所引發的誤解，以爲詩人爲彭澤令時，既將公田種上釀酒之用的秫米，足見衣食溫飽無虞，而言其家貧，未免形容太過？於是，特爲文指出：這種以公田種秫或種杭之事來否定淵明家貧的說法，其實是不正確的，因爲：

淵明之爲縣令，蓋爲貧爾，非爲酒也。「聊欲弦歌，以爲三徑之資」，蓋欲得公田之利，以爲三徑閒居之資用爾，非爲旋創田園也。舊本云公田之利過足爲潤，後人以其好酒，遂有公田種秫之説；且仲秋至冬，在官八十餘日，此非種秫時也。故凡本傳所載，與〈歸去來序〉不同者，當以序爲正。（《嬾真子》卷五）

馬氏的看法頗爲中肯。他以秋冬之交，節氣不宜種稻，來反駁俗說，的確是較合情理。畢竟考其心志，貧困確爲淵明不得已再仕的眞實原因之一，這一點，後人是了然胸中的。不過，宋人之中，仍不乏有固執相信史傳所言者，《容齋隨筆》作者洪邁，就是一例。

洪氏以爲從淵明前後兩次娶妻，在彭澤又悉令公田種秫以爲釀酒之用來看，覺得詩人家境未必眞是窮困之至：

> 淵明在彭澤，悉令公田種秫，曰：「吾常得醉於酒足矣。」妻子固請種秔，乃使二頃五十畝種秫，五十畝種秔。其自敘亦云：「公田之利，足以爲酒，故便求之。」猶望一稔而逝。然仲秋至冬，在官八十餘日，即自免去職，所謂秫秔，蓋未嘗得顆粒到口也，悲夫！（《容齋隨筆》卷八）

這完全是依沈、蕭二人〈傳〉所載，再加上詩人嗜酒的特徵，進而設想出來的答案。

馬、洪兩人的意見爭鋒而出後，便造成明、清文士在這個問題認知上的糾葛不清。其實，不論淵明的詩文是否形容太過，或是生活眞是「窮困之狀，可謂至矣」，其作品中所反映的生活，及抒寫情懷的眞實性，卻是不容輕易懷疑否定的。梁啓超在〈陶淵明之文藝及其品格〉一文中，且云：

> 尋常詩人嘆老嗟卑，無病呻吟，許多自己發牢騷的話，大半言過其實，我們是不敢輕信的。但對於淵明不能不信，因爲他是一位最眞的人，我們從他全部作品中，可以保證。

確實，從詩文情感逆溯詩人生平，可知其貧困境遇並非誇張。歷來文人所爭者，不過是貧困的「程度」而已，這並無妨於詩人「守節固窮」的品格表現。所以，唐、宋文人對詩人這方面人格的肯定，也當是毫無疑問的。

三、人生把握 —— 高曠淳厚

宋初徐鉉在〈送刁桐廬序〉中寫道：

> 陶彭澤，古之逸民也。猶曰：「聊欲弦歌，以爲三徑之資。」是知清眞之才，高尚其志，唯安民利物可以易其仁之業也。

贊揚陶公以「安民利物」做爲人生進退取捨的準繩。有爲則仕，無爲則去，既不以求之爲嫌，也不以去之爲高，所謂「古今賢之，貴其眞也」（東坡〈書李簡夫詩集後〉）。因爲質性自然，所以，在兼濟無望下，詩人不願「違己交病」，強爲五斗米折腰。也因爲性愛丘山，所以詩人選擇隱居做爲個人獨善的最後精神歸宿。隱居不難，難在心境的平衡自然。淵明所以被許以「高尚其事」，正在於他以最平實，也最完美的方式傳達出隱逸的人生境界，完成了傳統文士始終企羨，卻無法踐履的夢。這種代替性的滿足，讓後人的追慕聲不斷：「絃歌只用八十日，便作田園歸去人」（王十朋〈觀淵明畫像〉）、「遑遑今欲安往哉，樂天樂天歸去來」（白居易〈自誨〉）、「歸去來兮任我眞，事雖成往意能新」（邵雍〈讀陶淵明「歸去來」〉）、「獨有田廬歸，嗟我未能及」（曾鞏〈過彭澤〉）。

事實上，詩人之「高」，並不是在於他是一個「逸民」身份，而是在於他所追求的平易生活，已經眞實地爲他寫下了不平凡的人生紀錄。其魅力乃在於他是以個人的生活實踐，將所謂的「高人性情」和「細民職務」集於一身。在他身上，不僅具有「謀道」、「憂道」的高曠胸襟，而且也懷抱「謀道」、「謀食」的樸素本色。換言之，他雖隱居，卻不是離群索居，沒有吐棄人間一切，也沒有不食人間煙火。相反的，他是以更踏實的步伐，去經營生活的困境；更寬廣的胸襟，去擁抱人生的缺陷；更淳厚的感情，去追求人間的眞愛。或通達，或執著。這種特質，可以說是多種思想交融下的綜合呈現。對後來唐、宋文人而言，其中的典型意義是深刻而具體的。因此，在他們的眼中，淵明對人生的把握，不僅帶有出世甚遠的境界，而且也不乏入世極深的色彩。

的確，淵明高曠放達，自然而不矯飾的情性，瀟灑而從容的氣度，足令許多知識份子爲之傾倒。從他對隱逸生活的勾描：

斯晨斯夕，言息其廬。花藥分列，竹林翳如。

清琴橫床，濁酒半壺。黃唐莫逮，慨獨在余。（〈時運〉）

我們看到詩人高雅的生活寫照。其中閒適從容處，直如劉後村所形容的，有如「醴泉慶雲」，這便是他在〈與子儼等疏〉中所標舉的「羲皇上人」的胸襟懷抱。雖然，詩人是結廬在物質匱乏的人境，然精神自得。茅舍前後，幾株榆柳，花藥竹林，再加上半壺濁酒，幾卷古書，便是他生活的全部。所謂「貧富常交戰，道勝無戚顏」（〈詠貧士〉其五），詩人雖然仍有憂生之嗟，不過，對於退隱躬耕，他始終不後悔，堅持以榮啓期、原憲等前修爲榜樣，落實人間生活的一切：「不以躬耕爲恥，不以無財爲病」（蕭統〈陶淵明集序〉）。這種結舍於塵俗之中，卻能引爲逍遙的高曠胸襟，讓歷代文人看到了自己所企羨的人生境界，「五柳先生」也就成爲他們心目中的理想人物。

以王安石爲例，荊公早年游宦州郡，亦始終未嘗忘懷追尋自我理想生活的本志。〈道人北山來〉一詩云：「死狐尙首丘，遊子思故鄉。嗟我行老矣，墳墓安可忘。」即表明來日有意將鍾山經營成有如王維的「輞川」與淵明的「柴桑」，其中「求田問舍」之念，是顯然而明白的。自兩次罷相後，荊公終於得償夙願，投老山林，退居金陵。元豐元年，即在鍾山白下門下築宅而居。因其地名白塘，去城七里，去鍾山亦七里，故題名「半山園」，自號爲「半山老人」，或寓有身在出世與入世之間微意。也許是以上一些相彷彿的經歷，使得荊公在體會淵明詩時，常有凡人不到之處。何汶《竹莊詩話》卷四嘗載：

> 《遁齋閑覽》云：荊公嘗言淵明詩，有「奇絕不可及」之語，如「結廬在人境」至「心遠地自偏」，由詩人以來，無此句也。

安石所謂的「無此句」，不僅是說明淵明詩歌語言的精妙自然，其中也多少指涉詩人的生活境界。蓋無此精神氣象，又如何道得出這般「言約旨遠」的句子？對許多士人來說，他們不僅沒有淵明的胸襟與懷抱，也例無詩人的魄力，能夠眞正坦然的拒絕「車馬喧」。因爲，有太多的文人猶是「身在江湖」，而「心存魏闕」，直視隱居爲「終南捷徑」。動機既不單純，眞正「出世」的懷想自是難備，又如何能達到「心遠地自偏」的超然境界？「由詩人以來，無此句也」，荊公此語正可謂道中了所有隱逸者的虛情〔註 14〕，蓋言爲心聲，人品決定詩品。所以，其他文人例無此等文句，想是當然的。

可以發現的是，淵明的典型意義一旦確立，在宋代不惟文壇表達出對淵明高曠襟懷的傾慕，即使是畫壇，也吹起了一股崇陶之風，許多從事繪事者，開始以陶公的逸事或其詩文內容爲題來進行創作，而與之相關的題畫詩也就應運而生，如謝邁〈陶淵明寫眞圖〉詩、王十朋的〈觀淵明畫像〉、〈采菊圖〉詩等。其中之內容，依然離不開對陶公精神情懷的歌頌：

> 淵明恥折腰，慨然詠式微。閑居愛重九，採菊來白衣。南山忽在眼，倦鳥亦知歸。至今東籬花，清如首陽薇。（王十朋〈採菊圖〉）

將詩人與恥食周粟、採薇首陽山的伯夷、叔齊並提，主要還是看重詩人眞曠自然，雖清高卻不做作的襟懷。

當然，淵明所建立的理想人生模式，並非是一個定向。曠達高遠，僅僅只是他性情的一面，在沒有吐棄人間一切的情形下，更多時候，

〔註 14〕荊公晚年爲情勢所迫，退居金陵，心情多少有些悲憤，不時思憶起神宗的知遇之恩，加上自己又曾身任宰輔，所以屢有透過詩歌表達自己幽微情思之舉。不過其並非「心存魏闕」，冀爲神宗所復用，只是藉詩直吐塊壘，「暮年專一壑」，才是他當時眞正的心志所在。然陳巖肖卻誤解荊公，認爲其雖已退位，隱居山林，其實心存芥蒂，適與淵明成一對比：「王荊公介甫辭相位，退居金陵，日遊鍾山，脫去世故，平生不以勢利爲務，當時少有及之者。然其詩曰：『穰侯老擅關中事，長恐諸侯客子來。我亦暮年專一壑，每逢車馬便驚猜。』既以丘壑存心，則外物去來，任之可也，何驚猜之有？是知此老胸中尚蔕芥也。如陶淵明則不然，曰：『結廬在人境，而無車馬喧。問君何能爾，心遠地自偏。』然則寄心於遠，則雖在人境，而車馬亦不能喧之。心有蔕芥，則雖擅一壑，而逢車馬，亦不免驚猜也。」（《庚溪詩話》卷下）荊公當時既已「委質山林」，處境與貴極而憂的穰侯正爲相反，自不必憂慮會被「諸侯客子」所取代。而其所以「驚猜」，實即身在野而心繫朝政之故：擔心新法不利及黨徒相傾，造成朝政之危。陳氏之說，蓋只知字面故實，而不知詩意，所以才會有以上的曲解。

詩人是以古樸淳厚的性格特徵，來擁抱這塊孕育他生活的土地及人們。

在躬耕的生活裡，我們看到詩人不僅喜愛自然，也熱愛生活中的一切，包括人、事、物。因爲能夠有「悟已往之不諫」、「覺今是而昨非」（〈歸去來兮辭〉）的醒察，所以，詩人更珍惜他在自由意志下所選擇的人生道路。這種喜愛，讓詩人對生活充滿期待與熱情。換言之，只要「力耕不吾欺」（〈移居〉其二），一點點的收穫，就足以讓他有著滿足的感動。因此在其作品裡，我們不時可以看到作者投身田耒工作，稱情而自得的模樣：「園蔬有餘滋，舊穀猶儲今」（〈和郭主簿〉其一）、「平疇交遠風，良苗亦懷新」（〈癸卯歲始春懷古田舍〉其二）、「采菊東籬下，悠然見南山」（〈飲酒〉其五）。在體驗眞實的農事生活之餘，他也珍惜人與人往來的眞情，樂與「素心人」分享生活中的每一個經驗，每一種感動：「聞多素心人，樂與數晨夕」、「鄰曲時時來，抗言談在昔」（〈移居〉其一）。這種眞味，讓詩人的生活饒富生機，也使詩人在追求「悠然見南山」（〈飲酒〉其五）的閒適情境時，免除了自我閉塞的偏執。入世的淳情，補充了出世的曠放，他可以擺落官場俗禮，縱心自然，與鄉里共話桑麻，和鄰曲秉燭言笑。既有一副「天子不得臣，王侯不得友」的傲骨，又有溫良淳厚的人間情味。儘管質性自然，卻能在「規矩之中」，不離人情，無有驚風駭俗之姿，也不肯爲放蕩怪誕之態。在他的詩文中，處處流露出對親屬、朋友、鄰曲的眞情，這種淳厚的人情味，在在顯示淵明——「未有置天性之愛於膜外，如萍梗之適値者」（明人張自烈《箋注陶淵明集》卷三）。一個人再達觀，又怎能完全「忘情俗累」！神韻再高，也不能自別於親情友誼之外！詩人的魅力，誠在於「這種『自謂是羲皇上人』的高韻和擁撫兒女的深情」，其中的感情色調，乃是「高曠而不冷漠，癡情而無俗情」（近人韋鳳娟《悠然見南山》）。塵外高韻和世間人情，正是這般和諧地統一在詩人的身上。

針對詩人這種人生特質，宋人葛立方就曾爲文指出：

> 賢者豹隱墟落，固當和光同塵，雖舍者爭席奚病，而況於

杯酒之間哉？陶淵明、杜子美皆一世傳人也，每田父索飲，必使之畢其歡而盡其情而後去。淵明詩云：「清晨聞叩門，倒裳往自開。問子爲誰與？田父有好懷。壺漿遠見候，疑我與時乖。」老杜詩云：「田翁逼社日，邀我嘗春酒」、「叫婦開大瓶，盆中爲我取」。二公皆有位者也，於田父何拒焉？（《韻語陽秋》卷二十）

淵明的可愛，即在於他仍是「情之所鍾」的「我輩」。只要情意相投，沒有功利糾葛，即使是僅能共話桑麻的田父，也是他樂與往來的對象。他可以與這些平凡父老，無拘無束地一起分享生活的甘苦經驗，從彼此的喜怒、希望和焦慮中，領悟生活的眞締。在這樣沒有虛情僞飾的淳樸世界裡，淵明不僅可以放下心裡的忐忑不安，一樣可以實現自我的人生價值。所以，與「素心人」共數晨夕，與田父「相呼斟酌」，遂成爲他後段人生的主要經營寫照。這種身段的放下，不但不違己，反而更令人覺得其中有大自在者。除了淵明外，葛立方以爲唐人中只有子美可以追配。其實，東坡何嘗沒有這種感覺！屢次被貶，早教東坡嚮往過著一種遠離名利紅塵、清淨而舒坦的生活，或荷鋤種豆，或飲酒自樂，或臨水賦詩。在被貶黃州初期，「平生親友，無一字見及，有書與之亦不答」（〈答李端叔書〉），人生陷入慘澹時，爲子瞻開啓人生的另一扇窗者，竟然就是這一批最具人性眞淳本色者：

得罪以來，深自閉塞，扁舟草履，放浪山水間，與樵漁雜處，往往爲醉人所推罵，輒自喜漸不爲人識。（〈答李端叔書〉）

這種類似的人生經歷，的確幫助了許多詩人在體會淵明人生境界時，產生「心有戚戚焉」的感覺。他們發現淵明的「眞」，即在於擺落了世俗名位，出之以人性的最大善念。所以，他可以在〈責子〉詩中，表達出對子女勤黽、雅好文術、懂事上進的期待，讓人「想見其人的慈譃可觀」（蔡夢弼《杜工部草堂詩話》卷二）；或在〈與子儼等疏〉中，規規告誡諸子，曉以人倫大義，要求高尚品德，其中父子之情，天性「何可廢乎」？這種眷眷情懷，顯與當時「索隱行怪，徒潔而亂大倫者異矣」（李公煥《箋注陶淵明集》）；除此，淵明也可以與田父朝夕相伴，聆聽他們生活的心聲，享受「言笑無厭時」（〈移居〉其二）的生活樂趣，既是「樂之終身不厭」，又「何暇外慕」（韓子蒼語，見陶澍集注《靖節先生集》卷二引）；也可以本於「落地爲兄弟，何必骨肉親」的情懷，要求其子善待亦是人子的苦力，「此所謂臨人有父母之心者也」（《豫章黃先生文集・解疑》），「其忠厚率如此」（葛立方《韻語陽秋》卷二十）。

以上種種，都可以發現淵明的寬厚豁達處，人皆可友，人皆可師，既切近於俗世人情之內，又高遠於紅塵功利之外。在現實生活中，淵明乃是一個富有深厚情感又相當敏感的人，他不僅執著於「人情」，也執著於「固窮」之節和堅持對道義的追求。他不僅藉時節歸返的舊燕，表明自己在世事變革下，不忘故物，不改初衷的微意；也屢次藉青松、蘭、菊，表達自己對自我人格塑立的理想要求。「卓然見高枝」（〈飲酒〉其八）的青松，盡管有時不免有「眾草沒其姿」之危，不過詩人仍相信，在「嚴霜殄異類」時，它畢竟會顯現出堅貞的品格。這種對人格品質的堅持，在淵明的詩文中隨處可見。如〈贈羊長史〉詩中，詩人流露出對商山四皓東園公、角里先生、綺里季、夏黃公的懷想，其實以淵明的品格表現，面對高唱「富貴而畏人兮，不若貧賤之肆志」（〈四皓歌〉）的四皓，又何嘗有愧？然淵明猶有仰慕之情。宋人胡仔就以爲這其中正顯示詩人的「好賢尚友之心」（《苕溪漁隱叢話》）。無形中，又爲詩人的人格美質，再添一段佳話。

又如〈飲酒〉詩其九：「舉世皆尚同，願君汩其泥。」乃是化用漁父勸屈原「世人皆濁，何不汩其泥而揚其波」（〈漁父〉）句。而淵明的回答，也一如屈原不「以皓皓之白而蒙世俗之塵埃」的堅毅，斬釘截鐵地向田父宣告：「且共歡此飲，吾駕不可回。」以這些文字對照詩人「義熙末，徵著作佐郎，不就」（《宋書・隱逸傳》）的行爲事跡來看，他絕不是標新以爲高，而是確實而認眞的實踐自己人生的理想。正因如此，所以，宋人許顗在品覽魏晉諸家詩時，才會有以下的肯定：

陶彭澤詩，顏、謝、潘、陸皆不及者，以其平昔所行之事，

賦之於詩，無一點愧詞，所以能爾。(《彥周詩話》)

這種堅毅不屈的人格形象，除了煥發在歸隱道路的始終堅持外，也反映在詩人對國事的關注上。拂衣歸里的淵明，雖然宣示「請息交以絕遊」，追求「結廬在人境，而無車馬喧」的平靜生活。但是，知識份子存在的意義，與國脈民命存亡間的微妙牽繫，是很難斷絕而不論的。淵明晚年正值君臣昏瞶、晉、宋易代之際，波瀾不驚的心湖，也開始暗潮洶湧，讓人「起坐不能平」。如〈讀山海經〉、〈述酒〉等篇，都是詩人寄寓心事之作。唐、宋人細覽考論之餘，也多相信淵明是在忠義填膺下發此議論。如東坡讀〈述史〉九章，則云：「去之五百歲，吾猶見其人也。」(〈書淵明述史章後〉) 後來王應麟亦曰：

陶靖節之〈讀山海經〉，猶屈子之賦〈遠遊〉也。「精衛銜微木，將以填滄海。刑天舞干戚，猛志故常在。」悲痛之心，可爲流涕。(《困學紀聞・詩評》)

另外，朱熹也說淵明是「欲有爲而不能」的人。所以當其詩「人皆說是平淡」時，朱子卻以爲乃「豪放得來不覺耳」，因爲：「平淡底人，如何說得這樣言語出來。」(以上見《朱子語類》卷一百四十)

可以了解，唐、宋人看待淵明的忠憤情懷，有時如屈原，有時如伯夷、叔齊〔註15〕，不論爲何，這種隱退之餘，猶對國事傾注關心的表現，的確讓懷抱經綸國事的唐人與以氣節自許的宋人，大爲欽嘆折服。張戒就認爲，詩人之中唯淵明與杜甫之詩可謂臻於極致，蓋兩人作品的關鍵處，可以直指儒家的詩教思想，表現出對社會現實、國計民生的關心：

孔子刪《詩》，取其「思無邪」者而已。自建安七子、六朝、有唐及近世諸人，思無邪者，惟陶淵明、杜子美耳。餘皆不免落邪思也。六朝顏、鮑、徐、庾、唐李義山，國朝黃魯直，乃邪思之尤者。魯直雖不多說婦人，然其韻度矜持，

〔註15〕這是因爲在淵明的作品中，也屢屢提及伯夷與叔齊，如〈讀史述九章〉中的〈夷齊〉一節，託意尤其明顯：「二子讓國，相將海隅；天人革命，絕景窮居。采薇高歌，慨想黃虞。貞風凌俗，爰感懦夫。」

> 冶容太甚，讀之足以蕩人心魄，此正所謂邪思也。魯直專學子美，然子美詩讀之使凜然興起，肅然生敬。《詩序》所謂：「經夫婦，成孝敬，厚人倫、美教化、移風俗」者也。豈可與魯直詩同年而語耶？（《歲寒堂詩話》卷上）

這種「思無邪」的思想，在張戒的詩論之中，是十分突出的。雖然他曾經提出衡量詩歌的四項標準是「韻、味、才力、意氣」，但是其所尋求的「韻」、「味」，實際上還是根植在經術和禮教之中：

> 群書萬卷常暗誦，而《孝經》一通，獨把玩在手，非深於經術者，焉知此味乎？季友知之，子美亦知之，故能道此句，古今詩人豈知此也。（《歲寒堂詩話》）

以這一把尺，度量古今文人，張戒以為只有寥寥數位可及，淵明便是其中之一。可見淵明的通達高曠處，不僅得到廣大的推崇，其執著堅持處，也能引起許多文士的回響共鳴。誠如韋鳳娟女士所云：「執著與通達，這兩種貌似矛盾的東西，在他（淵明）那裡以奇特的形態呈現出來，表現為一種迷人的個性風采。」（《悠然見南山》）

當然，想見淵明的通達，就不能不聯繫到他對生死的看法。在自然與人的關係中，詩人不僅能夠參透生命的哲理，也能以「委運任化」的態度，面對生活種種的逆境，揭示出：「縱浪大化中，不喜亦不懼。應盡便須盡，無復獨多慮」（〈形影神・神釋〉）、「達人解其會，逝將不復疑」（〈飲酒〉其一）的心得理念。他將自己歸屬於自然之中，化解內心對窮通、榮辱、夭壽的衝突，宏達開闊地看待自己的人生：「死去何所道，托體同山阿」（〈擬挽歌辭〉）、「俯仰終宇宙，不樂復何如」（〈讀山海經〉其一）。有了這層體悟，詩人才能夠以從容不迫之姿，走出人生的風風雨雨；從種種煩惱、憤懣中，解脫出來。即使面對死亡，也無所恐懼，蓋「人生實難，死如之何」（〈自祭文〉）、「有生必有死，早終非命促」（〈擬挽歌辭〉）。詩人的生死觀是求實的、豁達的，所以，他不僅自擬挽辭，還幽默地點出「但恨在世時，飲酒不得足」的遺憾；也自寫了一篇祭文，集中表現出自己的人生觀點與對生死無懼的態度。

這些舉措，看在宋人眼裡，傾慕之餘，更多了幾分的崇敬。王質就盛贊陶公「視死如歸，臨凶若吉」（顏延之〈陶徵士誄〉）的臨終高態。指出蕭統對淵明人生觀「最知深心」，認爲人生惟患不知倏短隨化之理，既已洞悉，就當「安坐待化，夫復何言」（《栗里譜．元嘉四年丁卯》）。吳仁傑亦附和上說，認爲淵明疢疾在身，卻「不藥劑、不禱祀」，起而撰作挽詩、祭文，「從容閒暇如此，則先生平生所養，從可知矣」（《陶靖節先生年譜．元嘉四年丁卯》）。李公煥箋注《陶淵明集》時，在〈擬挽歌辭〉下，也引他人之說以爲論見，稱述陶公的臨死不懼：

> 祁寬曰：「昔人自作祭文、挽詩者多矣，或寓意騁辭，成於暇日。寬考次靖節詩文，乃絕筆於祭、挽三篇，蓋出於屬纊之際者。辭情俱達，尤爲精麗，其於晝夜之道，了然如此。古之聖賢，唯孔子、曾子能之。見於曳杖之歌，易簀之言。」嗟哉！斯人沒七百年，未聞有稱贊及此者。（《箋注陶淵明集》）

贊揚淵明是繼孔子、曾子之後，眞正能無懼於死亡之君子。這一項看法，與東坡之見是暗合的。東坡提到：「淵明自祭文，出語妙於纊息之餘，豈涉死生之流哉？」（陶澍集注《靖節先生集》卷七引）在〈自祭文〉中，淵明從死期將屆，發言立論，表明自己胸懷曠達，躬耕隱居，堅持「知榮與辱」的生活，始終持志不改。文中完全沒有人之將死，哀懼不已的呻吟，反而似若無事，凸顯出他從容與曠古超然的人格，這正是其人生妙境之所在。所以，葛立方也認爲東坡是「深知淵明者」（《韻語陽秋》卷十二）。

事實上，對於詩人這種「窮通靡攸慮，憔悴由化遷」（〈歲暮和張常侍〉）、「委運任化」的人生態度，與「榮華誠足貴，亦復可憐傷」（〈擬古〉其四）的超功利價值觀，東坡是深爲肯定的，他還特別指出：

> 淵明談理之詩，前後有三則，尤其別爲精彩。一曰：「采菊東籬下，悠然見南山。」二曰：「笑傲東軒下，聊復得此生。」

> 三曰：「客養千金軀，臨化消其寶。」以第三則爲例：寶不過軀，軀化則寶亦亡矣。人言靖節不知道，吾不信也。(何汶《竹莊詩話》卷四引)

試考東坡所謂的知「道」，並非儒家之道，乃是指事物的一種內在規律與特質，也就是人生存在的客觀規則。大自然有春夏秋冬，寒暑代謝，人生也是如此：「衰榮無定在，彼此更共之；邵生瓜田中，寧似東陵時。」(淵明〈飲酒〉其一）這種規律，許多人都了解，都能「知曉」，但未必都能「通達」。換言之，東坡稱淵明的「知道」，即在於其不僅能「知」，也能「達」。儘管唐人杜甫持不同看法，以爲「淵明避俗翁，未必能達道」(〈遣興〉)，不過以杜甫有效陶之作，也疼愛自己兒子來看，詩聖這種見解，但可視爲其人之幽默以及對淵明的理解，後人無須錙銖校量，認爲是反向之見。所以，東坡以上的說法還是頗具代表性的，連葛立方也接踵其說，並認爲文學作品即在於表現作者的人生體悟，如果只是「摛章繪句，嘲弄風月，雖工亦何補」：

> 若睹道者，出語自然超詣，非常人能蹈其軌轍也。山谷嘗跋淵明詩卷云：「血氣方剛時，讀此詩如嚼枯木，及綿歷世事，如決定無所用智。」(《韻語陽秋》卷三)

看來陶公的人生開示，的確令山谷有所覺悟，決定他此後的「無所用智」。

另外，同樣認爲先生是「知道之人」，曠達異於常人者，還有《鶴林玉露》的作者羅大經。他認爲淵明所以能夠「委運任化」，關鍵乃在於詩人了解「養神之道」，因此，能「不以死生禍福動其心」，凡事皆「泰然委順」(《鶴林玉露》卷十五)。

從以上敘述吾人不難發現，宋人對於陶公所揭示的人生意義與價值，往往採取贊賞的態度，對淵明個人，也幾乎已到頂禮膜拜的地步，這也就是爲什麼當杜甫許其「避俗」，卻未許其「達道」時，宋人會操戈相向，爲陶公辯駁，以爲子美認識片面，只見詩人超塵絕俗面，卻未能看出他的眞情至性處，於是反覆力證陶公的豁達，藉以駁正詩聖之說。對子美來說，這種後續發展，怕是他當初也難料想的結果。

也是因爲淵明對人生經歷有較深的體悟，故其生前隨遇而安，無所不適，看在宋人眼裡，竟不免還有一點看破紅塵的味道：

> 淵明之方出也，不以田園將蕪爲憂；其既歸也，不以松菊猶存爲喜；視物聚散，如浮雲之過前，初未嘗往來於胸中，蓋知夫物我之皆寓也。(汪藻〈信州鄭固道侍郎寓屋記〉)

其實這種體認如能再結合淵明對生活的經營態度，對親友的眷眷眞情，就會發現詩人之「出」，絕不是僅僅爲了追求高人的行徑。在「高人」與「細民」，「隱」與「農」之間，他始終堅持其人格的完整，既執著於形而上的「道」，也致力於形而下的「食」。知識份子人生的難爲，卻在淵明的身上得到圓融的實現。所以，如果將詩人純粹視爲「不食人間煙火」的高人，這種神化式的心理崇拜，儼然已經游離出淵明的眞實人生。參校眾說，可以發現宋人之中，蔡啓的意見仍是較爲平實的。

蔡氏在對前人出處做出比較時，發現還是淵明最爲自然與自得。不似柳子厚，被貶永州、柳州時，其「憂悲憔悴之嘆」，一出於詩者「特爲酸楚」，最後仍難逃憂憤而死的命運，難稱「達理」；又如白居易，雖有淡出紅塵之意，看似能夠「脫處軒冕」，但最終的事實證明，在榮辱得失之際，他仍然錙銖較量，以仕進而「自矜其達」。柳、白兩人作品中，既時有掛懷之意，又「豈眞能忘之者哉」！至於淵明，則不然：

> 觀其〈貧士〉、〈責子〉與其他所作，當憂則憂，遇喜則喜，忽然憂樂兩忘，則隨所遇而皆適，未嘗有擇於其間。所謂超世遺物者，要當如是而後可也。(《蔡寬夫詩話》)

在蔡啓看來，陶、柳、白三人之詩，如果以詩驗志，高下則是不辨自明，甚至「以是論賢不肖之實，亦何可欺乎」！（《蔡寬夫詩話》）

宋人這種透過比較，襯映淵明人格之高的做法，不獨指向唐人，有時也指向與詩人先後同時的謝靈運，肯定陶公的聲音，依然堅實不墜：

> 陶、謝皆世臣，君世地色言俱避，而靈運爲武帝秉任，最後乃欲詭忠義、雜江海。遠公送君過虎溪，而卻靈運不入蓮社，素心皆所鑒知。（王質《栗里譜》）

一個素心，一個雜心。對於名利，一個堅辭不就，一個趨之若鶩。人品優劣判然明白。劉克莊也贊同此說，認爲謝康樂是不及淵明的：

> （謝靈運）其品故在五柳之下，以其太工也。優游栗里，僇死廣市，即是陶、謝優劣。（〈戊子答真侍郎論選詩〉）

看來，在宋人眼中，陶淵明從容自若的人生妙境，既是入世極深，也是出世甚遠；既是眞曠瀟灑，也是淳厚執著，其中高雅平實處，是其他文人所遙不可及者。而這些特質，也組構成淵明獨特的人生魅力與人格典型，深教後來的知識份子著迷而嚮往不已。

第六章　唐宋有關淵明文學作品之品評

陶淵明的詩文含蓄平淡，渾融完整，具有鮮明的創作個性。其中有許多都是透過田園生活的體驗，表達對平凡、平等生活的嚮往，甚至是對黑暗現實的憎惡，或是壯志難展的憂心憤慨。在藝術成就方面，他那平淡自然的風格與言約旨遠的意境，不僅遠遠超過同時代的許多文人，甚至有凌越百代、獨步古今的態勢。一個在中國文學史上有著重要的影響意義的詩人，孰料在他生前和死後的一、兩百年中，卻受到人們的冷落與忽略，直至唐代，才逐漸有還原詩人文學成就和地位之舉。這一點，如果結合魏晉時代崇尚富豔繁密的美學傾向，就可以清楚理解到詩人何以未受重視的根本原因。由唐、宋文人對其詩文所進行的種種品評、鑑賞，以及追摹的用心過程來看，後人對這樣一位追求恬淡自然，而且具有高風亮節的詩人，其鍾愛之情，自是溢於言表的。而這一方面固然顯示淵明作品內涵的豐富外，另一方面也反映出一種值得深入研究的文化現象：有關淵明人生境界、詩歌意蘊的掘發，永遠不會枯竭，探求的工作也永遠是盛行不衰的。而這也就是爲何至今陶學仍然處於活躍狀態的原因之一。

第一節　文學淵源

一、歷史承繼

文學創作有賴於作者長期的蓄積準備，即使作家具有先天的才氣，也必須仰賴後天的學習，才能成就作品的藝術價值。針對這方面的見解，前人屢有精闢論述，如劉勰《文心雕龍・事類》：

> 屬意立文，心與筆謀，才爲盟主，學以輔佐，主佐合德，文采必霸，才學褊狹，雖美少功。

先天的才氣，雖可以決定作品的風格，但後天的學習，卻關乎事義的深淺和體式的雅鄭。才氣是屬於先天的稟賦，故非力強可致；而學習則歸後天的努力，故可困勉以求。所以，如能以「學」輔「才」，學飽才富，便能免除「迍邅於事義」，或「劬勞於辭情」之苦（《文心雕龍・事類》）。劉勰的這番分析，對後人確實有不少的啓迪意義。如宋人嚴羽在《滄浪詩話・詩辨》中說：

> 夫詩有別材，非關書也；詩有別趣，非關理也。然非多讀書、多窮理，則不能極其至。

從字面上看，乃是在說明詩的本質和特徵，強調詩歌並非知識的推砌，而是「情性」的吟詠，興趣的抒寫；另一方面，則又主張「非多讀書，多窮理，則不能極其至」，表明不論情性或興趣，都與知識的累積，道理的探求，密切相連。換言之，詩人除了必須要有感性的心理結構外，也必須具備理性的知識層次，才能使富於情性、興趣的感性層面發揮到美的極致，達到「眾美輻輳，表裡發揮」（《文心雕龍・事類》）的境地。

循此可知，欲探討有關陶淵明的創作根源，必不能忽略他個人在典籍知識方面所下的工夫。顏延之〈陶徵士誄〉云：「廉深簡潔，貞夷粹溫，和而能峻，博而不繁。」「博而不繁」一語，足見淵明學術涵養之深。蕭統〈陶淵明傳〉亦稱其「少有高趣，博學善屬文」，《晉書》亦同其說。其實不惟旁人道說，淵明所著詩文中，亦屢屢提及自己「好讀書」的個性。許多人都注意到淵明喜好飲酒，連同以酒爲題的作品在內，幾占其全集的半數以上，所以才被人疑爲「篇篇有酒」（蕭統〈陶淵明集序〉）。然而詩人「好讀書」、「喜讀書」的自我表白，亦近五十篇，占全部作品三之一強。在〈與子儼等疏〉中，作者便提及自己是「少學琴書」，到臨終前撰成的〈自祭文〉，亦不忘告訴人們，他「欣以素牘，和以七弦」。可見長期的讀書生涯，不僅令其感到愜意、充實，也是與他人生道路互爲表裡的所在處。

從淵明自稱「歷覽千載書」來看，其對諸子百家的典籍確實是非常熟悉，但他的學習態度始終是好古而不泥古，尊重前賢而不盲從先哲。另外，檢索其詩文中所援引的古典文獻資料，也可發現其閱讀範圍十分廣泛，除了《詩經》等六經外，還包括儒家代表作《論語》、《孟子》，以及《老子》、《莊子》、《楚辭》、《淮南子》、《史記》、《漢書》、《列子》等，以及古代神話傳說《穆天子傳》、《山海經》；甚至說教性較濃的史傳文學《高士傳》、《列仙傳》、《列女傳》等；另外，像古詩十九首、曹操、曹植、曹丕、王粲、阮籍、嵇康、左思、陸機、張協、應璩、潘岳等人的詩、文、賦，他也多所涉獵。即如當時的玄言詩、游仙詩，亦有參酌。因爲他的讀書，並非帶有功利性目的，完全是從容不迫、悠游自得於簡冊之中，既不是爲學術研究，也就不囿於某家之說，而是「學非稱師」（顏延之〈陶徵士誄〉），兼取各家之長。但在閱讀過程中，詩人必是有所判斷與擇取，去蕪存菁，將所吸收來的各種知識，融會成帶著鮮明時代特徵的個性思想，藉以豐富自己的文學創作。〈感士不遇賦〉中的「撫卷躊躇，遂感而賦之」，適足以解釋作家如有所感，也未必能夠成言，其中若非有著「知識」的累積，又如何能夠結合現實，「躊躇一番」，進而「感而賦之」？可見，其博覽群籍，既能兼納眾家之長，又不僵化於某家之說，進而鎔鑄成自己豐碩的知識背景，形成獨具個人色彩的創作個性。

在後代陶學的研究過程中，許多人也注意到：在淵明獨具鮮明的創作個性的背後，所暗示的知識結構以及文學的承繼淵源。即以他的知識結構來說，淵明的「學非稱師」，兼採各家之長的讀書歷程，輒使得宋人在探討其心志思想或知識背景時，不免有依個人情志之所在，做出不同程度的體會。例如慨然以儒學自任，不斷講習並服行之的眞德秀，就提出「淵明之學，正是經術中來，故形之於詩，有不可掩」（〈跋黃瀛甫擬陶詩〉）的體會。以眞氏一生「立朝不滿十年，奏疏無慮數十萬言，皆切當世要務，直聲震朝廷」（《宋史・眞德秀傳》），強調道德踐履，以爲：「士之於學，窮理致知而已，理必達於用，用必原於理，非混融貫通，不足以語學之成。」（〈跋劉彌邵讀書小記〉）這種種的跡象顯示，做爲朱子門人中的躬行派代表，眞氏對淵明學問出處的思考，所以指向儒家經典，也就不足爲奇了！

又如羅大經，也踵武眞氏之說，指出詩人「其於六經、孔、孟之書，固已探其微矣」（《鶴林玉露》卷十二）；惟朱熹，卻別標新解，指出陶公之辭，旨出老、莊：「淵明所說者莊、老，然辭卻簡古。」（《朱子語類》卷一百三十六）又言：「〈歸去〉一篇，其詞義夷曠蕭散，雖托楚聲，而無其尤怨切蹙之病。」（明・郎瑛《七修類稿》轉引）這般見解，或是從淵明作品中所透露的委運任化、抱樸守眞的人生態度，或樂天知命、物我一體的精神境界中，體悟出詩人的思想、創作背景。另外，像「博極群書，老不釋卷」（《宋史・汪藻傳》）的汪藻，亦認爲：「陶淵明作〈歸去來〉，託興超然，《莊》、《騷》不能過矣。」（〈信州鄭固道侍郎寓屋記〉）顯然，這是因爲〈歸去來兮辭〉一篇所流露的情感基調，不僅毫無失意於官場的頹喪，而且還保有怡然自得的喜悅生機，所以，汪氏始有「《莊》、《騷》不能過矣」的讚語。

不論淵明的知識背景爲何，他廣涉群藉，無所拘囿，已是不爭事實。這般豐富的知識累積，再佐以詩人的天賦才情，識爲體而才爲用，當然有「自成一家」的充分條件。對一個詩人來說，「識」誠爲創作的關鍵，若「中藏無識」（葉燮《原詩》內篇），就不可能分辨是非、可否、黑白、美醜，也就無力反映生活，抒寫情感。換言之，詩辭不論是「言志」或「緣情」，都與詩人的心理結構有密切的關係，而詩人的崇高品德與淡泊心胸，也只是這種文藝心理結構形成的一隅，惟有賴於作者才、氣、學、習的配合，才能完成全部建構，從而形成作品的特有風格。因此，劉勰在《文心雕龍．體性》中所稱的「然才有庸俊，氣有剛柔，學有淺深，習有雅鄭，並情性所鑠，陶染所凝，是以筆區雲譎，文苑波詭者矣」，正與〈事類〉篇的「才為盟主，學以輔佐，主佐合德，文采必霸」互為補充說明。

從詩人的知識結構出發，反觀其創作個性、風格，進而董理淵明的文學淵源者，鍾嶸是第一位：

> 宋徵士陶潛，其源出於應璩，又協左思風力。文體省淨，殆無長語。篤意真古，辭興婉愜。每觀其文，想其人德。世嘆其質直，至如「歡言酌春酒」、「日暮天無雲」，風華清靡，豈直為田家語耶！古今隱逸詩人之宗也。(《詩品》)

這項說法維持了六百多年，歷經隋、唐而無異議。直至宋人葉夢得，始為發難，指出鍾氏言明陶詩源出應璩，是十分不當的：

> 論陶淵明乃以為出於應璩，此語不知其所據。應璩詩不多見，惟《文選》載其〈百一詩〉一篇，所謂「下流不可處，君子慎厥初」者，與陶詩了不相類。五臣注引〈文章錄〉云：「曹爽用事，多違法度。璩作此詩，以刺在位，意若百分有補於一者。」淵明正以脫略世故，超然物外為意，顧區區在位者，何足累其心哉！且此老何嘗有意欲以詩自名，而追取一人而模仿之，此乃當時文士與世進取競進而爭長者所為，何期此老之淺？蓋嶸之陋也。(《石林詩話》卷下)

按葉氏的說法，認為應璩所留下的詩十分單薄，不僅風格上與陶詩完全不類，即使內容上，也與淵明的「脫略世故，超然物外為意」有所違背。另外，石林先生還強調以淵明之質，也無須「追取一人而模仿之」。最後他批評了鍾嶸說法的背景，認為將淵明的文學特色，視為模仿前人下的一種成果展現，欲以詩立名，與「當時與世進取競進而爭長者所為」無異，這種錯誤的認知，正正透露出鍾嶸個人意見的淺陋。

當然，葉氏的這一段評論，明眼人只要稍加梳理，便能發現其說漏洞百出。第一，他說鍾嶸不知何據，顯然是囿於一己之聞見，輕下斷語。事隔六百年，鍾氏所看到當時的情況，有可能比宋人更爲實際而豐富，許是有所依據，只因世隔久遠，有所佚失，也說不定。其次，葉夢得概謂：「淵明正以脫略世故，超然物外爲意。」這種持論也失之片面。淵明雖躬耕田園，超然自適，始終保持品格的高潔和行止的超邁。但是，在他避世絕俗的過程中，仍不時會有憂國憂民的壯烈情懷，讓後人看到其他性格中執著激烈的一面，誠如朱熹所言：「平淡底人，如何說得這樣言語出來。」（《朱子語類》卷一百四十）如此一來，陶詩的諷諭隱寓處，豈不與璩詩「以譏切時事，風規治道爲長」（近人古直《鍾記室詩品箋》）暗合？這一點，由蕭統〈陶淵明集序〉：「語時事則指而可想」之說，得以補充證實。第三，葉氏以爲陶公「何嘗有意欲以詩自名，而追取一人而模仿之」，前一句的體驗的確無誤，與陳師道所稱：「淵明不爲詩，寫其胸中之妙耳。」（《後山詩話》）其實同意。不過，夢得後面的那一句，則有待商榷。這是因爲他對鍾嶸《詩品》探索作家創作源頭的比較方法認識不清或不能苟同所致。《詩品》品評作家的義例，的確是透過比較方法而來。其所謂某人源出某人，指出前後詩人的淵源、繼承關係，或許流爲機械，造成強爲之辭，也容易讓人以爲許多詩人的成就，竟是「追求一人而模仿」的結果。但是，以鍾嶸的文學涵養來看，應該無有此意。他的目的，只是試圖讓人了解每一位詩人的藝術成就不是孤立的，實際上是從前人的繼承中加以轉化而來。所以，只要尋繹前後作家彼此之間的承繼關係，文學的美學動向和發展，或許便可由此而得到進一步的掌握。當然鍾氏的作法，不無商酌之處。因爲《詩品》對詩人風格繼承方面的文字敘述，太過簡單，常常會導致人們片面的理解，生硬地認爲某位詩人出於某家，而忽略了一個偉大詩人的成長，除了繼承前人外，也必須結合時代思潮，兼採眾長，融會貫通而自出己意。而這些因素鍾氏都未能言及，所以才造成葉氏的誤解，認爲鍾嶸有意指詩人之成，乃是追求一人而「模仿」的結果。

其實，探索淵明文學淵源的正確方法，應先將詩人還原到所屬的時代中，就橫向大時代的文學環境，作者知識結構，以及縱向的歷史承繼兩個層面來看，才較能接近事實。鍾嶸所提出的「其源出於應璩，又協左思風力」，並非完全沒有道理，仍然是有相當大的參考價值。只不過後人在研究上，不當以按圖索驥的方法來框定淵明的風格淵源，應該是以更宏闊的視野來檢視：除了應璩、左思外，還有哪些人、哪些作品，都是淵明汲取養分，善加學習、承繼的對象。

客觀來說，鍾嶸在陶詩和應詩之間，還是抓住了某些重要的線索和共同特徵。如指明淵明詩的基本特點是：「文體省淨，殆無長語；篤意眞古，辭興婉愜。」這與應璩的詩風不無相似之處。應璩詩歌傳世不多〔註 1〕，不過以現存作品與淵明對照，兩家風格的確有相近似者，例如：

> 古有行道人，陌上見三叟。年各百餘歲，相與鋤禾莠。住車問三叟，何以得此壽？上叟前致辭，內中嫗貌醜。中叟前致辭，量腹節所受。下叟前致辭，夜臥不覆首。要哉三叟言，所以能長久。（應璩〈三叟〉）白髮被兩鬢，肌膚不復實。雖有五男兒，總不好紙筆。阿舒已二八，懶惰故無匹。阿宣行志學，而不愛文術。雍端年十三，不識六與七。通子垂九齡，但覓梨與栗。天運苟如此，且進杯中物。（陶淵明〈責子〉）

《詩品》評應璩詩是：「祖襲魏文，善爲古語。至於『濟濟今日所』，華靡可諷味焉。」所謂「古語」，指的是語言古樸，與淵明的「質直」相同。至於應詩的「指事殷勤，雅意深篤，得詩人激刺之旨」（《詩品》），也與淵明的「篤意眞古，辭興婉愜」有相通處。而兩人也偶有「華靡」

〔註 1〕應璩詩，今存者，僅清人丁福保《全三國詩》錄存七首：〈百一詩〉三首（內一首殘缺）、〈雜詩〉三首（內一首殘缺）、〈三叟〉一首。此外，張溥《漢魏六朝百三名家集・應休璉集》，尚有〈百一詩〉五篇（似均有殘缺）及遺句若干。

篇章，所以鍾嶸方將兩人前後列比，指出其中紹承的關係。當然，淵明實際上是否自覺受應璩的影響，是很難驟下結論的。另外，鍾嶸又謂陶詩「又協左思風力」，「風力」幾同於風骨。六朝時期，許多作品柔靡不振，惟左思〈詠史〉等篇，爽朗剛健，饒有風骨。這一項特質，《詩品》則以爲是源出於建安七子之一的劉楨。因公幹之詩乃「眞骨凌霜，高風跨俗」，風骨突出。鍾嶸指淵明詩「又協左思風力」，可能是指詩人的〈擬古〉、〈詠荊軻〉等篇，是通過詠史方式抒發懷抱，筆力雄健，風格與左思〈詠史〉相近。此外，《詩品》又稱左思之詩：「雖野於陸機，而深於潘岳。」野者，取《論語・雍也》：「質勝文則野」之意。謂左思詩歌質樸而不雕飾。這一點，與陶詩的古樸質直，均甚接近。宋人梅堯臣就有「寧從陶令野，不取孟郊新」（〈以近詩贄當書晏相公，忽有酬贈之什，稱之甚過，不敢輒有所敘，謹依韻綴前日坐末教誨之言以和〉）之說；陳知柔也以爲：

> 人之爲詩，要有野意，蓋詩非文不腴，非質不枯，能始腴而終枯，無中邊之殊，意味自長。風人以來得野意者，唯淵明耳。（《休齋詩話》）

從這些評語，可知前人確已注意到陶詩與左思語言風格的相近。所以，鍾嶸說陶詩：「其源出於應璩，又協左思風力。」當是確然有據的。

不過，以鍾嶸在《詩品》中所採取的比較、貫串手法，可以發現淵明詩學的因襲承繼，直可上溯至楚辭、詩經：一脈是從國風→古詩→劉楨→左思→淵明；一脈是從楚辭→李陵→曹丕→應璩→淵明，兩線直貫而下，偶而交叉。果眞如此，淵明的文學淵源在歷史承繼上，實有集其大成之勢。《詩》、《騷》的特質，儼然俱在詩人身上，適如《宋書・謝靈運傳》在論述漢魏時代文體三變以後所稱：「源其飆流所始，莫不同祖風、騷。」以此來看，任何一位文人的創作，無不受到中國最早的兩大文學系統的影響，在無人能踰越的情形下，這種遠溯《詩》、《騷》的說法，或流於寬泛，不能切近或準確地道出詩人眞實的文學背景，了解詩人在歷史承繼上所展現的學習意義。

宋人其實已經注意到這個問題，所以在論及詩人的創作淵源時，特別縮小了時間的範圍，集中於不久之前的文人對淵明的深刻影響，而且是朝細部的遣詞用字上，來查訪其中之所本。姚寬論詩時，就以考究作家的用典文字爲重點。認爲：

> 淵明〈閒情賦〉必有所自，乃出張衡〈同聲歌〉，云：「邂逅承繼會，偶得充後房。情好新交接，飂慄若探湯。願思爲莞席，在下蔽匡床。願爲羅衾幬，在上衛風霜。」（《西溪叢話》）

不惟姚氏，以同樣方式做檢索的，還包括《能改齋漫錄》的作者吳曾：

> 陶淵明〈歸去來辭〉云：「登東皋以舒嘯，臨清流而賦詩。」蓋用嵇叔夜之「背長林，翳華芝，臨清流，賦新詩」。（卷八）

姚、曾兩人均以詞句、用典的沿襲，辨析其中紹承關係，這種藝術源承的考證和比較方式，雖有局部、褊狹之失，但仍不無價值和意義。可是，卻受到時人王楙的強烈批評與質疑：

> 僕謂淵明胸次，度越一世，其文章率意而成，不應規倣前人之語，其間意到處，不無與古人暗合，非有意用其語也。儻如《漫錄》所言，則「風飄飄而吹衣」，出於曹孟德，「泉涓涓而始流」，出於潘安仁，此類不一，何猶用嵇康之語哉？（《野客叢書》卷十五）

王氏以爲淵明文章造語自然，理當率意而成，或是出於暗合，豈有規摹古人之理？這種說法似乎也犯了矯枉過正之失，既不能正視前代文學對作家的滋潤和薰陶，也忽略了文學發展的客觀規律。其實由詩人前後的承繼關係來掌握其創作特色，不僅無損於詩人的藝術成就，也可以顯現其點化新意、鍾煉之功。況且任何一位作家都不可能無所依傍，文學天成。只有學習前人，又能自出，能入又能出，渾融一體，才能成就不朽的文學事業。因此，縱向的歷史承繼，其實是構成文學傳統的重要內容。這一點，是不應該偏廢而不論的。

以淵明詩歌語言有著淺近自然、古樸平淡，卻極耐咀嚼的特色來看，其受晉代詩人阮籍、嵇康、左思等人的影響，是相當明顯的。鍾嶸評阮籍：「頗多感慨之辭。」語言「無雕蟲之功」。所謂「無雕蟲之功」，即平淡無華，所以，蔡夢弼的《杜工部草堂詩話》有言：「陶潛、阮籍之詩，長於沖淡。」事實上，陶淵明與阮籍之間，不惟詩歌語言上有其近似之處，即從詩人身世、情懷，以及詩歌內容和表現方法而言，也不能不承認兩人之間的傳承關係。

淵明之在晉末，和阮籍之在魏末略同，皆處於朝代更換之際。家世亦近似，阮籍父親阮瑀，依附曹操；淵明曾祖陶侃乃東晉名將。從新王朝一方來看，他們都有意立於舊王朝一邊的傾向〔註 2〕。面對政治的動亂，君臣的昏聵無道，隨著魏晉時代「人的覺醒」風潮，兩人除了有對人生短促的感慨外，也不約而同有著強烈而深重的「憂生之嗟」。一向「發言玄遠，口不臧否人物」的阮步兵，也只有透過詩歌，隱約地表現出內心痛苦與掙扎。至於淵明，在現實人生中則以回歸田園、委運乘化的態度，來面對多變不安的世局。不過，因爲兩人自小都飽受儒家思想的教育，少懷「濟世之志」，所以，也始終無法忘懷國事。阮籍高唱「正始之音」，久已爲人所熟悉，其「建安風骨」的特色，也早爲人所接受；至於淵明的一些「詠懷詩」，也頗有阮籍這種基本精神，其內容或抒情言志，或諷諭時事，一樣表現了鮮明的現實主義精神。所以，同阮籍〈詠懷〉相比，在「使氣以命詩」這一特色上，是極爲相似的。另外，在詩歌的表現方法上，就抒情寫意來說，阮籍八十二首〈詠懷〉，多是借物象以抒情志，使自己的情性滲透到事物之中，從而做到物我相融與意境渾成，這對淵明無疑有著深刻的影響。淵明寫景同樣無意於模山範水，而是爲了抒情寓意，取物象爲詩，目的是表現心有所得，「欲辨已忘言」的眞意。情景交融，意與境會，將魏晉詩歌抒情寫意的藝術表現，運用到最高境界，使得五言詩的創作，登上了抒情寫意的歷史頂峰，進一步開拓了詩歌的題材和意境，這不能不說是在阮籍等建安、正始詩人慷慨多氣的優良傳統的基礎上，建立

〔註 2〕此處並非是強調淵明「忠晉」的思想，而是做一相對的比較，有關詩人的政治立場，可以參閱本文第四章第一節一、「時代環境」。

起來的可觀成就。

儘管阮、陶兩人有如許共同之處，不過，每位詩人各有其性格、氣質、生活經歷的差異，難以完全雷同，這也就造成兩人之詩的具體表現還是有別的。同是抒情寫意，阮籍卻以極其隱晦的比興方式來表達，所謂「言在耳目之內，情寄八荒之表」（鍾嶸《詩品》），許多哀怨、憤懣的情緒，乃是通過多種意象顯示，讓人似乎可以感會，但又難以坐實，是既鮮明又模糊的整體美。但淵明則多用直抒胸臆方式，自然流瀉內心所感、所想，即使不乏善用比興之處，但也多能藏而不晦，隱隱逗出自己的心志，同樣令讀者回味無窮。因此，朱熹在〈論陶三則〉中，才會提出淵明寫詩：「不待安排，胸中自然流出」的看法。此外，兩人藉由詩文中所傳達出來的情感，也多不相類。阮籍詩中充滿憤懣，峻急、悲愴，是其詩歌之本色，不乏有「痛哭歧路」的憂憤、躁動。這是因爲他想引退卻不成，既想以「任自然」來對抗司馬氏的「假名教」，但爲求「苟全性命於亂世」，表面上又不能不與當政者應酬周旋，所以終日如臨深淵、如履薄冰，精神極度緊張痛苦，生命無由安頓所致。而淵明則在「性剛才拙」與「與物多忤」的清楚認識中，毅然退居田園，找到安身立命之所在，無須擔心「必貽俗患」，精神衝突也就沒有阮籍的直接與劇烈。所以其詩歌的氣象則是多舒緩自如，從容不迫，將個人心志和情趣，完全交融在田園風物之中，悠然而自得〔註 3〕。

由上可知，從對抗世俗，貌雖沖和而內蘊慷慨的角度來說，淵明與阮籍之間，不論是精神思想或在詩歌內容和表現方法上，承傳關係是十分清楚的。如果再往上追溯，曹丕、漢樂府、古詩，都對淵明的詩歌語言，產生過影響。

鍾嶸評嵇康詩「頗似魏文」。又評魏文「率皆鄙直如偶語」。偶語

〔註 3〕本段文字多參考鄧安生先生著《陶淵明新探》〈陶淵明阮籍詩歌的異同〉一文，頁 135～144。

者，指詩歌質樸少文采〔註4〕。曹丕的詩，大多明白自然，不假雕琢，受到樂府民歌的語言影響較多。至於嵇康的詩，《文心雕龍・明詩》則言：「嵇旨清峻，阮旨遙深。」「清峻」誠爲其詩歌內容表現的主要特色。其中所指的，乃是詩風的直切不隱，清朗勁健，亦是「直寫胸中語」(明・何焯《文選評》)。這亦表明嵇詩在語言上和魏文一樣，都有尙樸直、重通脫的特點。而這項特色，也爲淵明所本。加上從思想方面來看，嵇康的「越名教而任自然」，頗得道家之旨，這種自然放達的人生，就是「順天和以自然，以道德爲師友；玩陰陽之變化，得長生之永久；任自然以托身，並天地而不朽」(〈答難養生論〉)。爲此，他特別在詩文中，建構一個民風淳樸的上古理想社會，去對應當時的假冒仁義與粉飾太平的黑暗社會。從這些思想及文學表現的形式來看淵明的作品，可以發現其受嵇康一派影響的痕跡。所以，這也證明宋人吳曾認爲〈歸去來兮辭〉中的「登東皋以舒嘯，臨清流而賦詩」，是點化嵇康的「背長林，翳華之，臨清流，賦新詩」的說法，並不是空穴來風，憑空臆測的。

因此，從歷史傳統來看，漢魏以來詩文對陶詩的思想、語言及風格形成的影響，是不容低估的。宋人張戒曾云：

> 古詩、蘇、李、曹、劉、陶、阮，本不期於詠物，而詠物之工，卓然天成，不可復及。其情眞，其味長，其氣盛，視三百篇幾於無愧。凡以得詩人之本意也。(《歲寒堂詩話》卷上)

以淵明在五言詩方面已極登峰之致的成就來說，其繼承古詩、漢樂府：「蘇、李之天成，曹、劉之自得。」(東坡〈書黃子思詩集後〉)或曹丕、嵇康的「鄙直」、阮籍的「無雕蟲之功」、應璩的「深篤」、「激刺」、左思的「野」、「深」，進而創造出個人獨特的風格，是再自然不

〔註 4〕偶語亦作「耦語」，即相對私語。《漢書・高帝紀》：「耦語者棄世」，注：「應劭曰：『秦法禁民聚語。耦，對也。』」「鄙直如偶語」，即通俗如相對的口語。

過的事了。既有繼承，也有發展，「轉益多師」，乃是成就個人風格的重要原因之一。因爲，每一位傑出的詩人都必將是巧於借鑑、善於點化的高手。這一點，陶淵明當然也是不例外的！

二、文學環境

從知識結構、歷史承繼面來看，博學確與文學創作具有密切的關係。文學創作必是以相當程度的積學爲基礎，通過博學，才能多方面地繼承文學傳統，吸取文學的精神，與借鑑文學的技巧，掌握豐富的文學語言材料。換言之，唯有透過對整個歷史文化的有效把握，作品才能達到應有的思想高度。淵明的詩歌、散文之所以能夠博得唐、宋文人的極高評價，誠在於他非但能夠有機地把握住詩文和整個文學藝術的傳統，具有濃郁的詩性精神外，而且又能淵博地建立起自己的知識系統，從容面對整個歷史文化傳統。詩人雖然也受到東晉前中期名士文化的的影響，但也都突破了名士文化的局限。變其思想之玄虛、學問之空疏，爲思想之沈實，學問之淵博。出神而入化，雖有所學，卻彷如未學，融化之高，後人是忘塵莫及的。

在文學發展過程中，時代風氣也會對文學產生深刻的影響，劉勰認爲：「文變染乎世情，興廢繫乎時序。」(《文心雕龍・時序》)所謂「世情」、「時序」，自是包括政治盛衰與社會治亂以及學術思想、文學流行的風貌等等。曹魏以來，由於政局不安，社會危機日益尖銳，不但儒家思想已無法籠罩當時精神世界，即如名家之類，也無所用其伎。這時帶有自然、無爲的老莊思想，開始抬頭。魏晉時期玄學當道，其時文學，深受玄學的影響，多闡發老莊哲理，而東晉尤盛：「詩必柱下之旨歸，賦乃漆園之義疏。」(同上〈時序〉)、「正始明道，詩雜仙心」、「江左篇製，溺乎玄風，嗤笑徇務之志，崇盛忘機之談」(同上〈明詩〉)。鍾嶸《詩品・序》也說：

> 永嘉時，貴黃、老，稍尚虛談，於時篇什，理過其辭，淡乎寡味。爰及江表，微波尚傳。孫綽、許詢、桓、庾諸公

> 詩，皆平典似道德論，建安風力盡矣。

沈約《宋書．謝靈運傳論》亦言：

> 有晉中興，玄風獨振，爲學窮於柱下，博物止乎七篇。馳騁文辭，義殫乎此。自建武曁乎義熙，歷載將百，雖綴響聯辭，波屬雲委，莫不寄言上德，託意玄珠，遒麗之辭，無聞焉爾。

這些都準確地反映了玄學風氣及其影響下所出現的玄言詩的眞實面貌。

玄學之成爲一種哲學思潮，實本基於一定的社會心理而生，但當其蔚爲風氣時，則又反過來強化並深化這種社會心理。玄學家們認爲：一切具體事物的存在，都是現象性的存在，其背後必有使之存在的依據，這個依據，就是不具有任何規定性的「無」，即世界之本體。與此本體相應，玄學家們提出其中認識的方法，是「得意忘象」與「得意忘言」，唯有此方法才能了解抽象的本體。受其影響，魏晉的文學也開始注重「意」的傳達，認爲作者的「意」，須深藏於言、象之中，隱而不顯。一個好的作品，即是「寄言出意」、「言約旨遠」，將外在景物與內心之意交相融合，化景物爲情思，化情思爲景物，才能從而創作出意境之作。

從思想上的「言意之辨」，到文學上的「意出言外」，可以清楚地發現中國哲學對古代詩歌、散文、繪畫等藝術的創作與理論建立的深刻影響。先秦時期，孔子和孟子都曾對「言」和「意」提出見解、看法〔註5〕，不過其中所論較爲零碎。直到莊子，才有系統性的介紹說明。莊子對「言」和「意」的論見，主要是從他對「道」的認知中，推衍出來的。莊子所認爲的「道」，是視之不可見，聽之不可聞，不

〔註 5〕 例如孔子曾言：「辭達而已矣。」(〈衛靈公〉) 意謂言辭只要能表達意思即可，朱熹嘗解釋：「辭取達意而止，不以富麗爲工。」孟子也說：「說詩者，不以文害辭，不以辭害志，以意逆志，是爲得之。如以辭而已。」(〈萬章〉) 表明讀詩，不能抓住個別字眼，曲解辭句。以上均是有關「言」、「意」之見的看法。

僅無法用言語表達，甚至思維也無法把握：

> 可以言論者，物之粗也；可以意致者，物之精也；言之所不能論，意之所不能察致者，不期精粗焉。(《莊子・秋水》)

語言可以表現事之粗者，思維可體現物之精細者，惟「道」不在此範圍，所以只可意會不能言傳。與此觀點聯繫，莊子還主張「得意而忘言」，指出聖人無言，只以「意會」〔註6〕。

除了莊子的論述外，先秦典籍中對言意之說影響甚遠的，還包括《易傳》一書。《周易・繫辭上》有云：

> 子曰：「書不盡言，言不盡意。」然則聖人之意，其不可見乎？子曰：「聖人立象以盡意，設卦以盡情僞，繫辭焉以盡其言。」

又說：「見乃謂之象」，言明「象」是具體可感。由此可知莊子所倡的「得意忘言」與《易傳》的「言不盡意」的思維邏輯，是有差異的。前者是從認識的角度出發，後者則是朝表現和說明的角度來理解，兩者是既有分別，也有聯繫的。

對言意關係進行深入辨析者，始於魏晉，它是在人物品鑑風氣盛行下所發展起來的學說〔註7〕。當時人們爲了能夠深入識鑑人物，避

〔註6〕爲了說明「道」不可言傳，莊子還虛構了一個「輪扁語斤」的故事：桓公在堂上讀書，輪扁在堂下斫輪。輪扁批評桓公所讀的「聖人之言」不過是古人的糟粕，因爲語言根本無法完足地表達「意」，如同自己雖對斫輪的技藝體會很深，也只可意會而不能言傳，誠所謂「臣不能以喻臣之子，臣之子亦不能受之於臣」。所以，桓公所認眞鑽研的「聖人之言」，也是無法眞正傳達出聖人之意。換言之，書本上的東西無非是一些糟粕，完全不值得如此重視。與此相連，莊子主張「得意而忘言」。〈外物〉篇有言：「筌者所以在魚，得魚而忘筌；蹄者所以在兔，得兔而忘蹄。言者所以在意，得意而忘言。吾安得夫忘言之人而與之言哉！」是以莊子認爲聖人無言，只以意會。

〔註7〕湯用彤先生嘗指出：「言意之辨蓋起於識鑑。」(《湯用彤學術論文集》)這是因爲自漢以來，朝廷取士，多由地方察舉，公府徵辟。於是，人物的品鑑顯得極爲重要。一個人的仕途，往往取決於地方的臧否，如此一來，遂成風氣。《抱朴子・名實》曰：「漢末之世，靈獻之時，品藻乖濫。英逸窮滯，饕餮得志；名不准實，賈不本物。以其通者爲賢，塞者爲愚。」由於賢愚顚倒，是非混淆，於是，人們主張神

免流於皮相，所以主張神鑑，要求掌握人物神理，把握其實質，但因「神理」是視之無形，聽之無音，只可意會，不能言宣，所以也就有「言不盡意」之說〔註8〕。而這也就成了品評人物的重要方法，乃至文學創作品評的重要概念之一。在當時所有探索言、象、意關係的學人中，以王弼的說法影響最大。王氏看出了莊子與《易傳》在「言」、「意」論述上的同異，認爲拘泥於言，不能得眞正的象，拘泥於象，不能得眞正的意。言由象生，象由意生，惟有忘言忘象，才能眞正得意。所以，特以「得意忘言」說來解讀《易傳》，重新領悟把握其中精髓義理，而不拘泥於章句，並將莊子與《易傳》所提出的見解融合起來，構成一個完整的表現、認識過程：道→聖人體道之意→聖人立象盡意→聖人立言盡象→後人尋言觀象→尋象觀意→忘言求象→忘象求意，這就是王弼的「得意忘象」說。王弼的這項創見，不只是哲學體系的建立，也是對漢儒死守章句、泥古不化的解經方法的一項反動，標志著漢代經學向魏晉玄學的過渡，對促進魏晉思想的自由，實質上產生重大的影響。

「言意之辨」爭論的焦點，乃在於語言和形象是否能如實地表現客觀事物和人們的思維、思想。對於一些哲學思想家而言，其所在乎的，乃是人們如何通過語言和形象，正確地認識宇宙本體——「道」或「無」。所以，在「溺乎玄風」的魏晉時代，言意之辨，其實是玄學思想體系裡「有」「無」、「本」「末」的本體論之爭，在認識論領域的延伸和補充。就玄學家看來，依理，本體只能是絕對、極端的抽象，無法用言語來表達。因爲語言必得借助於概念、判斷和推理來傳達，而這些方式都是對本體認識的限制。以有限的東西，所表達出來的事

鑑，要求掌握人物的神理，這種內涵要求，後來也轉化成爲「言意之辨」的重要內容。

〔註8〕例如陸機《文賦》的小序云：「恒患意不稱物，文不逮意，蓋非知之難，能之難也。」開宗明義，說明構思之「意」，要做到反映客觀物象，已屬不易，更何況又要以語言文字來傳達此中之「意」，其中難度，當是可想而知。

物，該事物就不是絕對，而是一種相對。所以玄學家們認爲，絕對的「意」必須和相對的「言」區別開來。因此，他們肯定了「言不盡意」之說。不過，這種說法一旦確立，玄學家們又必須面臨一個無法避免的矛盾：強調理冥而言廢，忘覺而智全的玄學體系，不正是利用思辯的「語言」建立起來的？所以，他們又不得不承認語言是一種達意的手段，這才又提出「得意忘言」、「寄言出意」的概念。顯然，玄學家們雖不願承認語言與本體間有何一致性，但又不得不肯定語言是一種表達本體的「筌蹄」〔註 9〕。

在魏晉南北朝時代，「言意之辨」說影響至爲深廣。從時間上來說，它幾乎貫串了這一時代的終始。東晉時期，它更成爲談家之口實，待客之禮物，此風相沿，下及南朝而不衰。它幾乎涉及當時士大夫生活的各個層面。自王弼創「得意忘言」說後，時人或用之解經，或用之證玄理，抑用之調和孔、老，甚至用爲生活準則，包括文學藝術也深受其影響。因爲王弼對「意」、「象」關係的思考認識，也暗含文學藝術的表現規律，構成了由哲學意象轉化爲文學意象的內在契機。對文學藝術而言，藝術內容只有通過藝術形象、藝術語言，才能充分表現出來；否定了形式，內容也就去意義，而肯定形象和語言，乃是爲了實現內容。形式是由內容而生，形象和語言只是手段、工具，而不是目的，也不能成爲目的。有了這樣的認識之後，文學藝術的生命才能有新的生機。所以當言、意、象的問題由哲學領域向文藝領域擴散時，不僅深化了言、意本身的內涵，也給文學藝術注入新鮮的血液，而其在文學藝術中的流轉、更新與創造，更從而造就了中國文學藝術的獨特個性〔註 10〕。

〔註 9〕王弼在《周易略例．明象》中有言：「言者所以明象，得象而忘言；象者所以存意，得意而忘象。猶蹄者所以在兔，得兔而忘蹄；筌者所以在魚，得魚而忘筌也。」王氏「得意忘言」的這項主張，實際上是有反對漢儒繁瑣的經學研究的重要意義。

〔註 10〕本段文字多參考陳順智先生著《魏晉玄學與六朝文學》第五章二、「意象：心物融合的結晶」頁 157～165。

雖然因著玄學的興起，文壇也吹起了一陣玄言詩的創作風潮，不過，玄言詩卻沒有得到魏晉玄學的眞精神。玄言詩不僅不具有玄遠的精神境界，而且在詮釋玄學所提倡的「得意忘言」這一點上，玄言詩往往是「意落言筌」，也違背了玄學的基本精神。而在寫作內容上，玄言詩過分重視「理」與「物」之間的聯繫，取消了「情」的作用，顯見抒情言志，非其所長。這在某種程度上，可以說是偏離了文藝創作的基本原則，其中既無興感意境，也無含蓄詩情，充其量也只能如鍾嶸所評的「平典似道德論」、「理過其辭，淡乎寡味」。可見，玄學風氣對文學創作的影響，若就當時玄言詩的表現來說，仍多屬負面、消極的。然而某些觀點一經過個別優秀作家的融鑄改造，卻可以轉化成積極的內容，陶詩「言約旨遠」的特色，就是一例。

陶淵明生逢魏晉玄學流行之際，不論其人生經歷或文學思想，均受此風的吹襲浸染。他的詩歌，可以說分別汲取玄學與玄言詩的精華，而摒棄其糟粕。就詩人作品「言約旨遠」或文字省淨的特點來看，其中玄學的影響是十分深刻的。

玄學「言意之辨」對淵明的影響既體現於思想內容，也體現於藝術表現。以藝術表現而言，也非單一，諸如意境的創造，風格的形成，以及寫意傳神的白描手法等，無不和這種影響有關。陶淵明雖受玄學影響，承襲著玄學「寄言出意」的精神，卻能揚其長而避其短，做到恰爲好處。其語言類非晉、宋雕繪者之所能，言約旨遠，意味雋永，鍾嶸稱其「文體省淨，殆無長語」。如「藹藹堂前林，中夏貯清蔭」（〈和郭主簿〉其二），一個「貯」字，生動形象地點出堂前林中的「清蔭」，似爲可量可視的情狀；「傾耳無希聲，在目皓已潔」（〈癸卯歲十二月中作與從弟敬遠〉）之言下雪，也是博得後人無數擊賞；又如一句「采菊東籬下，悠然見南山」（〈飲酒〉其五），更是傾倒無數騷人墨客。一字之妙，關乎境界高下，後人對淵明許多作品的領會，正是由這種遣詞造句的自然獨到之處，去了解其言約旨遠、意與境會的美學特質。

近人湯用彤先生曾指出，玄學「言不盡意」，所貴者在「主意會」（〈魏晉玄學論稿〉）。淵明歸隱後期，身居黑暗現實，激憤難抑，既想發抒不平之鳴，又不便明言，故語言須多鎔裁，言辭簡約至極，意則婉曲不盡。有盡之意，見於言內；不盡之意，出於言外。溯其源，終以玄學「言不盡意」爲宗。這種特質，誠如司空圖論詩，概括詩藝之高爲「不著一字，盡得風流」（《詩品》），具有辭約而意豐的特質。誠然，做爲哲學思想範疇的「言不盡意」，其內涵並不能完全等同於文學創作的內涵，文學的產生還是有賴於作家深入體察生活，表達出對人生的眞實感受。玄學的「言不盡意」論，是玄學家對言、意關係的抽象說明；陶詩的言約旨遠，則是將哲學上的「言不盡意」，圓熟地轉接到藝術手段上，做爲抒情達意的自覺表現。兩者既有關聯，又有區別，這種熔鑄轉換的過程，是自然而貼切的。不似玄言詩，生吞活剝，語言不離隱晦艱深，而且脫離生活。陶詩的言約旨遠，不僅是在深入體會生活的基礎上，出之以眞情實感，並以含蓄、精純明朗的表現方式，形成沖澹自然的文學風格。即使偶而有所隱藏，也絕不晦澀。將言又止，「隱隱欲逗，將露還藏」，以有限表現無限，具有「以少總多」的藝術效果。在省淨簡潔的語言之中，富有含蓄的韻致，一語而勝人千百。東坡曾言：「言有盡而意無窮，天下之至言也。」（姜夔《白石道人詩說》引）這正是淵明詩詣的高妙境界，其文學淵源也是由此暗暗逗出。這種時代橫向的吸收與影響關係，雖然唐、宋人均未直接言及，不過由宋人對淵明詩文的推崇、喜愛，傾注所有學問、精神，一再推敲、琢磨淵明文字之中潛藏的律動之美，這種錙銖較量的過程來看，不也是在暗示其個人探索詩人文學淵源的另一種思考！

另外，魏晉時代文學興起「緣情感物」的熱潮，這一點，也對淵明產生不小的影響。玄學所主張的「越名任心」思潮，滲透到文學藝術中，使文人亟於擺脫外在事功與理性規範的束縛，渴求皈依自然，發現自我。嵇康的「師心以遣論」，阮籍的「使氣以命詩」（《文心雕龍・才略》），說明了正始以後文人在相當程度上獲得了自然心性的解放和創作心理的自由，而文學由此也逐漸發展成一個獨立門類，使文章「不假良史之詞，不托飛馳之勢，而聲名自傳於後」（《典論·論文》）。文章可以寄託作者思想、情志，不再淪爲政治、道德的附庸，開始由「載道」的功能，轉渡到「緣情」、「寄興」的目的。人可以通過文藝活動，把自己的生命、精神與大自然的本體融合起來，追求一種內心的愉悅和精神的滿足，文學的個體價值，第一次超越了社會價值而居於主導地位。詩人因感物而生情，因情生而賦詩，而讀者也因觀詩而情動，因情動而生美感經驗。所以，文學的個體價值開始受到人們的承認與注意。魏晉文學「緣情」的傾向，可以說是魏晉文士在認識到人的個體生命的價值後，從文學本體的角度對文學個體價值的肯定。從「人的覺醒」到「文的覺醒」，緣情、感物、寄興，正是這一過程的重要標志。

這種「文的覺醒」，也促使文學的表現手段開始有了較大的變化。因爲文學的個體價值抬頭，表現於文學創作上，自然出現了一股重形式、辭采，講究風格的文學新潮。就在西晉潘岳、陸機等人的帶動下，文人的措辭開始有了「縟采紛披，華麗繁縟」的轉向，導致文學觀念逐漸走向重形式輕內容的發展道路，對詩歌意境、神韻的追求，是愈來愈趨冷淡了，造成兩晉詩歌都有藻彩競繁的特點。但西晉詩人是以「倚情綺靡」爲宗旨，多在前人詩題、詩語上，踵事增華，以藻彩賦寫情事；而東晉詩人則在玄學影響下，以豐辭偉藻賦寫性理和玄境，形成名理奇藻的特徵；然其中的名理與奇藻，已非漢魏的語言、精神風貌。這些特色延及南朝，遂造成文壇一窩蜂的「儷采百字之偶，競價一句之奇；情必極貌以寫物，辭必窮力而追新」（《文心雕龍·明詩》），六朝形式主義的文學風氣由是而生。

淵明的詩文，在語言方面雖是簡樸無華，甚至還被時人譏爲「田家語」，彷彿他置身於這股形式主義尚辭的風氣之外。其實不然，他同樣具有「文的自覺」。淵明只是以一種更爲合理、更具技巧的表現方式，傳達「緣情感物」的審美意境。他排除了時人直接在文事上的競儷摛藻，而以更高妙的方式——「外枯中膏」，「質而實綺，臞而實腴」（東坡〈與蘇轍書〉）的手段，來達到「言有盡而意無窮」的「至味」境地。沒有高妙藝術修養的作者，是無法臻此境界的。同理，沒有彷彿造詣的讀者，也難以領會其中之妙。所以淵明之高，即在於他接受當代的美學觀念，既藉文學「言志」，亦藉文學「傳情」，而且以更成熟圓融的手段，將豐辭偉藻隱藏於白描簡語之中，使人渾然不察，以致被淺識者訾爲「田家語」！

可見淵明的作品處處帶有時代的審美特色，而且經過個人的消融轉化後，早已汰蕪存菁，所以能自然天成，迴別於時人之作。雖然，當時一般人受限於既定的審美心理，無法客觀或更深入了解詩人的文藝之美。不過，慶幸的是，幾百年後的宋人，特別能夠體會出淵明這種遣字著墨上的用心，並給予極高的稱譽。由此更可以見出「文變染乎世情，興廢繫乎時序」的說法，的確是合乎文學發展的規律。文人是很難排除時代風氣，進行個別創作的，但是憑恃個人才、氣、學、習的深淺，卻能讓他做出合理的判斷：何種風氣爲是，何種表現手段可以取資，何種表達最能俱道人意。明乎於此，看待淵明的文學淵源或是文學成就時，都應當還原到作者的時代之中，由「通」與「變」的角度進行思考審察，才能得詩人之眞象。這一點，我們一樣可以從宋人欣賞淵明作品時的獨特領會，看出宋人無論讀陶或解陶，俱見功力之所在。

第二節　作品內容

一、詠懷詩 —— 擁懷累代下，言盡意不舒

陶淵明在詩歌方面的作品，現存一百二十多首，辭賦、散文計約十來篇，以數量、思想深度來說，最能代表詩人眞實品格、現實主義精神，又占其創作的主導地位者，還是抒情言志的詠懷詩。然世人多以田園詩推爲大宗，並冠以「田園詩人」之雅稱。其實，綜觀其題爲

田園詩作或內容涉及田園景物者，其重點未必是抒寫田園景物或生活，有些只是做爲環境背景或比興象徵而存在，核心關鍵乃是在於抒情言志，或借題發揮，依此而論，當畫入詠懷詩之列。張戒就曾指出，後人在對淵明創作心理背景不甚了解下，僅以皮相之見而望文生義，以爲作者許多詩歌是歌詠田園之作，於是跟著提筆，率爾學步模仿，結果當然是「終莫能及」：

> 詩者，志之所之也。情動於中而形於言，豈專意於詠物者。……淵明「狗吠深巷中，雞鳴桑樹顛」，本以言郊居閒適之趣，非以詠田園，而後人詠田園之句，雖極其工巧，終莫能及。(《歲寒堂詩話》卷上)

景物人格化、個性化，使陶詩跳越了純粹寫景的藝術高度，具有鮮明的個人風格，比之時人，往往純爲鋪排寫景，殊爲高妙。可見陶詩的分類、解讀，都必須要擺脫浮泛而機械的「田園」、「隱逸」之類的束縛，直歸本志探討，才能進一步窺知詩人心意。因爲這一部分才是詩人用力最多處，或抒寫情志，或諷諭時事，其中展現的，適爲詩人一生情志之所在。

後代文人對淵明情志懷抱的體會，許多時候與個人的時代、社會、思想、經歷背景是分不開的。在淵明一系列的詠懷詩中，不免有追憶自己早年慨然自負，一種「猛志逸四海，騫翮思遠翥」的鴻鵠之志及遠大之想。例如在〈命子〉詩中，他除了寄寓這種曾經煥發過的遠大理想外，也期盼子女能夠繼承祖輩光榮家風，努力以成材。這種心意，同樣見諸〈責子詩〉、〈與子儼等疏〉中。而唐、宋文人也頗有感知：

> 陶潛避俗翁，未必能達道，觀其著詩集，頗亦恨枯槁。達生豈是足，默識蓋不早。有子賢與愚，何其挂懷抱。(杜甫〈遣興〉五首之三)

杜甫在體會淵明「日月擲人去，有志不獲騁。念此常悲悽，終曉不能靜」之餘（〈雜詩〉其二），也頗有壯志未酬的感愴，認爲淵明雖然面對「福不虛至，禍亦易來」（〈命子〉）的殘酷現實，仍然滿懷期望，寄望兒子不要放鬆努力而有所作爲。可見，杜甫在〈命子〉詩中不僅看到淵明，也看到自己的影子。子美亦曾以稷契自許，而志卻難行，只得辭官而去，同樣也曾有過望子成龍的希冀：「驥子好男兒，前年學語時」（〈遣興〉）、「別離驚節換，聰慧與誰論」（〈憶幼子〉）。類似的心理背景，讓他情不自禁把陶淵明引爲同調，所以在〈可惜〉一詩中，不禁寫道：「此意解陶潛，吾生後汝期。」王嗣奭《杜臆》就直指此詩：「（陶淵明）非忘世者，但不逢時耳；公亦有志濟世，而厄於窮愁，故托之以自況歟。」所以宋人黃庭堅，才會借評杜甫〈遣興〉一詩，居中調解世人對杜甫的誤會，說明老杜只是借陶淵明來爲自己「解嘲」。

不惟山谷出此看法，《吳譜辨正》的作者張縯亦然，他認爲杜甫「固以文爲戲耳」，吾人未可認眞。而且從〈命子〉詩中，確實可看到詩人在心志無法實現下，轉而對子女殷切期望的眞摯心情：

> 先生高蹈獨善，宅志超曠，視世事無一可芥其中者。獨於諸子，拳拳訓誨，有〈命子〉詩，有〈責子〉詩，有〈告儼等疏〉。先生厚積於躬，薄取於世，其後宜有興者，而六代之際，迄無所聞，此亦先生所謂天道幽且遠，鬼神茫昧然者也。（張縯語，李公煥《箋注陶淵明集》引）

可見淵明雖能夠引身高蹈，卻無法放下對子女的牽掛，既是凡人，又豈能置身人倫親情之外？唐、宋人中，不只杜甫將淵明視爲同調，歷來很多詩人也都會借〈命子〉一類詩題，抒發自己對子女未來的期望。例如陸游的〈示兒〉詩：「死去元知萬事空，但悲不見九州同。王師北定中原日，家祭無忘告乃翁。」表現了他亟欲收復失地，洗雪國恥的愛國思想。就這方面來說，後人除了體會淵明〈命子〉詩的深刻用意外，也從中得到不少啓發，不斷有類似的轉寫之作，其中表達的情懷，並無二致。

另外，後人除了在〈命子〉詩中感受詩人望子勝己的心情外，也體會到淵明煥發出的強烈用世之志，切望「大濟蒼生」。但幾次的出仕，都造成其心靈深處「仕」與「隱」的交戰，以及隨之而來的彷徨動搖。所以，寄身仕途的那段時間裡，淵明便不時會發出「靜念園林好，人間良可辭」(〈庚子歲五月中從都還阻風於規林〉其二)的感嘆。當他在官場「纏綿人事」、「與物多忤」，現實政治與理想政治發生衝突時，他總是深情留戀田園的。不過，幾度徘徊，幾回難捨，只要有一點可為契機，他實在不願放棄「大濟蒼生」的可能。在〈癸卯歲十二月中作與從弟敬遠〉詩中，他就寫出了自己暫時辭官歸家後的貧困與政治上的寂寞。索居的苦悶，交雜飢寒的壓迫，令他常有身不由己之感。在剛進入不惑之年的前後，他入世的熱情再度被日月推遷給激起，儒家建功立業的思想，在他心中不斷地騷動著，他不免產生「白首無成」的焦慮，亟思惜時而奮起。〈停雲〉、〈時運〉、〈榮木〉這一組詩，即是充分、直率地抒發出詩人的政治激情。蕭統稱許陶詩「語時事則指而可想，論懷抱則曠而且真」(〈陶淵明集序〉)，以此驗證於這三首詩，足見所評不虛。宋人周密也為文指出，從〈榮木〉詩中的「志彼不舍，安此日富」來看，作者是有感於時遷之速，欲有作為，這與《論語．子罕》載孔子在川上，慨言：「逝者如斯夫，不舍晝夜」是一樣的情懷。不過，後來周氏筆鋒一轉，卻認為：

> 惜其寄情於酒，而為學有作輟也。不然，總角聞道，白首無成。所欲成者何事。脂我名車，策我良驥，千里雖遙，孰敢不至。所欲至者何所。(陶澍集注《靖節先生集》卷一引)

周氏的確看穿了淵明心事，然以為詩人耽於飲酒，致使為學有所輟的說法，似嫌皮相。淵明寄情於酒，誠因政局黑暗，遭時不遇，自己又何嘗願意蹉跎？所謂「總角聞道，白首無成」，乃是詩人在反省自己人生道路時，想起孔子所言：「四十五十而無聞焉，斯亦不足畏也已。」(《論語．子罕》)以此警醒自己。畢竟功業之成否，並非完全繫乎個人之努力，這個道理或事實，淵明豈是不知？所以在屢起屢躓下，詩人再也不願「遙遙從羈役，一心處兩端」(〈雜詩〉其九)，他終於做出「終返班生廬」(〈始作鎮軍參軍經曲阿〉)的決定。

對於淵明歸隱的決定，唐、宋人多持肯定的態度。有的詩人是從不滿世俗，潔身自好的角度理解，評價淵明之隱，例如三仕三隱的王績說：「庚桑逢必跪，陶潛見人羞。」（〈晚年敘志示翟處士〉）高唱「行路難，歸去來」（〈行路難〉）、「千里一回首，萬里一長歌。黃鸝不復來，清風奈愁何」（〈書情贈蔡舍人雄〉）的李白也說：「淵明歸去來，不與世相逐。」（〈九日登山〉）這顯然是受到《宋書》、蕭〈傳〉所載：督郵至縣，縣吏卻要求「束帶見之」，陶淵明由此慨嘆：「我豈能爲五斗米折腰向鄉里小兒。」即日解綬去職說的影響。另外，像曾任封丘尉卻不堪奉迎之苦的邊塞詩人高適，也嘗在詩中寫道：「拜迎官長心欲碎，鞭撻黎庶令人悲。‧‧‧‧，乃知梅福徒爲爾，轉憶陶潛歸去來。」（〈封丘作〉）其中的聲息相通，是極其清楚的。比較而言，宋人對淵明隱逸的原因，盡歸於「不肯屈腰向督郵」，不甚同意，韓駒就指出詩人歸隱之志早萌：「識時委命，其意固有在矣，豈一督郵能爲之去就哉！」（《苕溪漁隱叢話》前集卷三引）洪邁也懷疑詩人早就「心有所屬，不欲盡言之耳」（《容齋隨筆》）。其實封建社會的隱士，表面上似乎都具有「不事王侯，高尚其事」的共同特徵，然隱居的內容，卻不盡相同，境遇各殊，葉適即從此角度思考淵明與其他隱者的相異之處：

> 非必於隱者也，特見其不可而止耳。其所利所得，雖與必隱者無異，其所守則通而當於義，和而蹈於常，所以爲優也。至於識趣言語足以高世，而詠歌陶然順於物理，則不惟當於義，而又有文詞之可觀焉，蓋中世之士，如潛者一二而已。潛之所稱山林居處，殆孔子所謂不堪顏子之憂者，潛能樂之。而後世不欲以徇利不已之心，過奢無制之物，有羨於潛而庶幾之，豈不誤哉？（《習學記言序目》卷三十）

肯定詩人的歸隱是光明磊落、心懷坦蕩的表現，而歸田後的堅定不移，義無反顧，更是難能可貴。這般見解，確實是比較能夠符合詩人心志的。

詩人歸田後，居宅兩次遇火，躬耕又逢霜旱蟲澇，飢寒交迫，卻始終未曾屈服。朝廷徵爲著作郎，他拒而不就，刺史大人登門造訪，則稱病不起，「請息交以絕遊」（〈歸去來兮辭〉）的決心，相當堅定。加以晉、宋易代的不滿，所以詩人的作品中增多了憤世嫉俗之言，反映出淵明對國事的緬懷、人生的執著。「氣變悟時易，不眠知夕永。欲言無余和，揮杯勸孤影」（〈雜詩〉其二），道出淵明對現實的關心，他無法置身事外，外在現實與內心願望一再衝突下，歸隱後的詩人，還是伴著悲悽不忍的痛苦，「終曉不能靜」。所以，當他得知劉裕率師北伐，大破後秦姚泓於藍田時，左將軍朱齡石遣長史羊松齡前往關中稱賀，他特以〈贈羊長史〉賦別，詩中流露出對關中光復的極大喜悅，及對九州統一的殷切期望，激越慷慨之情，躍然紙上。不過，一方面他又憂心於當權者的私欲野心，對時局發展深表遠慮，所以，詩中呈現的是既興奮又不免抑鬱的情調，最後仍表明自己無意爲仕的決心，這與之前的〈和劉柴桑〉:「栖栖世中事，歲月共相疏。耕織稱其用，過此奚所須。」強調自己終身隱居之志，其實是相通的。這份堅持，使得他與各懷心事、話不投機的人，自然要分道揚鑣，所謂「語默自殊勢，亦知當乖分」了（〈與殷晉安別〉）。

淵明隱逸的後期，因値山河易稿變色，這時期的詠懷詩，盡充斥著作者感傷、憤激情調。如作於永初二年的〈述酒〉詩，一改詩人平易沖淡的特色，不加藻飾的詩風，大量使用隱喻典故和詞語。宋人湯漢即是根據詩中透露的蛛絲馬跡，參以史實，考求詩意，指出此詩是有感於劉裕弒逆而作。因劉裕曾酖殺晉恭帝，所以，詩人才以〈述酒〉爲題，以「儀狄造，杜康潤之」爲題注。劉裕逆弒之舉，的確令人髮指，使得一向對個人政治得失超然物外的詩人，也難以遏止心中的激憤。不僅〈述酒〉詩，在另外一些詩章中，同樣也流露出崇尚忠臣烈士的「金剛怒目」情態。如〈讀山海經〉組詩中，淵明即是通過對神話中一些凶暴之徒的貶斥，來影射、詛咒劉裕之流的欺天妄爲之徑。這組詩中的第十首，詩人更以「精衛銜微木，將以塡滄海；刑天舞干戚，猛志固常在」高亢聲調，表明自己對理想的堅持，敢於與強暴勢力抗爭，寧死不屈、以身殉道的悲劇英雄情懷〔註11〕。這種激憤，也同樣見諸於〈詠荊軻〉、〈詠二疏〉、〈詠三良〉等詩，這些都特別能夠引起長年身處內憂外患的宋人的共鳴。

因爲對淵明生平經歷與人格內涵有透徹的了解，朱熹在審閱詩人作品時，總是力求揭示其中與「平淡」相對的一面。他以爲：

> 淵明詩，人皆說是平淡，據某看他自豪放，但豪放得來不覺耳。其露出本相者，是〈詠荊軻〉一篇。平淡底人，如何說得這樣言語出來。(《朱子語類》卷一百四十)

豪放是相對於平淡。朱熹認爲詩人之高，在於其「豪放」是「得來不覺」，是以「自然」爲基調。這個看法確實是慧眼獨具。〈詠荊軻〉、〈讀山海經〉、〈詠三良〉等詩乃淵明力作，詩人藉其中悲劇題材，表達自己的憂患意識與抗暴精神，使詩歌充滿生命的力度。其中蘊含的是，

〔註11〕〈讀山海經〉「刑天舞干戚」，亦有作「形夭無千歲」，文字的疑義，自會影到讀者對詩文思想的掌握，宋人就因此版本的差異，展開一番唇槍舌戰。曾紘以爲「刑天舞干戚」始爲正解：「余嘗評陶公詩，語造平淡，而寓意深遠，外若枯槁，中實敷腴，眞詩人之冠冕也。平生酷愛此作，每以世無善本爲恨。因閱〈讀山海經〉詩，其間一篇云：『形夭無千歲，猛志固常在。』疑上下文義不甚相貫，遂取《山海經》參校，《經》中有云：『刑天，獸名也，口中好銜干戚而舞。』乃知此句是『刑天舞干戚』，故與下句『猛志固常在』意旨相應。五字皆訛，蓋字畫相近，無足怪者。間以語友人岑穰彥休、晁詠之之道，二公撫掌驚歎，亟取所藏本是正之。因思宋宣獻言，校書如拂几上塵，旋拂旋生，豈欺我哉。親友范元義，寄示義陽太守所開《陶集》，想見好古博雅之意，輒書以遺之。」但是周必大卻對此說不以爲然，認爲：「江州陶靖節集，末載宣和六年臨漢曾紘說，以『形夭無千歲』爲『刑天舞干戚』，岑穰、晁詠之撫掌稱善。然靖節此題十三篇，大概篇指一事，如前篇之所言夸父，大概同。此篇恐專說精衛銜木塡海，無千歲之壽，而猛志常在，化去不悔。若併指刑天，似不相續。又況末句云：『徒設在昔心，良晨詎可待。』何預干戚之舞耶。後見周紫芝《竹坡詩話》，復襲曾紘之意，以爲己說，皆誤矣。」兩派說法，以前說爲優，所以，宋人多主之，連朱熹亦贊同曾氏之見：「或問『形夭無千歲』，改作『刑天舞干戚』如何。曰：《山海經》分明如此說，惟周丞相不信改本，向薌林家藏邵康節手書爲據，以爲後人妄改。向家子弟攜來求跋，某細看，亦不是康節親筆，因不欲破其前說，遂還之。」(以上均見陶澍集注《靖節先生集》卷四引)

能回應因政治腐敗而導致文化危機的自覺挑戰精神，這種精神正是朱熹所渴望的狂狷精神。身處多事的南宋，士大夫耽於聲樂，世風日頹，文化也充滿危機。值此之際，朱熹手捧陶詩，仰見其氣節，自是希望有荊軻、夸父、刑天與精衛一樣，雖「九死猶未悔」的抗暴精神，奮力對抗現實的黑暗，以勇於犧牲的「狂狷之士」身份〔註12〕，力挽既倒之狂瀾。如果說，在東坡的筆下，淵明多少被塑造成超脫於物外的文人形象，那麼，朱熹對陶公的認識，則是力圖將其導向爲「欲有爲而不能者」的「狂狷之士」，是一位使氣任性的知識份子。這種認識，除了有其時代意義外，其實不也如實地補充了淵明的人生全貌，顯示出狂放與閒適之間的補充、調和。這一點，我們自然可以從明、清文人一再補強、深化朱熹的認知，找到答案。

沈約的《宋書》，率先揭示淵明有「恥復屈身後代」的傾向，這也使得唐、宋文人在以詩驗志的過程中，輒對詩人冠以「忠憤」的思想色彩。例如白居易在體會詩人歸隱動機時，就認爲此乃忠於晉室，堅守節操的必然結果：「永唯孤竹子，拂衣首陽山。」（〈訪陶公舊宅〉）將陶公行爲等同於采薇首陽山的伯夷、叔齊。韓愈的看法則是較爲深入，相信詩人之隱，乃是「偃蹇不欲與世接」。此外，韓文公也從陶集中感受到詩人「猶未能平其心」，所以也認爲其隱逸的原因，相當複雜，不僅一端，可能「或爲事物是非相感發，於是有託而逃焉者也」（以上見〈送王秀才序〉）。宋人在這方面的說法，朱熹可爲代表：

> 陶元亮自以晉世宰輔子孫，恥復屈身後代，自劉裕篡奪勢成，遂不肯仕。雖功名事業，不少概見，而其高情逸想，播於聲詩者，後世能言之士，皆自以爲莫能及也。（《向薌林文集後序》）

〔註12〕朱熹在《朱子語類》中曾表達：「人須是氣魄大，剛健有力底人，方做得事成，而今見面前人都恁地衰，做善都做不力，便做惡也做不得那大惡，所以事事做不成。故孔子曰：『不得中行而與之，必也狂狷乎。』人須有些狂狷才可望。」可見朱熹所追求的人格形象，確乎有傾向於所謂的「狂狷之士」。

私淑朱熹有成的眞德秀，更進一步補充說，詩人並非無意世者，除了恥事二姓外，其中還有「乃祖長沙公之心」，在事不可爲之下，詩人才「肥遯以自絕。食薇飲水之言，銜木塡海之喻，至深痛切，顧讀者弗之察耳」(〈跋黃瀛甫擬陶詩〉)。

具體而言，淵明詩中偶爾流露的激越之情，許多時候是出於對劉裕政權的不義行爲的抗憤所致，這種感情和那種完全奉東晉爲正朔的孤臣孽子之心，並不能等量視之。所以，言其「忠憤」，所憤者，乃強奪豪取的上位者，乃廣大的民生弱者。從同情黎庶的角度出發，對上位者擅權謀利的行爲，詩人的確相當不恥，所有忠憤鬱勃之氣遂由此煥發。而淵明的嗜酒，也多少和這種「未平之氣」有關，因氣未能平，所以特出之以飲酒，並藉以達到「中觴縱遙情，忘彼千載憂」(〈遊斜川〉)的目的。

「嗜酒」其實並非是不良的習慣，但是如果克制力不夠，無法自我節制，就會成爲「酗酒」的惡習。這一點詩人是有所察覺的，所以他做過戒酒的努力。〈止酒〉一詩，就幽默地道出他想戒酒的心路歷程：

> 平生不止酒，止酒情無喜。暮止不安寢，晨止不能起。日日欲止之，營衛止不理。徒知止不樂，未知止利己。始覺止爲善，今朝眞止矣。

然而，他並未眞正戒酒，仍是飲酒終生，甚至辭世前猶抱憾「飲酒不得足」(〈擬挽歌辭〉其一)。這種嗜酒又想戒酒的情態，不禁讓讀者想到宋人辛棄疾也曾有「將止酒」的打算，愼重其事的與酒杯打商量，結果後來還是「破戒一醉」，喝個酩酊痛快〔註13〕，這裡面不無有著

〔註13〕稼軒這兩首詞，詞牌俱爲〈沁園春〉，由調下加題處，可知其本欲戒酒卻又破戒之原因第一首〈沁園春·將止酒，戒酒杯使勿近〉：「杯汝來前，老子今朝，點檢形骸。甚長年抱渴，咽如焦釜；於今喜睡，氣似奔雷。汝說劉伶，古今達者，醉後何妨死便埋。渾如此，歎汝於知己，眞少恩哉！更憑歌舞爲媒。算合作、人間鴆毒猜。況怨無小大，生於所愛；物無美惡，過則爲災。與汝成言：勿留亟退，吾力猶能肆汝杯。杯再拜，道麾之即去，招亦須來。」第二首〈沁園春·城中諸公載酒入山，余不得以止酒爲解，遂破戒一醉，再用韻〉：

幾分淵明的幽默與諧趣：一句「記醉眠陶令，終全至樂」（〈沁園春·城中諸公載酒入山，余不得已止酒爲解，遂破戒一醉，再用韻〉），便已爲稼軒的開戒，找到最「冠冕堂皇」的理由。

另外，稼軒還有一首〈西江月·遣興〉，雖寫醉態，卻也曲盡個人飲酒的眞意，頗與淵明相通：

> 醉裡且貪歡笑，要愁那得工夫。近來始覺古人書，信著全無是處。昨夜松邊醉倒，問松我醉何如？只疑松動要來扶，以手推松曰去。

原詞寫醉態，似乎有將世事看透的領悟。既不必對人生擔憂發愁，也不必在乎古聖先賢在書中所稱的大道理，因爲在世道日非下，這些理論早已是行不通了，所以，就一任買醉，盡情歡笑罷！表面上看，辛棄疾對現實的態度是消極的，其實不然。下半闋筆鋒一轉，凸顯了詞人的倔強兀傲精神。「只疑松動要來扶，以手推松曰去」，縱然喝醉了，猶有不屈骾介的風骨。整闋詞乃是以酒遣興，曲筆達意，正話反說，當然沒有菲薄古人書之意，而是表達自己對當時現實不滿的激憤，借醉酒的狂態，托出自己兀傲不由人的性格。這種精神情懷，不僅上達淵明，也直通「操干戚以舞」的「刑天」（《山海經·海外西經》），俱是「猛志固常在」（〈飲酒〉其十）的眞實寫照。

陶、辛兩人身處殊世，喝酒的動機雖不盡相同，然樂此杯中物的精神情懷，卻無二致，這也說明爲何稼軒始終引淵明爲同調的內在觸因：主要是彼此飲酒的心理結構相彷彿，所以不免會視對方爲千古知己。其實，不只是辛棄疾，大部分的宋人在認知淵明飲酒的舉措上，多能跳出「揮茲一觴，陶然自樂」的形跡框框，直探其嗜酒的心理背景，進一步發揮蕭統「寄酒爲跡」說的深層內涵。這一點，就比唐人

「杯汝知乎，酒泉罷侯，鴟夷乞骸。更高陽入謁，都稱虀臼；杜康初筮，正得雲雷。細數從前，不堪餘恨，歲月都將曲蘖埋。君詩好，似提壺卻勸，沽酒何哉。君言病豈無媒，似壁上、雕弓蛇暗猜。記醉眠陶令，終全至樂；獨醒屈子，未免沈菑。欲聽公言，慚非勇者，司馬家兒解覆杯。還堪笑，借今宵一醉，爲故人來。」

只是以酒論酒，要高明許多。

唐人眼中的淵明，宛如是一個醉翁，這可以從許多詩篇中，找到線索：「阮籍醒時少，陶潛醉日多」（王績〈醉後〉）、「陶潛任天眞，其性頗耽酒」（王維〈偶然作〉）、「陶令日日醉，不知五柳春」（李白〈戲贈鄭溧陽〉）、「靖節高風不可攀，此巾猶墜凍醪間，偏宜雪夜山中戴，認取時情與醉顏」（陸龜蒙〈漉酒巾〉）。這些形容說法，過多流於表象，所以整體而言，還是未能完全得詩人飲酒之眞意。

有關淵明飲酒的眞意，可以直接從〈飲酒〉二十首入手來看，這組詩的前面小序云：

> 余閑居寡歡，兼比夜已長，偶有名酒，無夕不飲。顧影獨盡，忽焉復醉。既醉之後，輒題數句自娛；紙墨遂多，辭無詮次。聊命故人書之，以爲歡笑爾。

據作者解釋，這些詩乃成於醉酒之後，其產生乃是因「寡歡」而「飲酒」，然後再「賦詩」。換言之，詩人是希望假手「酒」與「詩」來消解個人的悲劇意識。第二十首的「但恨多謬誤，君當恕醉人」，即是希望以酒飾言。原本東坡不解「正飲酒間，不知緣何記得此許多事？」（〈書淵明「飲酒」詩後〉），但後來他體悟到：

> 「但恐多謬誤，君當恕醉人」，此未醉時說也，若已醉，何暇憂誤哉！然世人言「醉時是醒時語」，此最名言。（〈書淵明詩〉）

這種見解，確實一語道破了個中天機，淵明以酒爲文飾的筆法，的確比春秋的隱喻，或任人揣想的象徵，更爲實用、便捷。試想：阮籍的放達，李白的傲岸，辛棄疾的豪狂，陸游的激切，甚至許多憤世嫉俗的狂狷者，不都離不開酒的法衣！所以葉夢得評〈飲酒〉詩時，即言：

> 晉人多言飲酒，有至沈醉者，此未必意眞在酒。蓋時方艱難，人各懼禍，唯託於醉，可以粗遠世故。（《石林詩話》卷下）

可知昭明太子所謂：「有疑陶淵明之詩篇篇有酒；吾觀其意不在酒，亦寄酒爲跡也。」韓愈亦言：「及讀阮籍、陶淵明詩，乃知彼雖偃蹇不欲與世接，然猶未能平其心，或爲事物是非相感發，於是有託而逃焉者也。」（〈送王秀才序〉）所指都在於此。

看來，詩人借酒所澆之愁，所消之憂，定不在個人生活的貧窮痛苦層面，而是屬於生命底層的煎熬。幾次淵明看似乘興飲酒：「舂秫作美酒，酒熟吾自斟。」（〈和郭主簿〉其一）實乃緣酒生愁；酒能生愁，也能消愁。換言之，愁既被酒挑逗出來，百慮入心，卻也被酒給壓抑下去。一系列的飲酒詩，大多是詩人寡歡之時，以酒爲契機，化解痛苦，平衡心態的眞實紀錄。飲酒雖是苦悶象徵，但也有助於詩人眞情實感的抒發。藉酒的刺激作用，讓人暫時擺脫現實世界中的種種束縛和層層顧慮，讓處於壓抑扭曲下的精神狀態得到舒解，亦有助於詩人加速回歸自然的本性。淵明便是在此一過程中，委棄了人生一切關於貧富、貴賤、窮達，榮辱等憂慮，獲得生命之道的眞正把握。所以，白居易說陶公是「歸來五柳下，還以酒養眞；人間榮與利，擺落如泥塵」（〈效陶潛體詩〉第十二首），多少能得淵明飲酒之趣。而南宋湯漢所指：淵明「蓋沈冥之逃者，以醒爲愚，而以兀傲爲穎耳」（《陶靖節詩註》），基本上也是從這個角度去理解的。

從後人對淵明詠懷詩中所掘發的眞象義理，可以發現宋人遠較唐人深入許多。詩人多重關鍵的心理結構，唐人往往察而未論，宋人則頗爲留意。雖然，宋人有時也不免失之偏頗，過分側重、彰顯某種心志，反而導致詩人人格的部分失眞。不過，總體來說，宋人在思考上，多層次地剖析，其中體察精微處，還是唐人所不及的。

二、田園詩 —— 平疇交遠風，良苗亦懷新

「嘗讀高士傳，最嘉陶徵君。日耽田園趣，自謂羲皇人」（〈仲夏歸南園寄京邑舊遊〉），這是唐代詩人孟浩然對陶淵明田園生活的描繪。在中國文學史上，陶公是第一個大量以田園景色和田園生活爲題材創作的詩人，並由於其個人的努力、成就，使田園詩能夠晉身文學殿堂，浩浩蕩蕩的成爲中國古典詩歌的一支新流派，千百年來，也一直贏得許多不同出身者的喜愛，淵明「田園詩人」的封號，

也就不脛而走。

陶淵明田園詩的創作源泉，實根植於其獨特的生活條件與思想基礎。年少的貧困生活，家鄉故園的山水風光，皆對其生活和創作產生深刻的影響。《晉書‧隱逸傳》稱他在辭官歸隱後，「未嘗有所造詣，所之唯至田舍及廬山游觀而已」，而顏延之的〈陶徵士誄〉也道其棄官之後：

> 遂乃解體世紛，結志區外。定跡深棲，於是乎遠。灌畦鬻蔬，為供魚菽之祭；織絢緯蕭，以充糧粒之費。

完全是過著自給自足的躬耕生活。這樣的生活經歷，提供了他源源不竭的田園創作題材，每首詩都是人生的眞實體驗。例如〈歸園田居〉組詩，有著他自「塵網」解脫後的喜悅，也有其回歸田園美好生活的期待。他衷心盼望的生活，不過是「農務各自歸，閑暇輒相思；相思則披衣，言笑無厭時」（〈移居〉其二）般的樸實簡單。大家見面了，也只是「但道桑麻長」，彼此眞誠相見，無須常懷戒心，既不用行官場的繁文縟節，也不用擔心朝市的「密網裁而魚駭，宏羅制而鳥驚」（〈感士不遇賦〉），每個人的生活都可以是怡然而自得的。歸身田園可說是詩人中年以後安身立命之所在。

這種適意的生活情調，我們從詩人〈止酒〉一詩中，可以看得更清楚：「坐止高蔭下，步止蓽門里。好味止園葵，大懽止稚子。」宋人胡仔對這四句詩的解釋是：

> 余嘗反復味之，然後知淵明之用意，非獨止酒，而於此四者，皆欲止之。故坐止於樹蔭之下，則廣廈華居吾何羨焉；步止於蓽門之里，則朝市聲利我何趨焉；好味止於啖園葵，則五鼎方丈我何欲焉；懽止於戲稚子，則燕歌趙舞我何樂焉。在彼者難求，而在此者易為也。淵明固窮守道，安於丘園，疇肯以此易彼乎！（《苕溪漁隱叢話》後集卷三）

其中體貼入微處，頗能道出詩人心意。淵明的適意生活，不過是啖園葵、戲稚子之類，或「園蔬有餘滋，舊穀猶儲今」（〈和郭主簿〉其一），或「弱子戲我側，學語未成音」（同上），享受小康之家的天倫之樂而已，誠如孟子所言：「君子有三樂」，其一爲「父母俱存，兄弟無故」，其二爲「仰不愧於天，俯不怍於人」，其三爲「得天下英才而教之」（〈盡心〉上）。可見人生的快樂、適意，不過是建立在最平凡的生活情境中，而一般人在物欲、功利的衝擊下，往往是不能甘於這種平凡與平實，結果只有失去更多。最平凡也最難爲，淵明所以被指爲「達道」，不就是言其能夠心安的追求這種平實的生活情境，出入其中，無不自得！

田園生活的內容，不是只有形而上的精神閒適享受，它還包括形而下不畏苦辛的身體力行與勞動。在〈勸農〉、〈和郭主簿〉等詩中，我們看到詩人從農業是衣食之源的理念出發，極力贊揚「民生在勤」，對參與農務的人，給予正面的肯定；至於那些超然於農事之外的「德美」者，作者則婉曲地表示不能認同。這種思想與當時「士大夫恥涉農商」（《顏氏家訓・勉學》）的風氣，可謂背道而馳。即如後來的謝靈運，也不免從俗，對躬身農務者，發出訕笑聲：「既笑沮溺苦，又哂子雲閣。執戟亦已疲，耕稼豈云樂。」（〈齋中讀書〉）兩相對照，正可以反映出淵明的平實處。他不只歌詠農事，也親自參與農事，雖有其苦，但亦有其樂。他知足寡欲，「志無盈求，事無過用」；曾表明「營己良有極，過足非所欽」（〈和郭主簿〉其一）。從務求「但使願無違」（〈歸園田居〉其三）來看，詩人對物質的要求，但以可以維持基本的營生爲斷，其餘過多非所羨。他在意的，還是適意生活的追求。得「意」，才是淵明田園生活的基調，爲得此「意」，他可以不避霜露，可以早出晚歸。這等人格情操，當然不是那些整日埋首書肆或唯道德是言的人，所能企及的。所以，東坡和友人在欣賞「種豆南山下」一詩時，忍不住慨言：

> 覽淵明此詩，相與太息。噫嘻！以夕露沾衣之故，而犯所愧者多矣。（〈書淵明詩〉）

誠如蕭統在〈陶淵明集序〉中，對詩人發出的贊頌：「穎脫不群，任眞自得」、「不以躬耕爲恥，不以無財爲病」，這種對人生的堅持，連東坡都不易做到，遑論他人！東坡曾在〈書淵明東方有一士詩後〉時，感言：

> 此東方一士，正淵明也，不知從之游者，誰乎？若了得此一段，我即淵明，淵明即我也。

「東方一士」詩係淵明〈擬古〉其五，內容敘及詩人嚮往東方一隱士，希望渡越河關從其游。其實，「東方一士」正乃淵明自況。紹聖二年，東坡被貶惠州，年已六十才幡然大悟，眞正決心效法淵明，隱居終老，甚至聲言：「欲以晚節師範其萬一。」(〈與蘇轍書〉) 可是東坡終其一生，始終未能遠身政壇，這也是他晚年猶有後悔，覺其一生有愧之處：

> 早知臭腐即神奇，海北天南總是歸。九萬里風安稅駕，雲鵬今悔不卑飛。(〈次韻郭功甫觀予畫雪雀有感二首〉其一)

其中的悔悟自嘆，躍然紙上〔註14〕。

同樣是豪放詞派的大家領袖辛棄疾，何嘗不然！他一生絕大部分時間是在江西上饒和鉛山度過，被閒置的生活，總教詞人隱隱不能平，一思及人生的黃金歲月，竟是此中消磨，憂憤之情，呼之欲出。但稼軒卻無能為力，其中的失望、痛苦，不難想像。一方面他想學淵明厭棄混濁官場，退身田園，不時自責、警示自己如果未能及早，恐怕「待學淵明」(〈洞仙歌・訪泉於奇師村，得周氏泉，為賦〉) 時，「酒興詩情不相似」，如此一來，豈不「愧淵明久矣」(〈水調歌頭・再用韻答李子永提幹〉)。所以，歸隱初期，他猶能抒發復返自然的喜悅稱心，山水花鳥具帶人情，不僅青山是「歸來嫵媚生」，就連花鳥也是「前歌後

〔註14〕徽宗即位之初，東坡獲赦自海南北歸，建中靖國元年到達當塗，詩友郭祥正來迎。東坡在惠州時，祥正看到一幅坡所作〈雲雀圖〉，曾經詩成：「平生才力信瑰奇，今在窮荒豈易歸；正似雪林枝上畫，羽翰雖好不能飛。」後來又聽聞東坡北歸喜訊，又用前韻寄詩曰：「秋霜春雨不同時，萬里今從海外歸；已出網羅毛羽在，卻尋雲跡帖天飛。」東坡也答詩兩首，但說海北天南，一樣是「歸」，而今只自後悔從前不肯卑飛，否則便無種種煩惱。除正文所列一首外，另一首為：「可憐倦鳥不知時，空羨騎鯨得所歸。玉局西南天一角，萬人沙苑看孤飛。」

舞」，雲水甚至「暮送朝迎」（以上均見〈沁園春・再到期思卜築〉），大自然美景似乎可以慰人寂寥幽緒；但另一方面，他卻又激憤難平，無法忘懷世事，忘記「南共北，正分裂」（〈賀新郎・用前韻送杜叔高〉）的殘破山河，風雲再起之心，蠢蠢欲動。所以，即使晦跡山林的日子裡，這種寄意田園與激憤國事的情愫，也總是交揉而衝突的，直令詞人「起坐不能平」。或有悔恨自己一片忠肝義膽，到如今，只換得「弄秋水，看停雲」、「把相牛經，種魚法，教兒孫」（以上見〈行香子・博山戲呈趙昌甫、韓仲止〉），失望之情，溢於言表。對比來看，淵明隱逸後，雖仍不乏「金剛怒目」式的抗議吶喊，但是其對上位者的無能、疲羸，畢竟早已洞識，不存希冀，所以自免去職後，便永不復出；而辛棄疾卻是被迫閒置，走向田園，即使並不排斥，也終非所願，故其對國事、君主也就依違帶有希望。當然，稼軒也意識到自己不如陶公處，他在詞中寫道：「須信采菊東籬，高情千載，只有陶彭澤。」（〈念奴嬌・重九席上〉）就明白表示陶公是「千載襟期，高情想像當時」（〈新荷葉・再題傅巖叟悠然閣〉）。對所有士大夫而言，這種高尚情操，是望塵莫及的。所以，早年，稼軒會將諸葛亮與淵明並列，但是晚年，他修正了自己的認知：「淵明似勝臥龍些。」（〈玉蝴蝶・叔高書來戒酒，用韻〉）認爲出仕的諸葛亮似乎也不如遠退的淵明了。

從淵明的詩文中，我們了解到即使有勇氣向身田園，也要有勇氣面對萬一收成不足對生活所造成的窘迫。詩人以親自的體驗，揭示了田園生活經營的關鍵，並非單純地在「勤」與「不勤」之間。他不計辛勞，「晨出肆微勤，日入負耒還」、「四體誠乃疲」（〈庚戌歲九月中於西田穫早稻〉）下，還是不免「寒餒常糟糠」（〈雜詩〉其八）。在〈有會而作〉一詩中，詩人更寫道：「弱年逢家乏，老至更長飢。菽麥實所羨，孰敢慕甘肥。惄如亞九飯，當暑厭寒衣。」趙泉山在覽讀之餘，認爲此篇述及詩人艱食之困，「尤爲酸楚」；而「老至更長飢」一句，似乎也暗示出詩人是「終身未嘗足食也」（見李公煥《箋注陶淵明集》）。貧士形象，栩栩如生。而葛立方則以爲淵明在〈詠貧士〉（其三）中，形容榮啓期是「敝襟不掩肘，藜羹常乏斟」，這其實是詩人的自我寫生，而「巧於說貧者也」（《韻語陽秋》卷一）。可見詩人晚年的田園生活，再也不是「園蔬有餘滋，舊穀猶儲今」（〈和郭主簿〉其一）的逍遙自在了。沒有這辛勤悲苦的切身感受，沒有和農民間深厚的情感，詩人是寫不出如此能夠眞實反映田園生活的詩歌！

後代文人中，雖不乏有專攻田園詩的作者，但能夠像淵明這般體會農事甘苦，眞實傳出個中滋味者，仍然有限。例如代表唐代詩藝極高成就的詩人王維，其田園詩別有一番韻味、境界，但他始終只是田園風光的欣賞者，和農事勞動的旁觀者，與淵明的親自耕鋤，實有所別。生活遭遇不同，思想感情也自然各異。就思想廣度而言，淵明不僅歌詠田園的自然風光，表現出農村生活的恬美靜穆，也生動地描繪自己參與農事的心得感想。或言其中意趣，或道其中辛苦，無非不是自己當下投身其中的眞切感悟。另外，淵明的詩中，也屢屢傳達出與鄰曲、素心人往來的情誼，眞實而樸素。以上種種，幾乎是王維所欠缺的生活經歷。摩詰只是單純地欣賞農村的自然風光，借仗大自然的山光水色以解娛自己在政治上的失意，所以，其筆下的田園風光，反而是較爲平面、單一，具有超脫塵世的色彩。與淵明的眞情體會，生動刻畫，如實呈現，具有鮮明的個人形象，還是顯然有別的。

其實不惟王維，例來擅寫田園詩者，幾乎都是純粹客觀的寫景，儘管其中可以做到情景交融，但是缺乏實際生活感受，卻是不爭的事實。所以，在他們筆下，侃侃流出的田園風光，多少都滲透著高蹈出塵的思想。寫法上，也多作彩繪，將農村田園鋪敘爲一個多彩多情的理想世界。而淵明因爲身處田園之中，沒有距離，所以，反而能以更通透、寬廣的視野，直陳田園農事的種種甘美與酸苦，雖沒有過多的設色，但在平淡白描中，卻能夠透露出田園人生的眞實。這一點，東坡就頗爲感知。他曾指出：

> 陶靖節云：「平疇交遠風，良苗亦懷新。」非古之耦耕植杖者，不能道此語；非余之世農，亦不能識此語之妙也。（〈題

淵明詩〉)

淵明田園詩的成就，實與其躬耕的生活經歷，有相當重要的內在聯繫。文學是客觀現實的反映，要達到眞實、自然的境界，當然要仔細觀察事物，接近自然，深入生活後，才能生動地將客觀意象轉爲藝術的再現。東坡是文藝創作的高手，他深諳此中之道，當他捧覽陶公之作時，能夠讀出詩人的個中眞味，「語語都在目前」(王國維《人間詞話》)，除了因爲淵明本身是「耦耕植杖者」，故不爲虛言外，東坡自家的務農經驗，也幫助他在品茗陶詩時，能知味其中之妙處。據《道山清話》記載：東坡一日在學士院閑坐，忽命左右取紙筆，寫下「平疇交遠風，良苗亦懷新」兩句，大書、小楷、行、草，凡寫紙多張，最後擲筆太息曰：「好！好！」並散其紙於左右給事者(見何孟春注《陶靖節集》)。可見東坡對淵明此兩句，已到忘我之境。張表臣也有同感：

僕居中陶，稼穡是力。秋夏之交，稍旱得雨，雨餘徐步，清風獵之，禾黍競秀，濯塵埃而泛新綠。(《珊瑚鉤詩話》卷一)

這種體會乃是由淵明「平疇交遠風，良苗亦懷新」句，覺知衍伸而來(《珊瑚鉤詩話》卷一)。詩人之「善體物」，由此窺知一斑。可見詠物詩之妙處，不在「極其工巧」或只是「用事押韻」(張戒《歲寒堂詩話》卷上)。正因淵明的田園詩，其中描繪眞實可據，又眞情畢露，突顯了其中得人心所同者的神貌，所以，即使只是白描，也能曲盡當下的景致與個人無限的情意。而這也就是鍾嶸《詩品・序》所說的：「觀古今勝語，多非補假，皆由直尋」的美學內涵。

淵明筆下的田園生活，充滿著現實人生的悲歡離合，而又不流於消極頹唐，詩人腳踏實地，躬耕不懈，貞志不休，以最簡樸的語言，表達人生的各種況味。在白描寫實的文字中，令人隱隱察覺到詩人情性之所在，或樂天知命，或積極奮發，或矢志守貧不渝，這些對後人都有極深的影響。如王維的部分田園詩，除了表現田園的自得之樂外，也曲折反映了其對官場勢利爭奪的厭惡，如〈偶然作〉其二：

田舍有老翁，垂白衡門里。有時農事閒，斗酒呼鄰里。喧聒茅簷下，或坐或復起。短褐不爲薄，園葵固足美。動則長子孫，不曾向城市。五帝與三王，古來稱天子。干戈將揖讓，畢竟何者是。得意苟爲樂，野田安足鄙。且當放懷去，行行沒餘齒。

其中的「田舍翁」，正是隱括淵明的眞實人生；又如辛棄疾，不僅特愛其人，也愛其詩，在「讀淵明詩不能去手」下，由衷地對詩人發出了禮讚之聲：

晚節躬耕不怨貧，隻雞斗酒聚比鄰。都無晉、宋之間事，自是羲皇以上人。(〈鷓鴣天・讀淵明詩不能去手，戲作小詞以送之〉)

愛國詩人陸游，也從淵明一系列田園詩中得到許多的啓發與鼓舞，在有感而發下，寫出了心中無限的傾慕之情：

我詩慕淵明，恨不造其微。退歸亦已晚，飲酒或庶幾。雨餘鋤瓜壟，月下坐釣磯。千載無斯人，吾將誰與歸。(〈讀陶詩〉)

「典型在夙昔」，不惟唐、宋，明、清的醉心，亦可想而知。

三、哲理詩 —— 寒暑有代謝，人道每如茲

魏晉南北朝詩壇受了玄風影響，文人往往大力寫作游仙詩與玄言詩，這些雜揉老莊思想與佛禪成分的作品，往往是「理過其辭，淡乎寡味」，缺乏藝術的美感。雖盛行百年之久，但眞正足以傳世者，寥寥無幾，唯獨淵明的哲理詩，除卻理趣盎然外，也饒富情緻，反而成爲其時極具代表性的作品，受到後人長期的喜愛。

陶淵明生長的時代，既是玄談大行其道之時，有關思想的辯論，極爲活躍，就在各家思想爭蜂而出，激烈較量下，詩人通過自身生活的體驗，形成個人對宇宙、人生的新看法，並在他的哲理詩中充分表現出來。〈形影神〉詩三首，便是詩人哲理之作中的傑出代表。三首詩渾然一體，結構緊密，通過形影神三個藝術形象，表達了他對生命存在的看法。前兩首，作者借形神間的論辯，提出問題，最後以〈神

釋〉代出己意。〈神釋〉主旨，在於藉由對形和神的觀點批判，進而提出「縱浪大化中，不喜亦不懼。應盡便須盡，無復獨多慮」的人生悟解，對生死抱持一種全然不凝於心，聽之自然的通達態度，這與他其他詩作的思想性是相當一致的。如：「天地賦命，生必有死。自古聖賢，誰能獨免」（〈與子儼等疏〉）、「人生若寄，憔悴有時」（〈榮木〉）、「自古皆有死，何人得靈長」（〈讀山海經〉其八）、「運生會歸盡，終古謂之然。世間有松喬，於今定何間」（〈連雨獨飲〉），都表現了淵明對生死思索的看法。天地間客觀事物的存在，的確不隨人的意志而轉移，自然造化的力量，是誰也無法改變的事實，所以，在體悟自然的運轉不息，明白「衰榮無定在，彼此更共之」、「寒暑有代謝，人道每如茲」後，他疾呼「達人解其會，逝將不復疑」（以上見〈飲酒〉其一）。一個人對生，既有所戀，對死，也就有所痛，人生也就不能自在和自適。唯有看破這一點，人的生命才不會紲縲其中，無法自拔。在淵明看來，天地間一切事物都有其客觀的發展規律，四時運轉，寒暑交替，所謂「靡靡秋已夕，淒淒風露交。蔓草不復榮，園木空自凋」，皆是「萬化相尋繹」（以上見〈己酉歲九月九日〉）的結果。因此，在覺悟到「聊且憑化遷，終返班生廬」（〈始作鎮軍參軍經曲阿作〉）、「遷化或夷險，肆志無窊隆。即事如已高，何必登華嵩」（〈五月旦作和戴主簿〉）後，「委運任化」便構成了他人生思想的主要部分。

結合當時的社會風氣來看，淵明這種思想無異是突破了道教所主張的服食仙丹妙藥，肉體便可以長生不老、享盡富貴的虛妄；也駁斥了佛門教義中，「三世輪回」、因果報應的神學說教，啓發人們擺脫不實的幻想，追求人生的現實性。在當時，其鋒芒實際上有指向打著老子旗幟的道教和外來的佛教，亟欲祛除人們懼死之情的重要意義。所以，東坡在〈和陶詩・神釋〉中，才會寫道：「莫從老君言，亦莫用佛語。仙山與佛國，終恐無是處。」的確，在「帝鄉不可期」下，世人騰化登仙之想，營營惜生之念，不過是自欺欺人而已。相較於淵明的冷靜務實，這些凡俗的想念，便顯得可悲與可笑。

唐、宋文人中，東坡可說是最早注意到淵明作品中的哲學思想，所以發表了許多前人所未發的精到見解。除了〈形影神〉之外，他還獨具慧眼指出了淵明〈飲酒〉二十首中的談理之作。據葛立方《韻語陽秋》卷三的記載：

> 東坡拈出陶淵明談理之詩，前後有三：一曰「采菊東籬下，悠然見南山」；二曰「笑傲東軒下，聊復得此生」；三曰「客養千金軀，臨化消其寶」。皆以爲知道之言。

東坡指出的三首談理之詩，分別是〈飲酒〉其五、其七、其十一。〈飲酒〉其五寫來，令人有神遊象外之感。開首「結廬在人境，而無車馬喧」四句，揭示了詩人當下隱逸的精神、心理狀態，心中無物，即使在人境，亦得寂靜，雖游朝市，亦與蓬戶無異。「采菊東籬下，悠然見南山」，采菊而見山，境與意會，隱寓出淵明清眞、淡泊名利的心志，和追求自由的審美趣味。誠如宋人所說，陶詩對心物交融的審美把握和「不假繩削」的創作方式，具體而言，即是「無所用意，猝然與景相遇」（葉夢得《石林詩話》卷中）。作者個人的理思因與外物融合無間，妙合無垠，審美主體的「意」和審美客體的「境」互相滲透、統一，從而形成了一種物我分際泯滅，彼此融洽和諧的渾成境地，不僅完成了作者個人適意的審美理想，達到了實現的高峰，也使得該詩饒富理趣，渾然天成，既寫出詩歌的境界，也道出「別有神味」（陳廷焯《白雨齋詞話》）的人生境界。

〈飲酒〉其七：「笑傲東軒下，聊復得此生。」表現的是棄仕歸眞的自得。東坡曾進一步分析指出：「靖節以無事自適爲得此生，則凡役於物者，非失此生耶？」（〈題淵明詩〉）道家主張向身自然，順乎自然，以自適爲得。淵明感悟人生眞趣，决心役物，而不役於物，嘯傲東軒，稱情一世，以追求人生適意自足爲樂。東坡發現這種得生之趣，與世人汲汲功利，違己交病的失生之苦，適成強烈對比，所以認爲此乃「知道之言」。東坡一生，何嘗不是在追求這種適意的人生境界，所謂「我行無南北，適意乃所祈」（〈發洪澤中途遇大風復還〉）。

他甚至認爲這種「心不役於物」、「適意至足以爲樂」的觀念，實爲陶詩的根本。所以，在許多和陶詩中，東坡不斷反覆強調「適」的觀念：「禽魚豈知道，我適物自閑。悠悠未必爾，聊樂我所然。」（〈和陶歸園田居六首〉其一）他觀照、反省自己，認爲自己始終不如陶淵明的關鍵，也是在於這種「適意」的人生境界：「我不如陶生，世事纏綿之。云何得一適，亦有如生時。」（〈和陶飲酒二十首〉其一）「世事纏綿之」，讓東坡始終有被物役的感覺，始終有「長恨此身非我有」（〈臨江仙〉）的無奈。他雖能自省，卻也察覺其中之難爲，因此，不時提醒自己「無所往而不樂」的關鍵，乃在於「游於物之外」（〈超然台記〉）。也一再勸誡友人「能得吾性不失其在己，則何往而不適哉」（〈江子靜字序〉）！這種「適足」的觀念，除了加深東坡對淵明的崇敬之外，許多時候其實也是支撐東坡超越人生困境的不二法門。

〈飲酒〉其十一，全篇爲談理之詩，強調「稱心」即爲可貴。蓋「千金之軀」，亦難逃一死，故無所可羨。「客養千金軀，臨化消其寶」的說法，頗有批判漢末以來士人以軀爲寶，留意服食養生的荒誕不經味道。淵明在歷盡人生幾番風雨之後，感悟遂志的可貴，於是決定委運自然，超然於生死，「死去何所道」（〈擬挽歌辭〉其三），認爲人生在世，應該還是追求「稱心固爲好」。東坡在深求其詩意後，特別標出：

> 〈飲酒〉詩云：「客養千金軀，臨化消其寶。」寶不過軀，軀化則寶亡矣。人言靖節不知道，吾不信也。（〈書淵明飲酒詩後〉）

後來湯漢在爲淵明詩做註時，也相當認同東坡這種見解：

> 顏、榮皆非希身後名，正以自遂其志耳。保千金之軀者，亦終歸於盡，則裸葬亦未可非也。或曰，前人句言名不足賴，使四句言身不足惜，淵明解處，正在身名之外也。（《陶靖節詩註》）

「淵明解處，正在身名之外」，而「身名之外」者，無非是遂志而適意，湯氏的理解，也是深得陶詩之旨者。

以魏晉名士的放達精神來看，士大夫崇尚以無爲本，以有爲末，忘形骸重自然，看重以「適足」爲前提的「取樂」（王羲之〈蘭亭詩〉）與「寄暢」（虞說〈蘭亭詩〉），認爲只有隨遇而安，才能欣於所遇。因爲「至足」，所以「快然」，而「足於所足」，就能處處不失其「適」。這種任情適意，逍遙自在，快然自足的魏晉玄風，在淵明的身上仍然可見，但是他卻做了一些修正，擺落了其中的放誕，加強了適意人生的落實，一心觀照今生，不言來世。從悠悠大象輪轉不停的規律中，體悟到人生的「衰榮無定在」（〈飲酒〉其一），進而矢志選擇「任眞」、「稱心」的生活道路。秉持「委運任化」，聽其自然的人生態度，入無爲而行有爲，以「不喜亦不懼」的心情來對待生活中的一切變故，讓自己精神很快地從各種感情困惑中解脫出來。「縱浪大化中」，縱心任性，不忮不求，無所謂窮通。這種一任自然，無適不可的人生，只有能「見天下之動，而觀其會通」（《周易・繫辭》）、胸襟寬闊的「達人」，才能從容力行。而東坡所以認爲淵明是「知道」之士，也是立足在以上這些觀點上，來理解詩人的人生境界。如果說，東坡的現實人生也有幾分近似淵明的地方，其中所指的，或許是這種委化自然的精神上承。在〈與程秀才二首〉詩中，子瞻曾言：「尚有此身，付與造物。聽其運轉，流行坎止，無不可者。」（其二）人的心靈如能與大自然冥合無間，便能快然自足。所謂「大哉天地間，此生得浮游」（〈雪後至臨平〉），這是東坡對人生的體悟。因此，他更能以個人的獨詣之處，掘發淵明詩中的人生哲理，暗示淵明的身份，不只是一位隱逸詩人，或孤陋寡聞的田舍翁，其實他也是一位具有思想深度，能以知性的感悟，表達自己對人生態度的傑出詩人。

淵明在哲理詩創作上，異於時人的最大地方，就在於他不是任何宗教的宣傳者，而自己也不以思想家自居。所以，在闡釋人生理趣時，並非是以邏輯推理來闡述某種抽象概念、範疇和原理，而是以具體、感性的形象去表達抽象、深刻的哲理，其中的藝術形象卻是相當豐富而鮮明的。作者將個人的見解寓於形象之中而後出之，故詩中之「理」，往往是眞實而可信的，非爲巧飾、強辭之說。有許多作品是即景名理，即事名理，意與境會，情景交融，雜以精闢的議論，味之無窮。與東晉名士的強爲泄理，有意借景物以悟道暢玄的過程和景理的把握、反客爲主的牽合方式，是顯然不同的，如〈癸卯歲始春懷古田舍二首〉、〈連雨獨飲〉、〈歸園田居〉其一、其四、〈於王撫軍座送客〉、〈讀山海經〉其一等。從景物中感悟哲理，情由景發，理由景致，目即心受，藝術形象生動，情感蘊含豐富，不離現實，不脫人情。並以詩的語言表現哲理，既能服人以理，又能動人以情，從而引起讀者強烈的共鳴。例如〈雜詩〉其一：「人生無根蒂，飄如陌上塵。分散逐風轉，此已非常身。落地爲兄弟，何必骨肉親。」藉「陌上塵」喻人世漂泊不定，在變化無窮下，每個人不免也會有「已非常身」之嘆，既然如此，又何必骨肉同胞才能相親？文字樸實，深入淺出，形象地說明了儒家「四海之內，皆是兄弟」（《論語・顏淵》）的襟懷眞理。正因詩人所有的哲理之作，大多以這種平淡含蘊的詩句，啓示人生至誠之理，湧現出作者眞淳的情意，故其哲理的內涵，必然與標榜「詩必柱下之旨歸」、「不落言筌」的玄言詩有很大的區別。宋人陳師道所以高度讚許淵明「不爲詩，寫其胸中之妙爾」（《後山詩話》），其實在有意無意間，不也提示我們，淵明詩與玄言詩之間的差異高下，是確實有徵的。

四、辭賦與散文 —— 常著文章自娛，頗示己志

古代許多文學大家，都是詩文兼擅的，淵明也不例外，其辭賦、散文作品雖然不多，但是相對於詩歌的傑出，也毫不遜色。蕭統在〈陶淵明集序〉中，曾有一段論述：

> 其文章不群，詞采精拔；跌蕩昭章，獨起眾類；抑揚爽朗，莫之與京。橫素波而傍流，干青雲而直上。

這項看法，甚爲客觀公允。淵明的辭賦和散文，同其詩歌一樣，眞實地反映了他的政治理想和生活經歷，也抒發了個人高雅的志趣，出語

平淡，卻寄意遙深，在充斥著對偶、音律的魏晉南北朝，淵明的辭賦、散文，誠爲當時難得一見的佳構。

檢閱《陶集》，可以發現詩人所作辭賦，僅有三篇，即〈感士不遇賦〉、〈閑情賦〉、〈歸去來兮辭〉。賦的發展在進入魏晉後，即從兩漢長篇歌功頌德的大賦，一轉成爲諷刺時弊，抨擊現實的短篇詠物賦和抒情小賦。前者重在鋪敘，以結構恢宏見勝；後者重在凝煉，以短小精悍見長。淵明的創作，主要傾向後者，以抒情語言爲主。蓋詩人文學淵源十分深廣，既對前人有所酌法，又能兼取名家之長，加以個人胸懷高曠灑脫，所以，即使抒情言志之作，也能自闢蹊徑，不落俗套。〈歸去來兮辭〉，歷來即膾炙人口，被許爲當時名作，宋代散文大師歐陽脩即以爲「兩晉無文章，幸獨有此篇耳」（朱熹〈楚辭後語〉引），可見評家之賞識。

〈歸去來兮辭〉爲淵明述懷之作，其中不僅思想內涵極爲豐富，就藝術的感染力而言，亦是無窮不盡的。在序文中，淵明詳細敘及自己就職彭澤和棄官歸田的經過。詩人顯然是因貧而仕，而其歸田的遠因，實乃不願「矯厲」、「違己」，近因則是程氏妹喪，情在駿奔。這些蘊因，其實與史傳所言，不肯折腰督郵之說，看似出入，其實無妨。蓋正因「違己交病」，所以無法強迫自己「爲五斗米折腰」，史傳所稱，洵非虛構，只是有過分誇大之嫌；而妹喪也是實情，不過若非作者心意已決，也不須急求自免去職。在本辭中，詩人便開門見山點出主題：

> 歸去來兮，田園將蕪胡不歸！既自以心爲形役，奚惆悵而獨悲？悟已往之不諫，知來者之可追。實迷途其未遠，覺今是而昨非。

只有充分認識「昨非」，才能充分肯定「今是」。在談到「昨非」時，淵明只用了概括性很強的「既自以心爲形役」一語，其餘則傾力轉寫「今是」的想法。其實，「既自以心爲形役，奚惆悵而獨悲」這兩句話是頗具份量的，是眞實人生的自我觀照，既能勇於面對，才能敢於突破。所以宋人許顗但評這兩句爲「此老悟道處」，並言：「若人能用此兩句，出處有餘裕也。」(《彥周詩話》) 葉夢得也同此說：

> 「雲無心以出岫，鳥倦飛而知還」，此陶淵明出處大節，非胸中實有此境，不能爲此言也。(《避暑錄話》)

正因詩人對人生有了「今是昨非」的了悟，因此，他自覺不願再做一個思念「故淵」的「池魚」，或懷戀「舊林」的「羈鳥」，決定改弦易轍，仕途速歸。之後詩人描寫到自己歸心似箭的急迫，與抵家之後的怡悅情緒，對照他歸田前的偃蹇遭遇，便能理解詩人情緒沸騰的關鍵原因。對「性本愛丘山」(〈歸園田居〉其一) 的詩人而言，徜徉田園山水的自在與享受親情人倫的自得，不是任何東西差可比擬的。這片由素心人、田舍翁所共同組構的新天地，與俯仰由人的官場，是有強烈的區隔性，所以向身前著的愉悅眞情，便緩緩地從〈歸〉文中流瀉出來。由此可知，李格非所言：「歸去來辭，沛然如肺腑中流出，殊不見有斧鑿痕。」(陶澍集注《靖節先生集》卷五引) 確爲至評。

從全篇來看，詩人對現實黑暗所寄託的暗寓，和對田園生活的嚮往、熱愛，及耿介不阿、光明磊落的胸襟，一一都構成作品思想的主流。對後人產生不少積極的影響。以唐人來說，淵明在〈歸去來兮辭〉一文中，對辭官所做的毅然宣誓，無形中也加強了他們拒絕霸權政治的勇氣，不論是李白的「安能摧眉折腰事權貴，使我不得開心顏」(〈夢遊天姥吟留別〉)，或高適的「拜迎官長心欲碎，鞭撻黎庶令人悲」(〈封丘作〉)，都可以視爲是淵明精神的遺響。他們在蔑視權貴，鄙棄霸權時，大有「吾道不孤」的斷然氣概，不僅拒絕了揚波汨其泥，也拒絕向現實妥協的可能，而這些其實都是淵明思想精神在他們身上作用的結果。宋人朱熹就特別指出，〈歸〉文既託聲楚辭，表明自己因不願俯仰時俗，所以不得不遠退官場，心中之悲苦，可以想見。但是作者詞意卻出以「夷曠蕭散」，而無「尤怨切蹙之病」，是爲高明：

> 潛有高志遠識，不能俯仰時俗。嘗爲彭澤令，督郵行縣且至，吏白當束帶見之，潛嘆曰：「吾安能爲五斗米折腰向鄉里小兒！」即日解印綬去，作此辭之見志。後以劉裕將移晉祚，恥事二姓，遂不復仕。……然其詞意夷曠蕭散，雖託楚聲，而無尤怨切蹙之病云。(〈楚辭後語〉)

〈歸去來兮辭〉自出機杼，字字自然，一如肺肝所出，其中繼承和發揚楚辭及建安辭賦「發憤抒情」的傳統，是隱約可見的。所以，其成就能高步晉人之上，被推許爲晉代唯一的一篇好文章，甚至是「超然乎先秦之世，而與之同軌」：

> 陶淵明罷彭澤令，賦〈歸去來〉，而自命曰辭。迨今人歌之，頓挫抑揚，自協聲律。蓋其詞高甚，晉、宋而下，欲追躡之不能。漢武帝〈秋風詞〉，盡蹈襲《楚辭》，未甚敷暢。〈歸去來〉則自出機杼，所謂無首無尾，無終無始，前非歌而後非辭，欲斷而復續，將作而遽止，謂洞庭鈞天而不淡，謂霓裳羽衣而不綺，此其所以超然乎先秦之世，而與之同軌者也。(宋・陳知柔《休齋詩話》)

歸隱田園、結廬人境的淵明，雖然拒絕了紅塵喧擾，卻沒有斷絕對國事、民瘼的關心，其對現實的憤懣與日俱增，誓不再仕的決心，也就更爲堅定。〈感士不遇賦〉是繼〈歸去來兮辭〉後，控訴在混濁世局下，知識份子是如何進退兩難的文章。在賦的序言裡，淵明首先說明它是在前人同類作品的啓發下，所完成的作品：

> 昔董仲舒作〈士不遇賦〉，司馬子長又爲之。余嘗以三餘之日，講習之暇，讀其文，慨然惆悵。……撫卷躊躇，遂感而賦之。

淵明所言以上諸作，其特點都是感嘆生不逢時，社會黑白顛倒，是非不分，造成耿介之士進退維谷，有志不能伸。誠如屈原所感：「眾踥蹀而日進兮，美超遠而踰邁。」(《九章・哀郢》)淵明的時代，朝政之腐敗，比起西漢更是有過之而無不及，所以，明主難遇的悲哀，教詩人難掩心中的惆悵憤慨。

從「世流浪而遂徂，物群分以相形。密網裁而魚駭，宏羅制而鳥驚；彼達人之善覺，乃逃祿而歸耕。山嶷嶷而懷影，川汪汪而藏聲。望軒唐而詠嘆，甘貧賤以辭榮」中，我們看到晉、宋易代之際，十分嚴峻的政治氣候，還有詩人身上所背負的深重憂患意識。「自眞風告逝，大僞斯興。閭閻懈廉退之節，市朝驅易進之心」，廟堂無不充斥著一群浮華奔競、寡廉鮮恥的市儈小人。在仕途難測下，他寧可選擇「固窮以濟意」，也不肯「委曲而累己」；堅持固守窮困以稱心意，也不願沽價於朝市。可以發現當時「懷正志道之士」者，也只能或「潛玉於當年」；而「潔己清操之人」者，或「沒世以徒勤」（以上均見〈感士不遇賦並序〉）。換言之，在晉、宋之際的士林裡，不僅已沒有了東漢士大夫那種「慨然有澄清天下之志」，強力與政治腐敗抗爭到底的凌厲氣節，也失去了建安時代士大夫慷慨磊落、建功立業的奮發精神，甚至連魏晉竹林名士那種激憤鬱抑、任誕放達的精神，也漸趨微弱。在蹇礙難行下，知識份子也只能隱退於山水田園之中，努力擺脫塵網，以淡泊固窮，獨善其身的方式，寂寞地維護其理想人格的完整。可悲之處，在於封建時代許多知識份子均是將自我的人生價值實現，置諸在「治國」、「平天下」的政治事業上，如今爲了保持這種獨立人格和自由精神，卻又必須引身退出政治領域，其中無疑反映出參與政治與保存自我之間，是完全矛盾與對立、無法互容的。淵明之所以選擇隱居躬耕，遠離人世，正是因爲洞悉這中間的衝突。朱熹似乎也看出了淵明這種迫於時勢，爲求節操之全，不得不堅持的人生歸向，所以曾言：「隱者多是帶氣負性之人爲之，陶欲有爲而不能者也。」（《朱子語類》卷一百四十）

像淵明這樣「甘貧窮以辭榮」（〈感士不遇賦並序〉），能夠懷道負義之士，據沈約對隱者所做的分類區隔，即使陶公鄰亞賢人，庶幾無愧〔註 15〕！很可惜的是，在劉宋之後的數十年間，南朝士大夫階層的

〔註 15〕沈約《宋書・隱逸傳》曰：「遯世避世，即賢人也。夫何適非世，而有避世之因，固知義惟晦道，非曰藏身。……賢人之隱，義深於自

人格精神，始終委靡不振，甚至連「稟褊介之性」的隱者也寥寥無幾，政治也是每下愈況。想來，當時能夠自覺置身於政治之外以全其人格的人，實在是少之又少。這種對比，配合淵明〈感士不遇賦〉一文來看，更讓我們了解詩人的魅力所在 —— 雖不免憤激於自身的不遇，卻猶能堅持守節固窮的精神品質，這是相當不容易的。

另外，淵明還有一篇較具爭議性的賦作 ——〈閑情賦〉。它是《陶集》中，唯一涉及男女情愛的文學作品。作者在序文中，也敘述了自己的創作意圖：

> 初，張衡作〈定情賦〉，蔡邕作〈靜情賦〉，檢逸辭而宗澹泊，始則蕩以思慮，而終歸閑正。將以抑流宕之邪心，諒有助於諷諫。綴文之士，奕代繼作，並因觸類，廣其辭義。余園閭多暇，復染翰爲之。雖文妙不足，庶不謬作者之意乎？

中國辭賦的發展，賦情始於宋玉、司馬相如，之後張衡、蔡邕、曹植、阮瑀、王粲、張華、應瑒等人，都有類似的作品，所以淵明白言己作乃是「奕代繼作」，並存有仿效前人的痕跡。不過，文中仍然具有極其鮮明的創作個性，呈現出者狂癡情感，十願九悲一嗟，環環相扣，動人心扉，表現了淵明對愛情的熱烈追求，極爲出色。唐人司空圖正是從該賦中，透視到陶公狂放不羈的個性，並詩歌詠〔註16〕：

> 不疑陶令是狂生，作賦其如有〈定情〉；猶勝江南隱居士，詩魔格嫋負孤名（〈白菊〉）

司空圖注意到淵明情性中，不易爲人察覺的一面，言人所未發，的確

晦；荷蓧之隱，事止於違人。論跡既殊，原心亦異也。身與運閉，無可知之情，雞黍宿賓，示高世之美。運閉故隱，爲隱之跡不見，違人故隱，用致隱者之目。身隱，故稱隱者；道隱，故曰賢人。」沈氏特將「隱者」二分，有身隱與道隱之別。前者但目爲一般隱士，如荷蓧丈人者流；後者的「藏身」之舉，主要是因「道之不行」，所以「義深於自晦」，故可視爲「賢人」，如淵明等。

〔註16〕如清人方東樹就受蕭統說法的影響，變本加厲指出：「淵明〈閒情賦〉，可以不作，後世循之，直是輕薄淫褻，最誤子弟。」（《續昭昧詹言》卷八）

是難能可貴。較之昭明但責此賦是「白璧微瑕」、「卒無諷諫」來說，自是一大進步。

首先爲淵明編文集、做序傳的蕭統，對陶公的爲人與作品，是相當讚許肯定的，唯獨對〈閑情賦〉一篇頗有微辭，乃至譏爲《陶集》中的敗筆：

> 白璧微瑕，惟在〈閑情〉一賦，揚雄所謂勸百而諷一者，卒無諷諫，何足搖其筆端！惜哉！無是可也。(〈陶淵明集序〉)

他此言一出，可謂影響甚鉅〔註17〕。蕭統據揚雄所倡，推斷〈閑情賦〉卒無諷諫，是以無什價值。這顯然是站在詩教的立場上評陶作，才出此結論。不過，考蕭統選文標準是「贊論之綜輯辭采，序述之錯比文華，事出於沈思，義歸乎翰藻」(《昭明文選・序》) 來看，也不落俗套，有傾向於「形式美」的看重。所以，其獨對〈閑情賦〉一文，責以教化，倒是令人頗費疑猜。更何況《文選》中，亦收錄了江淹《恨賦》、《別賦》，鮑照《蕪城賦》等寫景言情之作，蕭統卻未對上述諸作提出諷諫要求。

其實問題的癥結，誠在於淵明所作之「序」，言明「檢逸辭而宗澹泊，始則蕩以思慮，而終歸閑正」，標明作賦目的是「將以抑流宕之邪心，諒有助於諷諫」。循此要求，蕭氏認爲文與序的表現意圖，有背道而馳之勢，看不出本文有「抑流宕之邪心」的作用，所以，才提出「卒無諷諫，何必搖其筆端」的批評。除此以外，昭明對淵明其他作品的整體把握，還是相當稱許的，也不忘強調淵明作品對讀者的教育作用：

> 有能讀淵明之文者，馳競之情遣，鄙吝之意祛，貪夫可以廉，懦夫可以立，豈止仁義可蹈，爵祿可辭。不勞復傍游太華，遠求柱史，此亦有助於風教爾。(〈陶淵明集序〉)

〔註17〕唐人司空圖的意見，得到許多人的認同，不過其爲了牽合詩律平仄，竟將「閒」字改爲「定」字，與張衡所作篇名一樣，容易混淆讀者視聽，有以辭害意之嫌。

或許蕭統已存上述先見，所以在體會〈閑情賦〉一文時，認爲該文乃是表達作者對異性熱烈執著的追求心意，情感委婉纏綿，語言大膽直接，與詩人他作不甚相類，不僅難收「助於諷諫」之效，亦有損於徵士的光輝形象，所以，才視其爲《陶集》中的瑕疵。

蕭統所謂〈閑情賦〉爲「白璧微瑕」的責備，的確引起後世不少文人挺身駁正其非。東坡即是第一位挑戰昭明說法的人：

> 淵明〈閑情賦〉，正所謂《國風》好色而不淫，正使不及《周南》，與屈、宋所陳何異？而統乃譏之，此乃小兒強作解事者。（〈題文選〉）

東坡從分析作品本身入手，認爲〈閑情賦〉如同《詩經》中的《國風》，是抒發男女愛慕之情的佳構，肯定該賦不僅「無邪」，而且是符合「發乎情，止乎禮」的詩教，指出其具有與屈原、宋玉一樣的思想感情 —— 以香草美人寄托個人心志。這種說法與蕭統的解讀，適爲大異其趣，南轅北轍。一則以爲詩教不足，一則以爲飽醮詩教，其中關鍵乃在於讀者是否能夠上達作者的心意。在東坡方面，其必有以志驗詩的傾向，所以認爲〈閑情賦〉的筆法隱然深曲，當是采用了《詩》、《騷》以來比興傳統的香草美人題材，藉以寄言托意。當然，這種比興和象徵的意義，所注重的無非是耐人尋味、發人思考的雙關。

「美人」或「香草」的寓托傳統，自先秦以來開始被文人沿用以後，其中比喻的意義是愈來愈豐富、突出。它代表的是一種文人心中所追求的美好事物，同時，也做爲我民族一種文化心理的積澱。當有識之士壯志莫酬時，往往會借助對美人的嚮往思念之情，以寄托追求理想的心願。例如唐人李白的〈玉階怨〉，詩中宮女之願望、期盼，實與李白希求進用之思，正二而一，言外有不盡之意。又其在被謗離長安城時，心有所感寫下的〈長相思〉，也是借抒其與美人之間的遠隔之苦，寄言希望得到他人理解的心意。另外，像辛棄疾〈摸魚兒・淳熙己亥，自湖北漕移湖南，同官王正之置酒小山亭，爲賦〉（更能消幾番風雨）一詞，極盡沈鬱頓挫之致，也是以惜春留春、問春怨春，來寄其忠愛纏綿、怨抑悲憤之情。可見這種「寄托說」的創作傳統，根植甚深，實際上已形成了一種文人在創作上共通的情感模式。不只是唐人詩歌重視這種興寄的傳統〔註18〕，宋人這種文學喻托的傳統觀念，更形自覺。以詞爲例，從晚唐五代以來，到入於宋人之手，詞的表現內容與手法，均有很大的改變，它不再僅是「無謂之應歌」，而是可以成爲詞人「吟詠情性」之具；也不僅僅是「清豔之辭」，而是可以表現作者的主體心志、理想與情感。故其中不但有賞心悅目的「麗辭」，更有供人吟味之「深思」〔註19〕，如東坡，便是此中表現之高手〔註20〕。誠有如此背景，所以東坡認爲〈閑情賦〉的寄意必是相當深遠的。

由此可知，東坡的說法是極具時代色彩的，這一點，亦可由同朝

〔註18〕唐人對興寄的重視強調，歷來多認爲首開先聲者爲唐初陳子昂。陳氏在〈與東方左史修竹篇序〉中曾言：「僕嘗暇時觀齊、梁間詩，彩麗競繁，而興寄都絕，每以詠嘆。思古人常恐逶迤頹靡，風雅不作，以耿耿也。」希望唐詩能繼承風雅傳統，在詩歌中有深刻的情思寄託。

〔註19〕考察詞學中寄託說的產生發展，可以發現在北宋黃庭堅爲晏幾道所作的〈小山詞序〉，即有線索可尋。山谷曾引小山語云：「我盤跚勃窣，猶獲罪於諸公，憤而吐之，是唾人面也。乃獨嬉弄於樂府之餘，而寓以詩人之句法，清壯頓挫，能動搖人心。」小山抱有餘之才而不見用於世，且被視爲「德不足」者，這種才高命蹇的遭遇，其中憂憤，讓他不能不吐，卻又不能直吐，只好將滿腹不合時宜的疏狂，寓於小詞之中。故黃庭堅認爲所謂詞作「寄託」的第一要義，其中內容就必須具有這種難以言說的苦衷，或不能直吐的怨憤，以及不能直抒的懷抱特質。而這種「似直而紆，似達而鬱」（陳廷焯《白雨齋詞話》）的特色，也正是作品最足以供人吟味的「深思」所在。

〔註20〕東坡詞亦善以尋常題材寄寓個人君國忠愛之思，這一點可由宋人的材料中，得到印證。《復雅歌詞》說東坡〈水調歌頭〉「明月幾時有」詞：「元豐七年，都下傳唱此詞，神宗問內侍外面新行小詞，內侍錄此進呈。讀至『又恐瓊樓玉宇，高處不勝寒』，上曰：『蘇軾終是愛君。』乃命量移汝州。」（《歲時廣記》卷三十一引）又《古今詞話》評東坡〈西江月〉：「中秋誰與共孤光，把盞淒然北望」兩句說：「然一日不負朝廷，其懷君之心末句可見矣。」（胡仔《苕溪漁隱叢話》後集卷三十九引）這也是從興寄的角度，品賞詞人之作。上述這些說法，基本上還是合乎蘇詞原意的。

之人在評論〈閑情賦〉時，呼應東坡的見解，得到證明：

> 梁昭明太子作〈陶淵明文集序〉曰：「白璧微瑕者，唯在〈閑情〉一賦，卒無諷諫，何必搖其筆端。」觀國熟味此賦，辭意宛雅，傷己之不遇，寄情於所願，其愛君憂國之心，捲惓不忘，蓋文之雄麗者也。此賦每寄情於所願者，若曰願立於朝而其君不能用之，是眞譎諫者也。昭明責以無諷諫則誤矣。然則讀此賦而不知其意者，以爲詠婦人耶！古之言美人佳人，皆以比君子賢人，〈簡兮〉詩云：「云誰之思，西方美人；彼美人兮，西方之兮。」注曰：「美人謂碩人大德，周室之賢者。」《離騷》曰：「惟草木之零落兮，恐美人之遲暮。」注曰：「美人謂君也，言恐歲暮而不早用賢也。」《九歌》曰：「望美人兮未來。」注曰：「美人謂湘神也，以喻望君之使也。」……〈閑情賦〉之寄意遠矣，以爲微瑕者，其不見知耶？（王觀國《學林》卷七）

這段文字正是充分地表述了宋人的寄托觀念，以美人香草寄托愛君憂國之情，辭意宛雅，忠厚溫柔。追究作者採用此筆法的創作心理背景，可以了解：蓋寄托的情思多爲「有怨」，唯怨不宜直抒，所以只好以比興寄托手法，托以男女之情，寄寓個人理想。如此，方能婉而不露，摧剛爲柔，以淺托深，以微喻大，讓讀者隱隱間，體會到作者言在此而意在彼的深切用心。從這個角度來衡量〈閑情賦〉的創作，淵明借描寫愛情做爲寄托理想的手段，其實是很有可能的事！

至於散文方面，淵明不僅筆鋒常帶感情，而且自我形象鮮明，躍然紙上。〈五柳先生傳〉即是淵明寄托個人理想和志趣的自況之文。《宋書‧隱逸傳》有言：「潛少有高趣，嘗著〈五柳先生傳〉以自況，……其自序如此，時人謂之實錄。」顯然，時人所以謂之「實錄」，乃在於淵明沒有絲毫語言矯飾，而是以眞實生動的筆觸，表現出五柳先生不慕榮祿，立志讀書著文的生活理想和潔身自好、安貧樂道的高尚情操，儼然爲自我素描，所以，才有「實錄」之說。事實上，作者主要還是以「五柳先生」所顯示的典範意義，寄托和抒發自己的情志，要在抒情，並非完全等同紀實，但因其中性格特點所指涉的，除了作者，不做第二人想，所以，後人才會有乃淵明自我寫照的體會。這種認知，畢竟離情不遠，以此持說，亦無傷大雅。

在〈五柳先生傳〉一文中，作者以簡短數十字，勾勒出「五柳先生」的性格、愛好以及志向，語言樸直淺顯，所以令人百讀不厭。而「五柳先生」的形象，也引起不少詩人的神往，自此也就活脫脫地駐進後代文人的心靈，「五柳」已爲淵明不去之標幟。從唐、宋文人的歌詠聲中，我們看到世人對他的景慕，已到無以復加的地步：

> 一瓢顏回陋巷，五柳先生對門。（王維〈田園樂〉）
>
> 秋風自蕭索，五柳高且疏。（王維〈戲贈張五弟諲〉其三）
>
> 夢見五柳枝，已堪挂馬鞭。何日到彭澤，長歌陶令前。（李白〈寄韋南陵冰余江上乘興訪之遇尋顏尚書笑有此贈〉）
>
> 笑殺陶淵明，不飲杯中酒。浪撫一張琴，虛栽五株柳。（李白〈嘲王歷陽不肯飲酒〉）
>
> 每讀五柳傳，目想心拳拳。（白居易〈訪陶公舊宅〉）
>
> 移柳當門何啻五，穿松作徑適成三。（王安石〈移柳〉）
>
> 王家竹，陶家柳，謝家池，知君勳業未了，不是枕流時。（辛棄疾〈水調歌頭・題趙晉臣敷文真得歸，方是閑二堂〉）
>
> 便此地，結吾廬，待學淵明，更手栽門前五柳。（辛棄疾〈洞仙歌・訪泉於奇師村，得周氏泉，為賦〉）

不惟如此，王績與白居易，還曾模仿〈五柳先生傳〉，各做了一篇〈五斗先生傳〉和〈醉吟先生傳〉。可見唐人對淵明其人的喜愛，多半仍停留在感性的層次，未能深入言及其他。

至於宋人，則在感性的仰慕外，更具有理性的學術研究精神，探幽抉微處，遠勝前賢。嚴有翼曾進一步查證「五柳」的所在，得出當在「柴桑」，而非「彭澤」，以正世人視聽：

> 士人言縣令事，多用彭澤五柳。雖白樂天六帖亦然。以余考之，陶淵明，潯陽柴桑人也。宅邊有五柳，因以爲號。後爲彭澤令，去家百里，則彭澤未嘗有五柳也。予初論此，

> 人或不然其說，比觀南部新書云，晉書淵明本傳，潛少懷高尚，博學善屬文，嘗作〈五柳先生傳〉以自況：「先生不知何許人，不詳姓字，宅邊有五柳樹，因以爲號焉。」則非彭澤令時所栽，人多於縣令事使五柳，誤也。豈所謂先得我心之所同然者歟。(陶澍集注《靖節先生集》卷六引)

胡仔的《苕溪漁隱叢話》也說：

> 沈彬詩：「陶潛彭澤五株柳，潘岳河陽一縣花。」蘇子由：「指點縣城如掌大，門前五柳正搖春。」皆誤用也。(陶澍集注《靖節先生集》卷六引)

從以上這些創作或研究成績，都可以看出〈五柳先生傳〉對後代文人的深遠影響。

另外，詩人傳記類散文還有〈晉故征西大將軍長史孟府軍傳〉，這是淵明爲其外祖父所作的別傳。從其所描繪的孟嘉形象中，我們彷彿也可以看到淵明的影子：

> 始自總髮，至於知命，行不苟合，言無誇矜，未嘗有喜慍之容。好酣飲，逾多不亂；至於任懷得意，融然遠寄，傍若無人。溫嘗問君：「酒有何好，而卿嗜之？」君笑而答之：「明公但不得酒中趣爾！」

雖是孟嘉的寫生，卻有五柳先生的味道，兩者之間的承繼關係，不言而喻。後人由淵明的文字敘述中，也頗有想見孟嘉的風采。東坡對孟氏的人格就極爲贊許，認爲：

> 晉士多浮虛而無實用，然其間亦有不然者，如孟嘉平生無一事。然桓溫謂嘉，人不可無勢，我乃能駕御卿。溫平生輕殷浩，豈妄許人哉！乃知孟嘉若遇，當作謝安；安不遇，不過如孟嘉也。(見何孟春注《陶靖節集》引)

洪邁除了同聲稱贊孟嘉外，也從另一角度論析淵明此記撰作的背景動機：

> 孟嘉爲人，夷曠沖默，名冠州里，稱盛德人。仕於溫府，歷徵西參軍從事中郎、長史。在朝隤然仗正，必不效郗超輩，輕與溫合。然自度終不得善其去，故放志酒中。如龍

> 山落帽，豈眞不自覺哉？溫至云人不可無勢，我乃能駕馭卿。老賊於是見其肺肝矣。嘉雖得全於酒，幸以考終，然才享年五十一，蓋酒爲之累也。陶淵明實其外孫，傷其道悠運促，悲夫。（陶澍集注《靖節先生集》卷六引）

在洪氏的眼中，孟嘉借酒隱志，有幾分阮籍沈湎杜康以逃大咎的味道。這表示宋人對孟嘉的看法，除了受到淵明歌頌祖德的影響外，也嘗試從兩人思想、行爲的近似，溝通祖孫彼此的心志，既是以孟嘉精神出處觀照淵明一生的行事，也是以淵明理想人格，上推孟嘉去就之跡。

〈桃花源記〉則是一篇引人入勝，饒有情趣，令人生問津之想的優秀散文。作者以細膩的筆觸描繪出一片純樸靜謐但又極富人情味的人間世界。整篇作品隨處閃爍理想的光輝，對歷經封建政權，一生仕宦起伏不定的唐、宋文人而言，莫不嚮往這樣的世界。或有以爲是仙界非人間者，如王維，劉禹錫；或有還屬於現實世界的客觀寫實者，如韓愈、東坡；或有指其爲詩人寄託理想之作者，如王安石；抑或視其爲作者之虛構，假托者，如洪邁與趙與時〔註21〕。自唐人開啓討論的興味後，無論何朝何代，〈桃花源詩並記〉始終是陶學論壇的熱門話題。文人熱衷此中鑽研的程度，甚至可從其錙銖較量年代的長短，窺知一、二。

據李公煥《箋注陶淵明集》所記，因淵明在〈桃花源詩並記〉有言：「奇蹤隱五百，一朝敞神界。」遂引發韓愈計數之想。他參考了〈記〉中的點題：「先世避秦時亂，率妻子邑人來此絕境。」從秦朝一路屈指至晉太元，得出近六百之數，所以，其〈桃源圖〉詩中，乃有更正爲六百年之舉：「聽終辭絕共悽然，自說經今六百年。」趙泉山也認爲韓愈的修正爲是，撰文呼應其說：「靖節、退之，雖各舉其歲盈數，要之六百載爲近實。」（陶澍集注《靖節先生集》卷六引）

〔註21〕諸人對〈桃花源記〉的意見，可參閱本文第四章第一節二、「社會現況」。

唐、宋文人對淵明之人及其詩文的認眞態度，的確教人耳目一新。不過，〈桃花源記〉一文，著重的是桃花源世界的架構，藉以對比現實環境的不堪，寓意爲上，有關年代、地點的交待，未必是重點所在，詩人或舉其大概，而唐、宋文人卻逐字逐句考證，一點也不放鬆，不免有求之太過之嫌。然而，這正也反映出唐、宋乃至明、清的文人，對陶學的熱衷程度！而這種對陶公重點作品的深入探討，也是陶學不斷進步的重要標志。

除上，淵明還有幾篇相當出色的哀弔文。據《文心雕龍・哀弔》所稱，寫作這類文體其特色當力求：

> 情主於痛傷，而辭窮乎愛惜。幼未成德，故譽止於察惠；弱不勝務，故悼加乎膚色。隱心而結文則事愜，觀文而屬心則體奢。奢體爲辭，則雖麗而不哀；必使情往會悲，文來引泣，乃其貴耳。

淵明的兩篇祭文：〈祭程氏妹文〉、〈祭從弟敬遠文〉均能符合上述「情往會悲，文來引泣」的特點，教人讀來，至爲動容。程氏雖是淵明異母妹，但兄妹情誼「特百常情」，其不幸早逝，淵明自是悲傷逾恒。其妹雖已歿一年半載，然詩人提筆爲祭時，仍難掩心中之痛，涕盈滿懷，以至呼出「屍如有知，相見蒿里」的摧心斷腸之語。至於敬遠與淵明的情誼，不惟手足，而且是志同道合的知己。敬遠溘然早逝，詩人怎不惻愴萬分？全文先是敘述敬遠品德，抒發其痛悼之情，後又言及兩人自幼相依相勉，情爲可貴，最後致以摧心哀痛。淵明俱以事寓情，情眞事實，體現了個人的眞樸本色。

詩人本身的〈自祭文〉，在歷代祭文中可謂別具一格，它雖被視爲淵明的絕筆，卻沒有任何一點虛詞誇張和無病呻吟。作者反而在本文中，集中表明個人的人生觀和生死觀。回首往事，竟是心平氣和，對躬耕歸隱，始終不悔，顯見其胸懷曠達。臨死之際，態度從容，不折不扣地表現「縱浪大化中，不喜亦不懼，應盡便須盡，無復獨多慮」（〈形影神・神釋〉）的人生哲學。當然，在目睹詩人的樂天沖澹之餘，後人也沒有忽略，在這種精神品質背後所蘊含的莊重悲沈的情感。詩人一生傲骨，守節固窮，堅拒同流合污，即使在「將辭逆旅之館」時，猶堅定不移地道出：「寵非己榮，涅豈吾緇？捽兀窮廬，酣飲賦詩。」這也就難怪東坡會有「出語妙於纊息之餘，豈涉死生之流哉」（陶澍集注《靖節先生集》卷七引）的感覺。

〈與子儼等疏〉則是淵明晚年寫給兒子的家誡，這種訓誡教諭一類的文字，自兩漢以來即屢有所見，著名的有東漢馬援的〈誡兄子書〉和鄭玄的〈戒子益恩書〉，但這兩篇文字多為說教，行文雖懇切周到，卻流於平直。淵明之作，則多敘寫個人的情趣，說明自己所崇尙與追求的人生模式：

> 少學琴書，偶愛閑靜，開卷有得，便欣然忘食。見樹木交蔭，時鳥變聲，亦復欣然有喜。常言五、六月中，北窗下臥，遇涼風暫至，自謂是羲皇上人。

雖是家訓，卻也是個人人生的告白，意在提示兒輩在混濁世局中，如何甘貧守賤，砥礪名節。上述文字雖無一語訓誡，而訓示卻自在其中。文章的後半，則舉古人典範誡勉諸子友愛互助，眷眷父子之情，殷殷誡勉之心，款款流出。淵明在「疾患以來」，「猶不忘詔其子以人倫大義，欲表正風化」，其中用心，顯然與當時「索隱行怪，徒潔身而亂大倫者」（李公煥《箋注陶淵明集》引趙泉山語），形成強烈對比。

另外，在《陶集》中，還有兩篇「述」、「贊」類散文。〈讀史述九章〉和〈扇上畫贊〉其中盛譽的人物，均是詩人一心嚮往及引為同調的前聖古賢。東坡曾嘗試解讀淵明創作〈讀史述九章〉的動機，認為詩人「作〈述史〉九章，〈夷齊〉、〈箕子〉蓋有感而云。去之五百餘載，吾猶知其意也」（〈書淵明述史章後〉）。「其意」當是指「緬懷千載，托契孤游」，從先賢身上尋找精神寄託的旨趣。相同的，東坡也是在淵明的身上找到同樣的寄託，找到一種堅持節操的可貴。葛立方也傳達了同樣的意見，他相信淵明的〈讀史述九章〉，其間皆有「深意」，而深意最著者，莫如〈夷齊〉、〈箕子〉、〈魯二儒〉三篇：

> 〈夷齊〉云：「天人革命，絕景窮居。正風美俗，爰感懦夫。」〈箕子〉云：「去鄉之感，猶有遲遲。矧伊代謝，觸物皆非。」〈魯二儒〉曰：「易代隨時，迷變則愚。介介若人，特為貞夫。」由此觀之，則淵明委身窮巷，甘黔婁之貧而不自悔者，豈非以恥事二姓而然耶？（《韻語陽秋》卷五）

夷、齊的讓國高蹈，箕子的易代之悲，魯二儒的剛介貞正，都是詩人寄托心志之所在。循此，葛立方相信淵明委身窮巷、甘貧守節必是與「恥事二姓」有關。這種體會，乃是結合大時代的政治動向，離詩人之志，抑去之不遠，所以，也得到後來王應麟的附和：

> 淵明讀史述，夷齊、箕子云云，先儒謂食薇飲水之言，銜木填海之喻，至深痛切，讀者不之察爾。（陶澍集注《靖節先生集》卷六引）

王氏不僅同意前人對〈讀史述九章〉的解釋，而且也參稽了眞德秀對〈讀山海經〉一文所提出的領會，認為作者行文俱見深意，均是借史抒慨，別有寄託。至於淵明的〈扇上畫贊〉，其寫法與史評相類，其中敘寫的九位人物，或隱耕者，抑不仕而隱者。如此取材，蓋與詩人不仕而歸耕的行事有關，其中不難看出作者有自我寫照的含義。精思逸韻，雖是贊詞，亦不失為情深辭美的四言韻文。

第三節　藝術表現

陶淵明的作品在我國古典文學發展史上，佔有相當重要的地位，他的寫作內容有對田園淳眞生活的勾勒，也有對黑暗現實的控訴，既抒發了個人高潔不屈的心志，也表達了壯志難伸的憤慨。在藝術表現上，其所創造的樸質平淡語言及自然雋永的意境，不僅突破了當時玄言詩風內容空虛狹隘的局限，而且在藝術技巧上，也展現了一種革新精神，使得其詩文不僅具有抒情的特質，而且作家的個性，也特別鮮明活躍。這種獨樹一幟、超出流俗的可觀成就，可惜卻未得到當代的重視。好友顏延之爲其作誄，對其清高人格極盡讚賞，然對其文學也僅僅稱其「文取指達」。之後六十年，沈約《宋書》，也只是將其一生傳略，歸入「隱逸」一類，至於文學成就，也隻字未提。梁代鍾嶸的《詩品》雖對其詩歌藝術有較具體的論述，稱其人爲「隱逸詩人之宗」，但品評詩歌等第時，仍然將其列爲中品，置諸於陸機、潘岳、張協、謝靈運等人之下，評語也不過是「文體省淨，殆無長語。篤意眞古，辭興婉愜」。即使是稍後的蕭統，自稱「愛嗜其文，不能釋手」（〈陶淵明集序〉），曾親自爲他編集、作序、作傳，獨標詩人「文章不群，辭采精拔，跌宕昭彰，獨超眾類」（同上），然《文選》也只收錄八首陶詩，數量遠不及謝靈運。鍾、蕭兩人或許受限於時代偏見，無法客觀正視陶詩全面的成就，縱然心有所鍾，也只能私下欣賞。這種冷淡，一直要到唐代才被打破，淵明詩文的藝術價值，終於隨著歷史的發展，逐漸爲人所察覺。至於以後，未曾寢寂，甚至有愈趨熾熱之勢。儘管唐、宋以後，詩歌流派蜂起，理論主張各異，但對陶詩的藝術成就卻無不推崇備至，其受文壇重視的程度，由是可知。

一、語言簡樸

在魏晉玄學的籠罩下，陶詩的語言接受玄學「言不盡意」的影響是隨處可見的。他自稱：「好讀書，不求甚解；每有會意，便欣然忘食。」（〈五柳先生傳〉）就是以「會意」爲旨歸，試圖擺脫章句訓詁的繁瑣支離。他的友人顏延之在〈陶徵士誄並序〉中提到，其「心好異書，性樂酒德，簡棄煩促，就成省曠」，所謂「簡棄煩促，就成省曠」，正是指他的性格、行事及作風的獨特。而這種作風在其文學語言的表達上，也是諸多反映的。鍾嶸在《詩品》中也稱其文學特色是「文體省淨」、「辭興婉愜」。「省淨」即是簡潔，而「辭興婉愜」則是指其「文已盡而意有餘」（《詩品・序》）。可見早在南北朝時，鍾嶸就看出陶詩最大特色是「言約旨遠」，言辭簡約至極，而意則婉曲不盡。這的確抓住了淵明的藝術表現特質。

陶詩語言的簡潔質樸，並不像當時玄學家那樣故弄玄虛，而是以精簡白描的文字，去塑造具體動人的形象，藉由有限的語言文字去包蘊深厚、豐富的文學形象，以達耐人尋味的藝術境界。惠洪的《冷齋夜話》就載有一段東坡對陶詩語言的見解，相當精闢：

> 東坡嘗曰：淵明詩初看若散緩，熟看有奇句。如：「日暮巾柴車，路暗光已夕。歸人望煙火，稚子候檐隙。」又曰：「採菊東籬下，悠然見南山。」又：「靄靄遠人村，依依墟里煙。犬吠深巷中，雞鳴桑樹顛。」大率才高意遠，則所寓得其妙，造語精到之至，遂能如此。似大匠運斤，不見斧鑿之痕。(卷一)

文中所列詩句，通俗明白，淡筆白描，獨標眞素，以最簡練的筆墨勾勒鮮明生動的藝術形象，文字不多，卻能掌握對象特徵。看似信筆揮灑，卻又景景如在目前，自然天成，正乃不經意處見功力。又如〈飲酒〉其五：

> 結廬在人境，而無車馬喧。問君何能爾，心遠地自偏。采菊東籬下，悠然見南山。山氣日夕佳，飛鳥相與還。此中有眞意，欲辨已忘言。

這是淵明妙用玄學「得意忘言」的一篇典範佳作。前半首點明自己雖結廬人境，卻無車馬喧之理，後半首則抒寫自己欣賞景物時，當下的悠然情趣。「采菊東籬下，悠然見南山」句，正是通過過「以少勝多」的藝術概括，表現出「韻外之致」的無窮含蘊和餘味。基於這種體會，後人對「悠然見南山」句中有關「見」字的疑慮，也就產生高度的討論興趣。

東坡首先發難，指出俗本皆作「望南山」，令人不免有「神氣都索然」的感覺（〈題陶淵明「飲酒」詩後〉），因不類淵明的文學特質，所以，主張還原爲「見」字。晁補之亦接踵子瞻之說，認爲「望」字，意盡於此，毫無韻味，實「非淵明意」，蓋「本自採菊，無意望山，適舉首而見之，故悠然忘情，趣閒而景遠，此未可於文字精粗間求之」（《雞肋集．題陶淵明詩後》）；蔡啓也同意此說，認爲：

此其閒遠自得之意，直若超然邈出宇宙之外。俗本多以「見」字爲「望」字，若爾，便有褰裳濡足之態矣。乃知一字之誤，害理有如是者。(《蔡寬夫詩話》)

之後，吳曾則進一步追究此誤的由來，認爲可逆溯至唐人白居易的效習之作：

無識者以「見」爲「望」，不啻碔砆之與美玉。然余觀樂天〈效淵明詩〉有云：「時傾一尊酒，坐望終南山。」然則流俗之失久矣。惟韋蘇州〈答長安丞裴〉有云：「采菊露未晞，舉頭見秋山。」乃知眞得淵明詩意，而東坡之說爲可信。(《能改齋漫錄》卷三)

文中斥責無識者以「見」代「望」，「不啻碔砆之與美玉」，可見唐時，白、韋兩人已有紛歧，俗世紛紜亦可想而知。

基本上，宋人的這些說法，皆以東坡論斷爲是，均從對陶詩語言的把握上，認爲「見」字含蘊無窮，所以，一致主張以「見」代「望」。淵明善以簡短精煉的文字，表達出深刻高妙的文學境界，這一點早已是文學界公認的事實，所以，宋人才會對俗本的誤植，發出接連不斷的駁正聲音。

在文學表現的領域中，所謂的「言約旨遠」，並非要求語言越簡單越好，關鍵在於「適其宜」，切合內容需要。如果離開內容意義，而專講繁簡，也是毫無意義的。爲了能夠「適其宜」，所以，必得用語精確，在準確的前提下，力求以精煉的語言表現豐富的內容。而在歷代的文學思想中，宋人對煉字、煉句所提出的要求，是有目共睹的。東坡在〈崔文學甲攜文見過，蕭然有出塵之姿，問之，則孫介夫之甥也。故復用前韻，賦一篇，示志舉〉中，有云：「清詩要鍛煉，乃得鉛中銀。」又如范溫《潛溪詩眼》也說：

句法以一字爲工，自然穎異不凡；如靈丹一粒，點鐵成金也。浩然云：「微雲淡河漢，疏雨滴梧桐。」工在「淡」、「滴」字。好句要須好字，如李太白詩：「吳姬壓酒喚客嚐。」見新酒初熟，江南風物之美工在「壓」字。

在這些近似的說法中，最具代表性的，莫過於強調「詩詞高勝要從學問中來」（胡仔《苕溪漁隱叢話》引）的「江西詩派」靈魂人物黃庭堅，其對煉字工夫的重視，正可由他在創作上，強力主張「點鐵成金」（〈答洪駒父書〉）與「換骨奪胎」（惠洪《冷齋夜話》引）可知。山谷詩歌在煉字方面所下的工夫極深，既繼承了杜甫「語不驚人死不休」和韓愈「唯陳言務去」的創作思想，又能在具體實踐過程中，有所變化和發展。他在〈荊南簽判向和卿用予六言見惠次韻舉酬四首〉其三且云：「覆卻萬方無準，安排一字有神。」指的即是創作過程中由講究表現技巧而進於無技巧的出神入化之境。可見，蘇、黃等人雖然強調學問和功力，但還是以追求一種「意在無弦」的藝術高境爲目的。其實也就是這種審美趣味的深化，導致宋人對陶詩的嗜愛，始終凌駕其他詩人，鍾情不減，幾乎已至不能自已的地步。

在《陶集》中，具有「言約旨遠」的作品，可以說是俯拾即是。陶詩中到處呈現出這種著一字而境界全出的特色。例如〈癸卯歲十二月中作與從弟敬遠〉：「淒淒歲暮風，翳翳經日雪。傾耳無希聲，在目皓已潔。」這四句既是寫景，也是遣懷。後來杜甫也化用其意，轉寫成春雨名句：「隨風潛入夜，潤物細無聲。」（〈春夜喜雨〉）各具特色。宋人羅大經對這首詩中的「傾耳無希聲，在目皓已潔」二句的幽微細膩，就相當嘆服：

> 只十字，而雪之輕虛潔白盡在是矣。後來者莫能加也。（《鶴林玉露》卷五）

其中不單寫景，也將詩人甘於蓬戶簞瓢，矢志固窮的高曠胸懷，襯托無遺。羅氏所見，還不止於此，在〈九日閒居〉一詩中，他又注意到淵明隱括前賢成語，言簡意賅，展現出對詩歌語言高度的概括能力：

> 古詩云：「人生不滿百，常懷千歲憂。」而淵明以五字盡之，曰：「世短意常多」是也。（同上）

對陶公工於煉句的才華，誠爲欽佩。又如〈乞食〉詩中的「飢來驅我去，不知竟何之。行行至斯里，叩門拙言辭」，「驅」、「不知」已爲後面「拙」字預埋伏筆,「拙」字一出,特將詩人那種窘迫、樸拙、難以啓齒的神態,點染得維妙維肖,特別生動。唯因如此,東坡才會被這種藝術感染力所影響,不禁要爲詩人之貧掬一把同情之淚,認爲「非爲余哀之,舉世莫不哀之也」(〈書淵明乞食詩後〉)。

不止是五言詩淵明具有這種「以少總多」的藝術概括力,即如四言詩,詩人在創作上,也絲毫不見斧鑿之痕。鍾嶸在《詩品・序》中,且云:

> 夫四言,文約意廣,取效風騷,便可多得,每苦文繁而意少,故世罕習焉。五言詩居文詞之要,是眾作之有滋味者也,故云會於流俗。

指出了五言詩比四言詩更大的靈活性和更強的生命力。蓋四言詩要做好不易,才高者,文約而意廣,氣餒者,文繁而意少。所以,從《詩經》以後,便走向沈寂,直至魏晉,始有復興跡象,然後再到晉、宋,之後便逐漸式微,改由五言詩取得「獨秀眾品」(《南齊書・文學傳》)的地位。而做爲晉、宋之際最爲傑出的詩人陶淵明,其四言詩正體現了魏晉由盛而衰的轉折過程。淵明的四言詩作品現存九首,其創作成就誠在於將前人從冗長巨製且日趨呆滯的困境中,解脫出來,使其回復到精短而表現靈活的境地。即使在短幅之中,淵明也能以優秀的藝術表現技巧,傳達個人深刻的人生體驗,產生「辭約而旨豐」的藝術效果。宋人劉克莊就注意到淵明在四言領域中的傑出表現:

> 四言自曹氏父子、王仲宣、陸士衡後,惟陶公最高。〈停雲〉、〈榮木〉等篇,殆突過建安矣。(《後村詩話》)

又曰:「四言尤難,以三百五篇在前故也。」(陶澍集注《靖節先生集》卷一引)看來,在四言詩已消聲匿跡的宋代,文人除了能夠認識到詩體本身句式短促、節奏單調、無法承載日益繁富的社會生活和人類情感外,也深明其中要寫好,確實不易,因爲《詩經》所取得的輝煌成就,自會造成後來詩人創作的壓力。有了以上的了解,劉克莊更形覺得淵明在此道中的藝術表現，令人驚嘆弗如。陶公在語言掌握上的突出表現，顯然不讓《詩經》專美於前。

此外，在散文創作上，也是具體呈現出詩人對語言運用的靈活度。一篇〈五柳先生傳〉，不過一百七十餘字，便將詩人一生的生活、思想、情懷、志趣，簡要而鮮明的呈現在讀者面前。即使是〈桃花源記〉，也只用了三百二十字，其中所敘及的桃源世界，約略而具體，令人遐思和嚮往。唐庚《唐子西文錄》曾載：

> 唐人有詩云：「山僧不解數甲子，一葉落知天下秋。」及觀陶元亮〈桃花源詩〉云：「雖無紀歷志，四時自成歲。」便覺唐人費力。如〈桃花源記〉言：「尚不知有漢，無論魏晉。」可見造語之簡妙。蓋晉人工造語，而元亮其尤也。

這說明了淵明在語言掌握上的精妙獨到處，彷彿得來全不費工夫。晉、宋之際，文學有「儷采百字之偶，競價一句之奇」的傾向，專工造語，「情必極貌以寫物，辭必窮力而追新」（以上見《文心雕龍・明詩》）。但能達「簡妙」之境者，寥寥無幾。宋人魏慶之《詩人玉屑》就曾引《蔡寬夫詩話》，其中提到：

> 晉、宋間詩人造語雖秀拔，然大抵上下句多出一意。如「魚戲新荷動，鳥散餘花落」、「蟬噪林愈靜，鳥鳴山更幽」之類，非不工矣！終不免此病。

蔡啓所舉例子，造句秀拔、形象也極生動，唯兩句但言一事，內容頗爲貧乏。古人並非反對反覆重沓的修辭方法，但其目的是爲了加強思想感情，使詩意豐富雋永。如果只是單純的「兩句一意」，重覆詩意，無以上用心，反而有流於內容貧乏之失。所以，提煉語言要恰到好處，並非易事，宋人普遍就認爲應該從積學窮理入手，以讀書做爲切實可行的方法，在閱讀前人作品的過程中，通過體會其立意的曲折和行文的關鍵而學到藝術表現技巧方面的知識和本領，從而在文學創作中表現出較深厚的藝術功力。所謂功力，也就主要體現於關乎語言表現技巧的煉字和句法上，這便是宋人「以學問爲詩」的內涵之一。

二、意在言外

陶詩中的至味，一直是後人愛陶的重要內容之一。這種特質，不只是因爲他的人格高尚和胸次浩遠，也因爲他具有對語言高度提煉的精到工夫。在文學作品中，語言本身的美是具有相對獨立的意義，不過，文學創作既是要以語言、物象表達作者的思想感情，如果其中不能傳達這些特質，所有的創作活動也就失去意義。所以，即使「言」是無法完全「盡意」，作者也應該盡可能的以言繪象，以象寓意，以言達意。將一部分的「意」，通過語言、物象表現出來，另一部分則蘊而不露，存在於言語和物象之外。換言之，言與象，應包含兩意：一重爲言、象所已表現的顯意，一重爲言、象所未表達的隱意。而後者才是「理之精者」。人們若要眞正把握精深隱微之意，就不能拘泥於象內、言內，必須超出象外、言外，去體悟象外之意、言外之意。而這層「言有盡而意無窮」的隱微之意，即是前人所謂的「味」或「滋味」。

受時代風氣、哲學思潮的影響，唐、宋文人在欣賞淵明的作品時，所陶醉的，其實也就是這種詩「味」。這種「滋味」的體會，讓他們看到文字以外的審美世界。如皎然所說的「但見情性，不睹文字」(《詩式》)，乃至司空圖所形容的「不著一字，盡得風流」(《二十四詩品．含蓄》)。在一定的語言環境下，作者可以通過最典型的特徵，描寫景物，使景中含有作者豐富和無限的情意，引發讀者進行聯想，由局部推及全體，讓讀者在瞬間，完全被情、意所吸引，彷彿看不見語言文字般，這正是詩歌「言外之意」的一種極致。如〈飲酒〉詩（其五）的「此中有眞意，欲辨已忘言」，其中「眞意」，作者必有領會，但對其眞正內涵欲加辨別時，卻已「欲辨已忘言」。這句結語，其實與《莊子．齊物論》的「大道不稱，大辨不言」是同意的，既然「得意」了，何妨「忘言」！所以，「不言」也罷，「忘言」也好，終歸是無言，是「不著一字，盡得風流」，滋味全出。因此，白居易在評述淵明藝術造詣時，且言其「文思何高遠」(〈題潯陽樓〉)。正因爲接觸陶詩，讓樂天不免有神遊象外，飄然自得的體會感覺，所以，對於陶詩，他一直是愛不釋手。這正是「象外有象」、「味外有味」、「旨外有旨」的藝術效果反映。

為求這種「味」的體會，宋人對「意」的要求，不但不減唐人，甚至還有更深化的傾向。例如梅堯臣對「意象」一詞所標舉的最高內涵就是：「狀難寫之景，如在目前；含不盡之意，見於言外。」（歐陽脩《六一詩話》引）認為「意」的傳達，最理想的境界莫過於「道得人心中事者」（張戒《歲寒堂詩話》卷上），而其中卻又含有不盡之餘蘊。繼梅堯臣之後，東坡也發抒了他個人對「意在言外」的看法，基本上是承續司空圖之見而來：

> 梅止於酸，鹽止於鹹，飲食不可無鹽、梅，而其美常在鹹、酸之外。蓋自列其詩之有得於文字之表者二十四韻，恨當時不識其妙，予三復其言而悲之。（〈書黃子思詩集後〉）

文藝之妙，就在於其中之意不待作者明言，而自寓於形象之中，利用藝術形象的隱括性特徵，把難以用語言文字直接敘述的道理，透過形象方式，曲盡其妙，祛除文意過於淺露之弊。所以，詩人創作不需要把豐富的含意完全浮現在字面上，而是以一種引導的方式，誘使讀者以心靈去感知，去接近作者的創作意圖，啓發讀者在詩人所要寄寓的意義上，進行更豐富的聯想活動。經此，詩文才能符合「皆思深遠而有餘意，言有盡而意無窮」（呂本中《童蒙詩訓》）的審美理想。

陶詩的「味外之旨」，一直是愛陶的人所津津樂道者。張戒《歲寒堂詩話》就曾以比較的方式，拈出淵明的文學特質，其實就是「專以味勝」：

> 言志乃詩人之本意，詠物特詩人之餘事。古詩、蘇、李、曹、劉、陶、阮本不期於詠物，而詠物之工，卓然天成，不可復及。其情眞，其味長，其氣勝，視《三百篇》幾於無愧，凡以得詩人之本意也。潘、陸以後，專意詠物，雕鐫刻鏤之工日以增，而詩人之本旨掃地盡矣。……大抵句中若無意味，譬之山無煙雲，春無草樹，豈復可觀。（卷上）

在這段文字中，張戒對詩無意味者，做了一個生動的比喻：「譬之山無煙雲，春無草樹，豈復可觀。」索然無味的作品，確實令人讀來味同嚼蠟，難以下嚥。相形之下，淵明的詩「味」，則讓人有一唱三嘆之感，其情不僅在耳目之內，也在八荒之表，因有此難求的「歸趣」，才顯得「滋味」十足。而後人難以企及的地方，也在於其敘寫之景，輒在耳目之內，是極其普通與平凡的景象，如「狗吠深巷中，雞鳴桑樹顛」、「采菊東籬下，悠然見南山」，然若「非至閑至靜之中，則不能到」，所以「此味不可及也」（《歲寒堂詩話》卷上）。

基本上，宋人對「味」的體會，還是沿續鍾嶸、司空圖以來的說法。不過，透過個人生活經歷的不同，其體會作品之「味」的深淺度，也就有了差異。東坡晚年，因謫放惠州、儋州，心境有了變化，也自覺特別能夠體會淵明的心情與詩味，所以，自云：「只淵明，是前生。」（〈江城子〉）有引淵明爲知己的味道。而其偏好陶詩的內在原因，也和這種「味外之旨」的審美趣味是分不開的：

> 所貴乎枯澹者，謂其外枯而中膏，似澹而實美，淵明、子厚之流是也。若中邊皆枯澹，亦何足道！佛云如人食蜜，中邊皆甜，人食五味，知其甘苦者皆是，能分別其中邊者，百無一、二也。（〈評韓柳詩〉）

他指出淵明枯澹的藝術趣味是「外枯而中膏，似澹而實美」，絕不是表裡或中邊的枯澹，這也就是〈與蘇轍書〉中所稱的「質而實綺，臞而實腴」。事實上，能分別這種至味，欣賞其中藝術境界的人，幾無多少，所以東坡才會藉佛家所云的「如人食蜜，中邊皆甜」的至理，點出「人食五味，知其甘苦者皆是，能分別其中邊者，百無一、二也」的特殊難度。

東坡的這項藝術鑑賞，的確抓住了陶詩的特點，他是由詩人平淡簡約的語言形式與豐腴飽滿的內容情趣這兩者之間的關係去進行思考，提出獨到的見解。如果詩人的情志與詩歌的語言「中邊皆枯」，那麼平淡也就不足取，更談不上所謂的「至味」。這種認知，在同時代人中，得到不少迴響，如有幾分魏晉風度的姜夔，也是肯定淵明詩歌為「散而莊，澹而腴」，這是出自他「天資既高，趣詣又遠」的緣故。所以，後人想學，也學不來，反而會有「作邯鄲步」（以上見姜夔〈白石道人詩說〉）的可笑。又如吳可也同意這種看法，指出：

> 凡裝點者好在外，初讀之似好，而三讀之則無味。要當以意為主，輔之以華麗，則中邊皆甜也。裝點者外腴而中枯故也。或曰「秀而不實」。晚唐詩失之太巧，只務外華，而氣弱格卑，流為詞體耳。又子由敘陶詩「外枯中膏，質而實綺，臞而實腴」，乃是敘意在內者也。（《藏海詩話》）

至於李公煥在箋注《陶淵明集》時，也引曾紘之語：「余嘗評陶公詩，造語平淡而寓意深遠，外若枯槁，中實敷腴。」可見淵明詩歌「外枯而中膏」的特色，已然成為宋人的共識。

另外，被許為「海外咸推獨步，江西橫出一枝」（劉克莊〈題誠齋像〉）的楊萬里，在詩歌的表現方法上，也特別強調要婉轉含蓄，詩已盡而味方永：

> 夫詩何為者也？尚其詞而已矣！曰：善詩者去詞。然則當其意而已矣；曰：善詩者去意。然則去詞去意，則詩安在乎？曰：去詞去意，而詩有在矣。然則詩果焉在？曰：嘗食夫飴與茶乎？人熟不飴之嗜也；初而甘，卒而酸。至於茶也，人病其苦也；然苦未既，而不勝其甘。詩亦如是而已矣。（〈頤庵詩稿序〉）

這段話表達了楊萬里論詩的主要觀點，其所說的「去詞去意」，並非說做詩不要詞采和詩意，而是要求不把精力放在追求詞藻的華麗上，或使詩意過於顯豁。一首好詩在文詞和句意之外，必須要含有深長的餘味，就像一杯好茶，初入口雖有點苦，但不久就能品出甘醇的回味。所以，在《誠齋詩話》中，他曾再次標舉「詩有句中無其辭，而句外有其意者」的重要性。循此味詩標準，他認為前代詩人中，「五言古詩，句雅淡而味深長者，陶淵明、柳子厚也」，這個看法和東坡可說是不謀而合。也因此，誠齋先生在欣賞陶詩的過程中，也就常常會有忽然心領神會的喜悅：「故文了無改，乃似未見寶。貌同覺神異，舊玩出新妙。」（陶澍集注《靖節先生集·諸本評陶彙集》）一旦覺其「神異」，那麼所有的滋味也就能夠慢慢浮顯出來。

三、理在其中

就藝術趣味而言，所謂的「味外之味」，常常是和理趣的創作表現有所聯繫的。具有理趣的作品，不僅仍然保有審美的特徵，也能引起人們濃厚的美學趣味。所以，優秀的說理詩應當是具備「理趣」，而不墜入「理障」。

兩晉時期，在玄學影響下，玄言詩也是以言理爲其主要的創作目的之一，有時爲強化玄理，也不免旁及佛理，表現了東晉後期玄佛合流的時代特色。可惜其所達到的藝術效果，卻多是「理過其辭，淡乎寡味」，既無理致，也缺乏感動人心的力量，「平典似道德論」（鍾嶸《詩品·序》）。除了玄言詩人力圖名理外，因緣當時風氣，所謂「名理奇藻」、「即色游玄」也成爲文人特殊的審美趣味。但大部份的人只是純粹追求虛靈之美，在理與物之間，取消了情，失去了與現實生活的種種聯繫，既缺乏作者個性，也無興感的藝術效果。如支遁，其詩以表現佛理爲主，亦雜以玄言，不乏具有理境之美者，但其更多的說理詩，卻是鋪排玄佛，枯燥無味。而其他像孫綽、許詢，雖略有成績，但也多平典之言，理致不足。嚴格來說，他們的「理」沒有與詩有機地融合在一起，雖然追求得意忘言、得魚忘筌，但忽略了形象，省略了過程，所以，剩下的僅是「魚」和「意」或「理」，將此形諸文字概念而非形象描述出來，即使有「理」，也無「趣」，只是落入「理障」罷了！也失去了所謂的文學魅力與光彩。事實上，審美的創作態度不僅重在體物與玩味，更須將體物、玩味的過程，生動、形象地表現出來。玄學家們充其量也只有具備審美的人生態度，但知體物與玩味，卻缺乏能夠形諸文字的審美創作態度。這種不足，後來一直要到陶淵明、謝靈運等人的出現，才得到彌縫。

從整體上看，淵明繼承並發展了魏晉玄學在審美意識上的組構。

他繼承了魏晉時人對大自然鑑賞、領悟態度，並配合個人的人生情趣，使這種審美的人生態度至爲深刻與完美，而且他還擅於將此審美感受以詩文形式表達出來，突破並發展了魏晉玄言詩人的最大限制。其詩歌不僅蘊含豐富的感情，不離現實社會生活，而且具有生活的理趣，出於自然，非以力得。所以，不崇奉佛法的淵明，反而被後人認爲是晉、宋詩人中，詩歌理致最能夠和禪的思路與禪的表現相通的人。如宋人黃庭堅在論及時下不論禪門或俗世均廣爲流行的寒山詩時，就有「以寒山爲淵明之流亞」（見《石門文學禪》卷二十七）的說法。而葛立方所以稱淵明「蓋第一達摩也」（《韻語陽秋》卷十二），多少也與淵明詩文中，具有這種「禪趣」有關。

唐、宋文人的詩歌創作活動，受禪宗影響甚深，禪思想與禪生活已消解爲他們的思想意識、思維方法、生活態度與審美情趣的一部分。他們不僅以禪論詩，也以禪入詩，認爲好的詩歌，以追求禪機爲極詣，主張將禪的情趣、理致精神化入對人生的詠嘆中。宋人在這方面的表現，最爲殊出，這種揉合時尚的禪趣理致要求，也就成爲宋人極具特色的文學思想之一。

另一方面，宋人重視創作的理致，也與其好爲議論的風氣有關。許多具有強烈憂患意識的文人，在參與政治之餘，一旦執筆爲文，出以對國事、社會的關心，自然會有議論化的傾向。加以理學和禪學的盛行，這種以「言理」做爲文學創作的表現手段，也就成爲宋代詩歌的重要特徵之一。而在諸作良莠不齊下，如果披沙揀金，仍可發現一些饒富理趣之作。表面上或寫景，或詠物，或賦事，既不涉理語，也無理障。通過其中的內容形象，可以將人帶入理性的世界，既有所思，也有所悟。影響所及，宋人在評點詩藝時，也多以此出發，檢視其中是否涉及理趣。一般來說，具有理趣的作品基本上就有「滋味」，甚至是「味中之味」，也就是嚴羽所稱的「興趣」，其中當有能夠引起人們審美趣味的特點。宋人發現在玄言詩大行其道的東晉時代，唯有陶淵明一枝獨秀，理趣盎然，其許多詩作，即使是單純的寫景，也能內含哲理，借景喻理，以實際生活的經驗，熔冶出生活的智慧，然後和著情感托出，所以其中饒富天機和生趣。如〈飲酒〉其十：「客養千金軀，臨化消其寶」、〈歸園田居〉其一：「羈鳥戀舊林，池魚思故淵」。高妙處，乃在詩人並沒有落入所謂的「理路」、「言筌」中，「理」與「趣」得到完美結合，以趣味、精神、意境入詩，正所謂「文字到極無煙火處，便是機鋒」（明・鍾惺〈答尹孔昭〉）。而另外一些即使是明寫理語之詩，如〈形影神〉，淵明也是能夠巧運匠心，借助生動的藝術形象，闡述自己的見解，避免了枯燥、空洞的說教，將個人的意趣、精神化入於深刻警策的議論中，不被理障所蔽，妙趣橫溢，引人深思。好的言「理」之作，一定是要能夠逗引其中之「趣」，能將理念思維和審美特徵和諧自然地統一起來，既服人以理，又能動人以情，然後才能引發讀者強烈的共鳴，令人味之無窮。

淵明詩的「外枯中膏」、「似澹實美」的味外之味，一直是東坡所稱許的。在「詩以奇趣爲宗，反常合道爲趣」（〈評柳詩〉）的審美認知下，東坡特指出陶詩中確有許多寓含「奇趣」的優秀作品：

> 淵明詩初看若散緩，熟讀有奇句。如曰：「日暮巾柴車，路暗光已夕。歸人望煙火，稚子候簷隙。」又曰：「采菊東籬下，悠然見南山。」又曰：「靄靄遠人村，依依墟里煙。犬吠深巷中，雞鳴桑樹顚。」大率才高意遠，則所寓得其妙，造語精到之至，遂能如此，似大匠運斤，不見斧鑿之痕。不知者困疲精力，至死之不悟。（惠洪《冷齋夜話》卷一引）

要在「原味」之外另有一番「別是滋味」，是必須經由反覆不已「熟味之」的過程，才能體會得到，連才高氣遠的東坡，也不例外。他認爲只有經過反覆「熟味」後的深刻心得，才能有別於每一次「初看」的膚淺。因此，唯有能夠凝神暇想，反覆咀嚼的人，才能玩索其中的「奇趣」，進而產生「一唱三嘆」不能自已的感情。如寫景的「有風自南，翼彼新苗」（〈時運〉）、「藹藹堂前林，中夏貯清蔭」（〈和郭主簿〉其一）、「傾耳無希聲，在目皓已潔」（〈癸卯歲十二月作與從弟敬遠〉)、「戶庭無雜塵，虛室有餘閒」(〈歸園田居〉其一)，意在言外，理趣橫生，一片天機。也因如此，東坡在初看陶詩時，但覺其中質樸散緩，但是再反覆誦讀，加上個人經歷的補充，自會感到其中高妙與不可企及之處，正如嚼食橄欖一樣，含之愈久，其味愈出，這也使得子瞻在愈發鍾愛難捨下，「每體中不佳，輒取讀不過一篇，惟恐讀盡後無以自遣耳」(〈書唐氏六家書後〉)。

四、意與境會

淵明的詩歌，既呈現出作者審美的人生態度，也透露出其審美的創作態度。詩人並非先在心中預設某種理念、情思，而是在具體情景的突發性觸動下，在心中形成一種對景物的同構式感悟，所謂「無所用意，猝然與景相遇」(葉夢得《石林詩話》卷中)，正顯示出其審美把握和創作過程中，主客體之間的交融及其流動方向。他不在形式上刻意求工，而是重在寫意傳神，這一點與魏晉南北朝崇尚形式之風，可以說是大相徑庭的。也使得陶詩在當時，未受到應有的重視，而是到唐代以後，文人的審美把握適足與陶詩精神相契，這才使得淵明開始向文學的歷史高峰邁進。

魏晉以前的詩歌，大都不加雕琢，直抒情意：「造懷指事，不求纖密之巧，驅辭逐貌，唯取昭晰之能。」(《文心雕龍・明詩》)直到太康以後，開始有刻意追求雕藻排偶的形式技巧風氣，由鍾嶸稱讚陸機詩是「才高詞贍，舉體華美」(《詩品》)，可見當時的審美標準。晉、宋期間，顏延之、謝靈運更是將這種聲色之美的追求，推到極詣。顏詩「鋪錦列繡」(《南史・顏延之傳》)，謝詩富豔精工，「故尚巧似」(《詩品》)，其模範山水之功，時人難出其左右。齊梁之後，詩人變本加厲，不僅脫離東晉玄言詩人與陶淵明那種對人生審美態度，反而蛻變成一種空靈而無實感的人生精神，在審美的創作態度上，也走向「巧構形式」的唯美主義。當時作品往往是見景不見人，見境不見意，除了描摹物態，別無深意，唯有少數詩人如陰鏗、何遜勉能達到情景交融。不止創作如此，連同審美品評也難以跳越這種重視形似的藩籬。鍾嶸在《詩品・序》中，曾表示自己在詩歌鑒賞上，特別重視詩歌的「滋味」、「文已盡而意有餘」，反對用典和聲病說，認爲「拘攣納補，蠹文已甚」的文章，不過「殆同書抄」，而過分拘泥聲律，則「傷其眞美」。這些見解，大有撻伐當時形式主義的正面意義。可是在時代風氣籠罩下，鍾嶸還是沒能跳出尚形似的圈籠，以爲「詞采葱倩，音韻鏗鏘」的魏文帝詩作，「皆鄙直如偶語」，指明辭語簡樸，仍不得爲「工」，必是「殊美贍可玩，始見其工」，而這也足以說明其爲何會將陸機置諸左思之上，謝靈運列於淵明和鮑照之前的原因了！

在東晉、南朝崇尚形式風氣下，士族不僅生活奢豪腐化，而且思想感情也極爲空洞，沒有建安、正始文人的壯志與激憤，自然難以創作出「慷慨使氣」的眞情實意之作，反而是以麗情密意爲美，雕琢形似爲工，錯誤地將模擬雕琢當作藝術表現的最高極致。過分的看重形似，而忽略了傳神的必要性，導致文學創作的發展，產生了嚴重的傾斜。其中，能夠跳出這場形似氾濫的洪流，又能善加擇取、熔冶成個人獨特風格者，乃陶淵明。

後人看待淵明的文學特質，往往將其置於當時形式主義風潮之外，認爲其作品與晉、宋時人大異其趣。其實，六朝的形式主義雖然弊失甚多，但因其藝術表現基本上還是從寫實出發，形似的刻意追求只是促使文人特別重視詩歌的藝術技巧，流風所及，淵明也不無受到這股風潮的影響。只不過，他能夠突破流俗，以高妙的藝術修養將這些技巧融化到平淡自然的風格之中，使人不覺罷了。這一種化龍點睛之妙，直到宋代才被東坡勘破，指出陶詩乃「質而實綺，臞而實腴」，似爲「反常」，卻是「合道」。可見淵明也受當代藝術思想的滋養，並不是不講求排偶辭采和狀物的工細生動，而是善加冶煉，做了合度的調整與修正。

由上可知，淵明在六朝出現的特殊意義，誠在於他超出了當時崇尚形似的藝術觀，較之同時代甚至以後的文士更早發現和創造了渾融完整的詩歌意境，以其個人平淡無華的心情，寫出現實眞淳的自然，不拘泥於語言形似的刻意追求，而強調個人對主觀精神世界的把握和再現，達到寫意傳神的最高藝術境界。這種成績，正標志著文人詩歌由晉、宋「窺情風景之上，鑽貌草木之中」（《文心雕龍・物色》）的「形似」階段，開始向「神似」階段的過渡，並日臻成熟。

當然，結合魏晉時代風氣來看，陶詩的寫意傳神雖是對南朝詩歌力求形似的反撥，但它與玄學的「得意忘言」也是有所交涉、重疊的。既能「得意」，「傳神」也就不難。魏晉時代，有不少藝術，如音樂、繪畫，便是以「傳神」爲其審美理想〔註22〕。可惜當時文學理論和實踐卻多停留在崇尚「形似」的階段，直到唐、宋，隨著「形神兼備」文學觀念的成熟，才讓他們充分了解到陶詩爐火純青的藝術才能，並給予前所未有的高度評價。

唐、宋文人對詩歌「形神」的了解、重視，主要是由對繪畫領域中形神理論的深入認識啓發而來。唐代畫家張璪提出「外師造化，中得心源」（張彥遠《歷代名畫記》卷十引），即是說明主觀感情和客觀物境交融之後，才能產生好的作品。隨著這種形神理論的掘發、重視，促使唐、宋文人不僅要求人物畫傳神，連山水畫也不能例外。吳道子的人物畫：「如以燈取影，逆來順往，旁見側出，橫斜平直，各相乘除，得自然之數，不差毫末。」（東坡〈書吳道子畫後〉）這是形似表

〔註22〕玄學家「得意忘言」的思想影響，遍及六朝時代各個藝術門類。在音樂方面，嵇康提出著名的「聲無哀樂」論。在他看來，音樂只是體現「自然」之道，即宇宙本體的媒介，惟其不拘守音聲，得意忘象，達於象表，方可獲得至理，其旨正與「得意忘象」同。東晉畫家顧愷之首倡「傳神寫照」的繪畫理論，所謂「四體妍媸，本無關妙處，傳神寫照，正在阿睹之中」（《世說新語・巧藝》），即是以傳神作爲繪畫的最高境界，評畫的最高標準。又如書法，東晉書法名家王羲之亦曾提出作書於「轉深點畫之間」，皆「須得書意」（張彥遠《書法要錄》引〈晉王右軍自論書〉），「爽爽若神」，而「不求於點畫瑕玷」（《書論》）。這些見解顯然都帶「傳神」的審美理想，其時風氣可見一斑。

現的最高境界，但是，後人卻更推崇建立在「以形寫神」基礎上的「象外求神」：「吳生雖妙絕，猶以畫工論；摩詰得之象外，有如仙翮謝籠樊。」（東坡〈王維、吳道子畫〉）王維破墨山水的出現，乃中國藝術史上的大事，其以詩境作畫，爲中國一千多年的文人畫奠定基礎，也使得重視神似，成爲文人畫創作的最高指導原則。

形神理論在繪畫中長足發展的同時，也開始向詩文創作及理論的領域跨越。如司空圖論詩，十分重視神似，這種神似要求和他的美學思想強調「象外之象」、「景外之景」、「味外之旨」有密切的關係。在他的認知中，能夠傳神的形象，它的「神」往往不在形象本身，而是由形象所顯示出來的一種外在神韻，也就是「離形得似」（《二十四詩品・形容》），「離形」，不是不要形象，而是指象外韻味的攫取。宋人嚴羽也相當同意這種看法，所以也把「入神」視爲詩歌創作的最高標準：

> 詩之極致有一，曰入神。詩而入神，至矣，盡矣，蔑以加矣！惟李杜得之，他人得之，蓋寡也。（《滄浪詩話・詩辨》）

這種「入神」之見，其實和他所說的「盛唐諸人，惟在興趣，羚羊掛角，無跡可求」（同上）的意思是一樣的，無非是要求詩歌的藝術形象具有神韻，所謂「無跡可求」，也就是「象外傳神」，接近於司空圖的「離形得似」。

陶詩重在寫意傳神，不重在寫實，他營造出來的藝術形象，往往帶給讀者豐富的想像餘地，進而體會出作者的眞意所在，使讀者和作者的心靈可以遙遙相契。這種感覺輒能以意會，而不能以言傳。例如相當重視意境呈現的唐代詩僧皎然，在論及詩境之成時，就曾舉淵明的〈詠貧士〉一詩：「萬族各有托，孤雲獨無依。曖曖空中滅，何時見餘暉」爲例，認爲詩人「以孤雲比貧士」，其中意境是不言而喻的（《詩式・用事》）。皎然在這裡所說的「比」，並非是單純地取象比喻，而是一種融境入情的表現手段，從而構成了人與景互相統一的藝術境界。這種以「意境」出發的審美眞知，在宋人的身上，也可以找到。

東坡曾指出〈飲酒〉第五首（結廬在人境）：「因采菊而見山，境與意會，此句最有妙處。」（〈題淵明飲酒詩後〉）他察覺淵明采菊東籬，本無旁遷他涉，只是無意間抬頭看見南山，關合下文「山氣日夕佳，飛鳥相與還」，萬物自由自在，各得其所，物來動情，情與境會，儘管詩人已得「意」而忘「言」，但是後人卻不難從詩的意境中體會到詩人所得之意。詩人所陶醉得意的，自然是一種與塵囂人境不同的生活境界，無拘無束，任眞自得。這兩句詩，東坡與晁補之均以高超的藝術鑑賞力，獨到地指出「采菊」句最有「神氣」，「無意」爲佳，「悠然忘情，趣閑而景遠」（晁補之《雞肋集・題淵明詩後》），這正揭示出陶詩心物交感，意與境會的創作方式。作者主觀的思想感情和客觀外物高度的融合，創造出藝術形象的極致，也傳達出作者清眞、淡泊名利的心志，給讀者言有盡而意無窮的藝術感染。當然，這也是情景交融下的最佳藝術體現。

不過，仔細考察淵明的「意」，是不同於一般抒情中的「情」。雖然陶詩也極富於感情，但「情」畢意只屬於情感範疇，而「意」則可以超出其中規範，直指生命的覺悟，以至某種理想中的生活境界。所以，陶詩意境的高妙處，不僅是情景交融，也使得詩的意象構成，昇華爲意境，一旦到達詩的極詣，就很難再區分孰爲景？孰爲情？他是以胸中之妙來觀照生活，體現自己理想中的生活境界。因此，在創作當時，他的「意」才能以極其自然的方式，不鑿斧痕地滲透、融合到對象的「境」中，達到「目即心受」、「直尋」（鍾嶸《詩品・序》）的審美境界。直觀與思維在瞬間完成統一，詩人可以在一剎那間的直接體察中，達到對事物眞理的把握，使得詩歌的內在意蘊儼然已經超越感性形象的神韻、興趣、滋味、境界等等，意味著詩人在直觀景物的同時，已充份地把握了景物的形與神，景生情，情寓景，實現了感性與理性的完整統一。

陶詩這種「直尋」特色，既是「意中有景」，也是「景中有意」（姜夔〈白石道人詩說〉），而其中之「境」，也不再是純客觀的自然景物，而是變成「人化的自然」，這是歷來詩人所追求的最高詩藝表現，而在淵明的身上得到充分的實現。而作者既是以追求「即目」的「直尋」，得自然之景，情與景冥，寓情寫意，心與味會，讀者也勢必要以「直尋」的直覺方法體味作者的心情與作品的韻味。嚴羽說：「大抵禪道惟在妙悟，詩道亦在妙悟。」(《滄浪詩話．詩辨》）詩人要妙悟，讀者也要妙悟，如果作品沒有傳神寫意的特質，又何勞讀者「超神」體會？宋人對淵明作品的欣賞，有許多時候便是立足在這種「妙悟」的基礎上，不僅淵明自己超越了語言的刻意雕飾，後人視陶，眞正能得其精髓的，也是能夠超越語言的限制，悟及到其中語言所做的暗示與誘發，進一步對淵明詩中的藝術形象和寄託，了然於心者。例如宋人張戒，他敏銳地看出淵明詩「狗吠深巷中，雞鳴桑樹顚」，絕非專意於詠物、詠田園，而是在寫「郊居閑適之趣」(《歲寒堂詩話》卷上)；非是寫「實」，而在表「意」；重在主觀，不在客觀。所以，陳師道才會以詩人乃寫其「胸中之妙」(《後山詩話》)，來概括其詩藝的最高成就。

這種以「胸中之妙」入之於詩者，往往也會讓人有「無意爲詩」、「無所用意，猝然與景相遇」(葉夢得《石林詩話》卷中)的感覺，有關這方面，以張戒的體會最爲集中：

> 陶淵明云：「世間有喬松，於今定何聞。」此則初出於無意。(《歲寒堂詩話》卷上)
>
> 陶淵明云：「迢迢百尺樓，分明望西荒。暮則歸雲宅，朝爲飛鳥堂。」此語初若小兒戲弄不經意者，然殊有意味可愛。(同上)

當然，「初出於無意」是就讀者的直觀感覺而言，並非說明作者的創作過程或是言其不注重語言技巧，而是語言已錘煉到爐火純青之境，讓人覺察不到。而這種「無意於佳」，也才能成其「佳」(東坡〈評草書〉)，其中道理，如同東坡的門人張耒所言：

> 文章之於人，有滿心而發，肆口而成，不待思慮而工，不

> 得雕琢而麗者，皆天理之自然，而情性之道也。(〈賀方回樂府序〉)

這一點，劉克莊也有很好的見解發揮：

> 大率有意於求工者率不能工，惟不求工而自工者爲不可及。求工不能工者，滔滔皆是，不求工而工者，非有大氣魄，大力量不能。(〈回信庵書〉)

這種「不求工而自工」的無意識創造力和張力，其實正是淵明詩歌所以有「凡人不到處」的關鍵。乍讀陶詩，彷彿詩人隨其所見，指點成詩，不費力氣，以宋人詩解，正是「看似尋常最奇崛，成如容易卻艱辛」(王安石〈題張文昌詩後〉)。

隨著唐、宋形神理論的成熟和意境審美的詩學範疇確立，後人對淵明詩作的贊美也就愈來愈多，難怪陸游有詩云：「我詩慕淵明，恨不造其微。」(〈讀陶詩〉)看來，淵明所塑造的詩歌境界，旁人是不易學，也無法學的！

第四節　創作風格

藝術風格是作品的內容和形式相統一的特徵表現，是作家藝術創作的成熟標志。它是一個綜合性的美學範疇，是主體的創作個性在客體對象中的豐富顯現。而所謂的創作個性，則是包括作者的思想感情、藝術修養、審美理想與審美情趣等等因素。這些因素相互作用，進而形成作品的風格特色。就主觀方面來說，這些因素同作家的「才、氣、學、習」有著密切的關係，從客觀角度來看，又與社會、時代、民族有著不可分割的牽連。所以，藝術風格的呈現，既有作者鮮明的創作個性，也必然會烙印著鮮明的時代和民族色彩。

一、率眞而自然

將「自然」作爲陶詩風格的基調，並不是唐、宋文人的創見。鍾嶸稱陶詩「篤意眞古」(《詩品》)，蕭統則言其「語時事則指而可想，論懷抱則曠而且眞」(〈陶淵明集序〉),所謂「眞」者,即是「不假於物而自然也」(《莊子・大宗師》郭象注)。淵明無意爲詩,及感遇而爲文辭,不待雕琢,皆有天然自得之趣,所以諸家才以「眞」來概括詩人的作品風格。

「自然」原是道家的概念,不論老子或莊子對「自然」的理解,都有指向事物「自然無爲」的意思,偏重於人的行爲要順於道所賦與的自然之性,所以,這其中不僅僅是指人的自然生理本能,也指爲人的本然眞淳實性。魏晉時代,玄學興起,何晏、王弼祖述老、莊,以爲天地萬物皆以「無爲」爲本,而有關「自然」一詞,則是在探討宇宙本源或人性問題時,才被當做哲學概念來使用,雖然最終目的都在於爲其「無爲」的政治學說提供理論根據,但是道家尊重客觀事物的規律,卻是不變的事實。魏晉詩人在溺乎玄風之下,一致崇尚自然。在重視人的主體精神下,一方面追求「應物而不累於物」,不以「物務營心」,不爲名教禮儀所拘,不爲形體所困的通脫人生態度與行事方式;一方面則極力表現主體的幽微精神,講究風度儀表,言談舉止,以期表現出俊朗超逸的精神氣質。所以,魏晉名士從追求容貌行儀到行爲放達,無一不是爲了追求宇宙本體精神或自然個性精神,從而達到一種純粹審美的人生境界。

淵明的思想、人生態度,確實受到玄學風氣的影響。玄學以道統儒,佛教以玄理「格義」,道教、《列子》以「玄」論長生。魏晉時期各種思想的形態與內容都發生不同程度的變化,這種變化的動因,乃在於玄學。所以,淵明的思想雖爲老、莊,或爲周、孔,這些都已非原來先秦時期的思想本色,即使是偶及佛教,也非純粹之佛教。總之,涉及諸家,但仍不脫某些玄學的思想特徵,經過轉化,也就成爲其審美人生或審美創作的理想依據。

淵明的人生態度其實是最典型能夠表現玄學人生理想的神髓者。他的生活作風,可以說是最成熟,最完美的展現了名士的風度。例如在生命意識上,他雖常常談生論死,卻對生命始終抱持一種勇敢無畏、一任自然的態度。也因此，他重視自然實際的人生，追求生趣的快樂。但這種「生生之趣」，雖是建立在貴身尚生的基礎上，卻不像時人往往側重於物質的享樂和感官的刺激〔註 23〕，他所追求的物質，只是人類賴以維持生命所必須的物質需要，並認爲過多物質欲望追求，反而會累於身，而傷於生。他的「易足」態度，是求其「稱心」，而「稱心」的準則，恒在於「傲然自足，抱樸含眞」(〈勸農〉)，「樸」「眞」就是自然。所以，他在乎的主要還是精神的完足自適，既能以精神之自適爲歡，就能夠不以窮通爲懷，「介焉安其業，所樂非窮通」(〈詠貧士〉其六)。從這種不貪念人間物質，只是享樂生生之趣，追求精神自適來看，淵明實際上已經進入審美的人生境界。這種審美的人生觀也使得詩人以爲人生價値的體現，是在於平凡的事件和行爲過程，並不是目的的追逐上。換言之，詩人只注重過程、事件是否合乎其審美、精神的愉悅，只求「稱心」、「足意」。一旦能夠「抱樸含眞」(〈勸農〉)、「抱朴守靜」(〈感士不遇賦並序〉)，就能抖落精神的塵垢，人生也就無往而不適，無處而不安，那麼擺在眼前的艱困與坎坷，也就會失去其狂暴。所以，淵明一方面決定縱心任性，任眞而動；一方面決意歸眞返樸，頤養性情，而歸向田園，正是這種人生理想、態度的實踐。事實上，一個人只要能夠養眞，精神即能內足，表現在容貌之間，便是「養色含津氣，粲然有心理」(〈雜詩〉其十二)，與魏晉名士講究風神儀表的精神，也就相去不遠。

顯然，淵明對自然審美的生活情趣的追求，與兩晉名士或玄學中人並無二致，但其境界之所以更高，乃在於他以更積極、眞實的態度將兩晉名士的生活理想，落實在平凡的現實中，沒有東晉名士實踐過

〔註 23〕例如略早於淵明的張湛，其在《列子》注中，就擴大提出了人生應盡求物質享受的荒逸觀點：「夫生者，一氣之暫聚，一物之暫靈。暫聚者終散，暫靈者歸虛。而好逸惡勞，物之常性。故當生之所樂者，厚味、美服、好色、音聲而已耳。而復不能肆性情之所安耳目之所娛，以仁義爲關鍵，用禮教爲衿帶，自枯槁於當年，求余名於後世者，是不達乎生生之趣也。」(《列子・楊朱》注)

程中的身心分裂，朝野判分的二重人格矛盾，從而建立起獨具個人特色的理想人格，所以，很多學者才會將其視爲「魏晉風度」的最高代表人物。淵明的獨特，除了具有玄學放達的最高層次色彩外，還在於他能夠將其獨特的生活內容，納入詩歌創作中，以省淨平淡的語言和渾融完整的境界，將文學創作推到完美之境，眞正完成了玄學的審美人生態度向審美創作態度的過渡轉型。

崇尚自然的人生態度，使得淵明在藝術的追求上，也以「自然」爲極詣，而這種在藝術風格上對「自然美」的追求，是同他在人性上的崇眞斥僞是分不開的。老、莊提倡「歸朴返眞」，認爲順應自然，才能求得個體生命自由發展的「眞」。「眞者，所以受於天也，自然不可易也。故聖人法天貴眞，不拘於俗」（《莊子・漁父》）。淵明主「眞」斥「僞」，以「眞」爲衡量一切事物善惡價値的標準，以眞爲美，以僞爲醜，竭力推崇人格的坦誠率眞。所以，他一再表示自己要「投冠旋舊墟，不爲好爵縈。養眞衡門下，庶以善自名」（〈辛丑歲七月赴假還江陵夜行塗口〉），決心抱樸守眞，一再高唱「眞想初在襟，誰謂形跡拘」（〈始作鎮軍參軍經曲阿作〉）。這種抱眞守善的態度，令他十分不滿於眼前的「舉世少復眞」（〈飲酒〉其十二），而由衷地讚美上古之民是「傲然自足，抱樸含眞」（〈勸農〉）。人性因爲失其眞，世風才會變澆薄，所以，對於社會，他主「淳」而斥「薄」。爲了實現這個理想，詩人刻意在〈桃花源詩〉中，塑造兩個對立、不同的社會形態，指出兩者是「淳薄既異源」。這些文字，都透露出「眞」和「淳」乃是淵明對人性和社會最高審美標準，也是淵明一生的執著所在。沈約說淵明「眞率」，蕭統也形容其人「任眞自得」，「眞者，自然之道也」（《漢書・楊王孫傳》顏師古注），淵明視「眞」爲人性的理想極致，也就是重視自然天性的發抒。這種思想的加強，使得詩人在創作表現上，也會有率眞而自然的自覺追求。這一點，宋人朱熹看得最清楚也最透徹。

朱熹認爲陶詩「之辭甚高」的「高」，就是指因「貴眞」而表現的自由境界，言行如一，表裡一致，光明磊落，所謂：

晉、宋間人物，雖曰尚清高，然箇箇要官職，這邊一面清談，那邊一面招權納貨，淵明卻是眞箇是能不要，此其所以高於晉、宋人也。（陶澍集注《靖節先生集・諸本評陶彙集》）

魏晉風度的核心精神是「眞」，而晉、宋人物中，眞正能極此境界者，非淵明不做第二人想。「文如其人」的命題，適足以貼近像淵明這般成就愈高的作家身上。淵明「法天貴眞」，以最眞實的情性，落筆爲詩，其中風格自是極自然、極本色。所以，辛棄疾也以極爲贊賞的口吻，稱其作品是「更無一字不清眞」（〈鷓鴣天・讀淵明詩不能去手，戲作小詞以送之〉）。

作家既然能夠以眞情實感入之於詩，自抒胸臆，所以，作品也才能夠具有自然不假雕琢的美質，葉夢得嘗指出：

陶淵明眞是傾倒所有，借書於手，初不自知爲語言文字也，此其所以不可及。（《玉澗雜書》）

詩歌主要是觸物寄興，吟詠情性的工具，如果不能出以個人胸襟懷抱，矯強僞飾，雖多何益，正所謂「心畫心聲總失眞，文章寧復見爲人」（元好問〈論詩絕句三十首〉其六）。陶詩之高，即在於其人「不矯然而祈譽」（〈感士不遇賦〉），也不矯情而爲詩，所有作品都是率性直寄，如從胸中噴出，不落前人窠臼。宋人陳模就對淵明這種自然風格的形成，有一番相當成熟的見解：

蓋淵明人品素高，胸次灑落，信筆而成，不過寫胸中之妙爾，未嘗以爲詩，亦未嘗求人稱其好，故其好者，皆出於自然，此其所以不可及也（《懷古錄》卷上）

這種將風格形成的原因，置諸於人品之上的看法，可以說是宋人論文評藝的一大特色，朱熹在品茗陶詩味道時，也是以這種審美把握方式來進行理解：

淵明詩所以爲高，正在不待安排處，胸中自然流出。（陶澍集注《靖節先生集・諸本評陶彙集》）

朱熹認爲淵明以個人內在的胸襟、深情，發掘外在的自然，所以其詩才能充滿生機，自在流出，絲毫沒有人爲造作的痕跡，彷彿天工而非人力所及。對此，趙孟堅亦有同感：

> 吾嗤彼云士，努力事詩姸。竟日搜枯腸，抽黃對白閒。爾何無達觀，跼促自縛纏。不見淵明陶，有詩累百篇。要以寫我心，出語如流泉。采菊見南山，得句於悠然。(〈論詩〉)

認爲淵明本無意爲詩，只是緣情見辭，隨其意之所至，筆亦隨之，眞切地表達出個人的胸襟懷抱，所以無不成其佳作。

可以發現，宋人論文特別強調創作個性或藝術人格在文學上的作用，這是因爲受時代風氣影響所致。爾時大多數的文人，往往也是政治家，甚至是思想家，他們幾乎都有以氣格爲詩的一致主張。在他們觀念中，認爲所謂的創作，其實就是作家的主體才情和品性的藝術表現，所以，作家必得講究治心養氣，才能以深厚的人文修養和人格鑄造，提高作品的情思，表現出對人生理性的思考。因有此共識，所以宋代的文人在生活上或創作上，都有意無意追求一種不俗的精神境界，以胸次清曠爲條件，試圖祛除俗蒂之桎梏，以灑脫胸襟和自由心靈，隨物賦形，創造自然的藝術高境。如此一來，文學既能展示作者個性，也能適應社會需要，達到緣情言志的最終表現目的。這套見解，可說是突出了作者才性精神的重要，獨獨標出主體的道德人格在文學中的示範作用。這種文學思想一旦形具之後，影響所及，也就導致宋人在論文時，往往不是從作品本身具有的情感和辭采，或是否適用來論定高下，而是從做爲文學創作主體的作家應具備什麼樣的才情和品性來做出好壞判斷。從蘇、黃詩學往往由技藝間事，開始轉入於治心養氣的人格修養起，到江西詩派特別重視作家自身主體人格的作用後，最末入於理學家之手時，這種觀念已經勢成偏重，文學創作或品題幾乎完全以道德爲本體，使得所謂的批評已經淪爲對作家思想善惡、行爲對錯的道德價值評斷。

雖然宋人如此看重人格與風格之間的聯繫，不過，較具理性思考的文人也明白，淵明詩歌的自然成就，並非完全繫乎其高曠的胸襟與崇高的人格，畢竟生活的眞實，並不等同於藝術的眞實，這中間還須要經過藝術的鎔裁，才能「似大匠運斤，不見斧鑿之痕」(惠洪《冷齋夜話》卷一)。所以，陶詩簡樸自然的語言表述方式，也是宋人所看重的。換言之，他們不僅追求淵明的人格境界，也下意識的學習詩人在語言上的琢磨工夫，希望能達到如陶詩「無意爲工」般的自然，洵如施德操所形容的：「淵明隨其所見，指點成詩，見花即道花，遇竹即說竹，更無一毫作爲。」(《北窗炙輠錄》卷下) 而黃庭堅的一段話，也相當傳神地道出宋人在這方面的體會和要求：

> 寧律不諧，而不使句弱，用字不工，而不使語俗，此庾開府之所長也。然有意於爲詩也。至於淵明，則所謂不煩繩削而自合者。雖然，巧於斧斤者，多疑其拙；窘於檢括者，輒病其放。孔子曰：「寧武子其智可及也，其愚不可及也。」淵明之拙與放，豈可爲不知者道哉？道人曰：「如我按指，海印發光，汝暫舉心，塵勞先起。」說者曰：「若以法眼觀，無俗不眞；若以世眼觀，無眞不俗。」淵明之詩，要當與一丘一壑者共之耳。(何汶《竹莊詩話》卷四引)

事實上，將自然做爲陶淵明風格的基調，並非始於陳模、朱熹等人的創見，他們也是由顏延之、鍾嶸、蕭統等人的論見中，得到的結論。唐人王維也是以「任天眞」(〈偶然作〉) 來形容詩人，其實不惟其人，其詩亦然。例如孟浩然就曾自稱：「我愛陶家趣，林園無俗情。春雷百卉坼，寒食四鄰清。」(〈李氏園臥疾〉) 雖然唐人也感知到淵明詩歌自然的風格，然因當時文人的思考仍多停留在形象思維的層次，故對詩人「自然」風格的實際內涵，一般涉入不深。至於宋人，也都認爲陶詩風格的基調爲「天然」、「天眞」、「自然」，這一種感知，即使在後來明、清文士的身上，也是毫無異議的。

二、平淡寓豪放

在文學史上，以平淡風格著稱的詩人，爲數不少，如王維、韋應物、柳宗元、梅堯臣、王安石等人，他們的詩風雖有近似之處，但又各具特色，自成一家，不盡相類。陶詩的平淡，也是同其「自然」一樣，備受後人的喜愛。宋人在研究淵明的藝術特徵時，除了承認「自然」的基調外，也多主「平淡」之說，例如秦觀就說：「陶潛、阮籍之詩長於沖淡。」(《淮海集・王儉論》) 南宋楊萬里也認爲陶詩是「雅淡而味深長」(《誠齋詩話》)；蔡啓亦稱：「淵明意趣眞古，清淡之宗，詩家視淵明，猶孔門視伯夷。」(《蔡寬夫詩話》)

其實形式的平淡，本質上仍是內質的「自然」的外現，例如楊時就曾撰文指出：

> 陶淵明詩文不可及者，沖澹深粹，出於自然，若曾用力學，然後知淵明詩非著力之所能成。(《龜山先生語錄》卷一)

不獨楊時一人之見，朱熹也說：

> 淵明詩平淡，出於自然。後人學他平淡，便相去遠矣。某後生見人做得詩好，銳意要學，遂將淵明詩平側用字，一一依他做，到一月後，便解自做，不要他本子，方得作詩之法。(《朱子語類》卷一百四十)

在朱熹眼中，「平淡」乃是陶詩「自然」風格的一種表現。詩人要表現自己擺脫物欲，追求自由的精神境界，其中取景入詩者，也盡皆爲樸直淳眞的自然意象，所以，自會呈現出「平淡」的藝術風格。這種「平淡」可說是以「自然」爲基調的平淡，並非矯揉造做的刻意平淡，是一種帶有道家「自然無爲」的平淡。在這種出於自然的平淡中，後人往往能夠體味出作者眞美的審美情趣。

宋人的審美趣味也的確帶有這種平淡清遠的特色，不論是北宋初年潘閬、魏野或九僧，均顯現出這種審美傾向，一變唐人的熱情奔放、色彩明麗、豪放雄渾爲平淡清冷、樸實自然。即使是後來的歐陽脩、梅堯臣等人，也以「平淡」爲詩歌創作的極致，但與淵明的出於自然，還是有別的。以梅堯臣爲例，其造平淡，往往是從「峭奇怪變」中而來，這一點王安石也與其頗爲相似，其詩歌亦是由追求雄豪奇峭入手，而後歸於平淡雋永的境地。誠如歐陽脩所言：「紛華暫時好，俯仰浮雲散。淡泊味愈長，始終殊不變。」(〈讀書〉) 爲求「味長」，宋人開始要求精嚴的詩律以及不露人工痕跡的藝術技巧，希望將簡練的語言和平淡的語句結合起來，塑造成一個雋永的詩境。這一脈詩學思想，沿及蘇、黃時，儼然已把「平淡」做爲作家藝術成熟的標志，一致認爲作家在「造平淡」之時，須有一番陶洗冶煉的工夫。東坡在〈與二郎侄書〉中就提出「平淡，絢爛之極也」的見解：

> 凡文字，少小時須令氣象崢嶸，采色絢爛，漸老漸熟，乃造平淡，其實不是平淡，絢爛之極也。

這種看法，也被後來的葛立方所繼承：

> 陶潛、謝朓詩，皆平淡有思致，非後來詩人怵心劌目雕琢者所爲也。……大抵欲造語平淡，當自組麗中來，落其華芬，然後可造平淡之境。(《韻語陽秋》卷一)

在宋人的眼中，所謂的「平淡」，其實是化巧爲拙，藏深於樸，用自然簡樸的表現形式，來反映蘊意深遠的人生感悟，以達「豪華落盡見眞淳」(元好問〈論詩絕句三十首〉其四)的藝術極境。

如果仔細較量，可以發現淵明的平淡，乃在「無意爲詩」、「寫其胸中之妙爾」(陳師道《後山詩話》)，所以其詩是「不煩繩削而自合」(黃庭堅〈題意可詩後〉)、「無意於工而自工」〔註 24〕。但宋人的步步規範，已經是有意爲之，難免有「造境」的痕跡，刻意從藝事上求其功，基本上，兩者的境界還是有別的。所以，朱熹對宋代詩壇後來吹起一股爲求「平淡」而「平淡」的不良傾向，曾給予相當不客氣的抨擊：

> 古人之詩，本豈有意於平淡乎？但對今之狂怪雕鎪，神頭

〔註 24〕陶詩的「無意爲詩」，乃是就其所達到的藝術極境而言，詩歌並非是對現實的純模仿，要使現實生活的眞實，變爲藝術的眞實，仍必須透過藝術技巧的鎔裁，才能臻於自然之境。所以，歸根究底，淵明當然還是有意爲之，是以高度不露痕跡的匠心，進行創作。這一點，宋人不是不知，只是議論當時，爲了突出淵明成就，未能言明罷了。元人王圻的一番說法，適足以補充宋人所未點及的地方：「陶詩淡，不是無繩削，但繩削到自然處，故見其淡之妙，不見其削之跡。」(《稗史》)

鬼面則見其平；對今之肥膩腥臊，酸鹹苦混則見其淡耳。自有詩之初，以及魏晉，作者非一，而其高者無不出此。(《朱子語類》)

以「平淡」、「自然」爲詩歌美的極致，雖是北宋詩壇推崇的創作風尚，可是「平淡」高處，並不是專從藝事上求之的，若無淡泊胸襟的自然流露，也稱不上是「平淡」的佳構，而這種詩人個性氣質的流露，事實上也是後人很難學步的地方。

有趣的是，宋人對平淡美的追求，往往都是在暮年，如梅堯臣、歐陽脩、王安石、乃至蘇東坡。這也使得「平淡」在宋人眼裡，乃是一種「老境美」，這是因爲宋人眞能體味陶詩平淡之美者，多是在心態趨於老境之後。如黃庭堅〈書陶淵明詩後寄王吉老〉：

血氣方剛時讀此詩如嚼枯木，及綿歷世事，如決定無所用智，每觀此篇如渴飲水，如欲寐得啜茗，如飢啖湯餅。今人亦有能同味者乎，但恐嚼不破耳。

許多文人都在綿歷世事而無所用智的晚年，才能眞正咀嚼到陶詩看似平淡，卻至味十足的審美趣味，所以，當東坡發出個人眞切的體會，揭開了陶詩平淡外表下，毫不枯淡的內容時，立刻引起後人熱烈的回響：

淵明作詩不多，然其詩質而實綺，臞而實腴，自曹、劉、鮑、謝、李、杜諸人，皆莫能及也。(東坡〈與蘇轍書〉)觀陶彭澤詩，初若散緩不收，反復不已，乃識其奇趣。(東坡〈書唐氏六家書後〉)

東坡從神韻上論及淵明的藝術風格，認爲在平淡的外衣下，其實有著醇美的至味。這種藝術感染力，是很難達到的境界，所謂「作詩無古今，惟造平淡難」(梅堯臣〈讀邵不疑學士詩卷〉)。淵明的獨特高竿，正在於他能以看似沒有加工的語言，寓精奇於平淡之中，讓人覺察其中雖淡，卻淡得有味，貌似枯槁而內在豐腴，讀者如果是浮光掠影地粗看，是很難一眼望穿其境，必須反覆吟詠，仔細品味，愈讀而愈見其妙，濃郁的詩美，才能清晰顯現出來。東坡晚年在海南島，「每體中不佳」，輒取閱陶詩，正是因爲其味雋永，堪耐咀嚼，所以愛不釋手，也因如此，其每次但取一篇，恐「讀盡後無以自遣」（〈書淵明羲農去我久詩〉）。少了陶詩，就少了許多生趣，在愛之甚深，而又捨不得之下，只好以日計量，避免萬一「讀盡」，無有他書可爲替代。東坡的可愛，竟隱然在這種讀陶詩的心理過程，想來，也是極其動人之事。

「外枯而中膏，似澹而實美」（東坡〈評韓柳詩〉）、「質而實綺，臞而實腴」（同上〈與蘇轍書〉），幾無異議地成爲後人對陶詩藝術成就的當然至評，可見東坡的解讀，果眞深得陶詩三昧。蘇軾門人黃庭堅也以個人閱讀的經驗提示後人，能否體味陶詩之至味，其實關乎個人閱歷的深淺。早年，他讀陶詩時，有如「嚼枯木」，直到後來，「綿歷世事」後，才深覺「無所用智」。因此，對於淵明的爲人和作品，他都給予最高的肯定。例如，在〈宿舊彭澤懷陶令〉詩中，稱讚淵明是「彭澤當此時，沈冥一世豪」、「空餘詩語工，落筆九天上」。足見他的「嚼枯木」云云，決非對陶詩的否定，反而是早年未能深入理解陶詩之妙的一種反襯。

再如陳師道，後人屢屢指責其對陶詩的見解不公，這是因爲他曾評陶詩：「切於事情，但不文耳。」（《後山詩話》）這句話本是後山在將陶詩與鮑照詩做過比較後，提出的結論，原來無意貶損淵明，但卻引起不少後人操觚執筆，干戈相向。南宋包恢就譏議：

> 以今觀古，不巧不拙無如淵明。知之者謂其寫中之巧，亦不足以稱之；不知者或謂其切於事情，但不文爾，是疑其拙也。故可與智者道，體仁當自知之。（〈書侯體仁存拙稿後〉）

指出那些認爲陶詩「不工」者，根本是「不知道」，無足與論哉！其實，要了解後山的本意，必須配合他對陶詩的其他意見來看，才能得其眞正論文之大概。在〈絕句〉一詩中，後山曾言：「不共盧王爭出手，卻思陶謝與同時。」可以了解他對淵明的仰慕之情；又如：「右丞、蘇州，皆學於陶，正得其自在」、「淵明不爲詩，寫其胸中之妙爾」

(《後山詩話》),其中頗能傳達陶詩悠然自得的曠遠神韻。這種深刻體會,絕非淺味陶詩者,所能道出。審此,可知後山所謂的陶詩「不文」,實無貶抑淵明之處,況且「不文」也沒有否定內質的「精美」。而這句話主要又是相對於鮑照詩,也就是相對於齊、梁辭藻豔麗、韻律工細和對仗工整的文學形式而言的,所以,結合師道前後文的意見,其「不文」反而可能是一種接近「平淡」之意。淵明寫詩,本來就無意於雕琢繪事,其攝入詩中的景物,均爲常人所及,也就是凡人可感可知者。唯作者能出以高度的藝術匠心,反映個人獨特的審美趣味,所以,愈是「平淡」、「不文」處,愈能見其眞味之所在。同理,如果讀者不能運以匠心,反覆咀嚼,自然是無緣識得其中的「奇趣」。

時人論陶,或是隨興感發,三言兩語,有時是一種當下的直覺,未必是深思熟慮後的定見。在此情形下,唯有將其各種論見綜合比對,前觀後照,方能得其近似。陳師道的「不文」之說,其實並無孤立於當時各種論見之中,它和許多推崇陶詩風格,言其貌似「枯澹」的文人一樣,是置諸在陶詩「平淡」特質的基礎上,進而衍伸出來的意見。宋人評陶、論陶所以超越前人的地方,正在於其並不迴避陶詩的所謂「不文」與「枯澹」,而是以一種更高的藝術心靈感知,去詮釋「不文」及「枯澹」之下的美學意蘊。所以,除了東坡之外,還有許多宋人,也相繼看到了陶詩在「質」和「臞」下的「綺」和「腴」,見到了外似「枯澹」下的深層「膏美」,如:

> 文章以氣韻爲主,氣韻不足,雖有辭藻,要非佳作也。乍讀淵明詩,頗似枯淡,久久有味。東坡晚年酷好之,謂李杜不及也,此無他,韻勝而已。(陳善《捫虱新話》上集卷一)
> 雖若天下之至枯,而實天下之至腴,如彭澤一派,來自天稷者,尚庶幾焉,而亦豈能全合哉。(包恢〈答傅當可論詩〉)
> 人之爲詩,要有野意。語曰:質勝文則野,蓋詩非文不腴,非質不枯,能始腴而終枯,無中邊之殊,意味自長風人以來,得野意者,淵明而已。(陳知柔《休齋詩話》)
> 淵明則皮毛落盡,唯有眞實,雖是枯槁,而實至腴。非用

工之深，鮮能眞知其好。（陳模《懷古錄》卷上）

在枯澹、質臞的外表掩飾下，陶詩的「綺」與「腴」，覽者是必須由其看似白描質樸的文字，其實是含蓄包蘊的筆法中，所隱藏的深厚感情和高遠意趣兩方面來進行尋繹，才能體會其中的豐富至味。宋人的確找到了登堂入室的門徑，上達作者的心意，所以，能夠生發許多超越前人的定見。而這種藝術鑑賞，的確頗能得其環中，也一針見血地道出了陶詩隱曲的美學「滋味」。據此，我們可以理解，東坡之所以認爲「自曹、劉、鮑、謝、李、杜諸人」，皆莫及淵明的原因，極有可能是立足在陶詩這種「質而實綺，臞而實腴」的藝術造詣上。這一點，陳善也注意到，所以，在解釋東坡晚年極好陶詩，但謂李、杜不及之因時，他便說其中原因「無他」，誠在於「韻勝而已」，這不是沒有道理的。

陶詩這種「寄出言外」的滋味，往往是「可與知音說，難與俗人道」，如欲落實其中滋味，勉強與歐陽脩讀梅堯臣詩有「食橄欖」之說相類，是「眞味久愈在」。當然，陶詩的平淡自然，韻味無窮，與梅詩的古硬平淡，自是有別的，這一點終究不能混同。但歐公「食橄欖」的比喻，相當生動，還是有助於我們了解東坡和其他文人在讀陶時，當下的「滋味」感覺。

另外，在唐、宋文人對陶詩風格的一片讚詞聲中，吾人發現，朱熹猶能另闢蹊徑，既看出陶詩「不待安排，胸中自然流出」的「蕭散沖澹之趣」（陶澍集注《靖節先生集・諸本評陶彙集》），也能察覺其不易爲人所發現的「金剛怒目」的一面。因爲對淵明的生平經歷與人格內涵有透徹的了解，所以，朱熹特指出淵明的歸隱，乃是「帶氣負性」、「欲有爲而不能者也」（《朱子語類》卷一百四十）的行爲。並拈出陶詩中，一些被視爲辭氣平和的詩文，其實是隱隱寓含作者壯志不得伸的不平之氣。因此，他認爲「沖淡」只是外表，而「執著」才是其本色。基於這種認識，朱熹還進一步言人所未發，揭示了陶詩中適與「平淡」相反相成的「豪放」：

> 陶淵明詩，人皆說是平淡，據某看他自豪放，但豪放得來不覺耳。其露出本相者，是〈詠荊軻〉一篇，平淡底人，如何說得這樣言語出來。(《朱子語類》卷一百四十)

豪放是相對於平淡而言的，朱熹認爲陶詩中的平淡與崢嶸，其實是互爲表裡，存在著顯隱關係。平淡其表，豪放其裡，所以「猛志」才是陶詩的象外之意，弦外之音。如〈詠荊軻〉一詩，作者所流露的壯懷激烈和悲憤，讀者或許容易感知。可是，在更多時候，淵明所塑造沖淡靜穆的田園世界，其實是爲了映襯「眞風告逝，大僞斯興」的混濁社會，特以隱約曲折的方式寫出自己深層的悲憤和抗議。這種出之以平淡的筆調，正是他內心世界由顯而隱的表達方式，敏事者，仔細留意，即可感受到其中潛藏的兀傲不平之氣。而後人所以多有不察，正是因爲這種豪放，乃是以「自然」爲基調，因此，令人有「得來不覺」之感！

與前人相較，朱熹論見的可貴，在於其強調了「豪放」與「自然」的關係，也顯示出其個人在「察之性情隱微之際」的卓越識力。這種識力，也適如其分地反映出朱熹對陶詩風格鑑賞時所帶有的自我意識和時代色彩。不惟當時，即使現在相較於其他眾人的說法，朱子的見解仍是十分突出，具有代表性的〔註25〕。

〔註25〕朱熹對陶詩的藝術風格的評論，的確對後來研究陶學的人，有相當大的啓發性。如龔自珍也說：「陶潛酷似臥龍豪，萬古潯陽松菊高，莫信詩人竟平淡，二分梁甫一分騷。」(〈雜詩〉) 譚嗣同亦言：「然嗣同尤有妄解，以爲陶公慷慨悲歌之士也，非無意於士者，世人惟以沖淡目之，失遠矣。朱子據〈箕子〉〈荊軻〉諸篇，識其非沖淡人。今按其詩不僅此也，如『本不植高原』云云，似自明所以不能死之故；若不委窮達云云，傷己感時，衷情如訴，眞可以泣鬼神，裂金石。興亡之際，蓋難言之，使不幸而居高位，必錚錚以烈鳴矣。」(〈致劉淞芙書〉) 顯然對一些以氣節自許的文士而言，他們所以欣賞淵明、喜愛淵明，與淵明這種隱寓在平淡之下的豪放，有很大的關係。

第七章　唐宋文士學陶之軌跡與意義

第一節　淵明的文學成就與地位

陶淵明在我國文學史乃至於文化史上的意義特爲重大，影響深遠。雖然其作品流傳至今相當有限，詩文總量約一百四十多篇，但卻都能眞實深刻地表現他的政治抱負與社會理想，乃至人生追求；從中不僅可以看到他孤介剛直，獨樹一格的爲人特色，同時也能欣賞到其清新自然、疏曠蕭散的藝術魅力。但以散文辭賦爲例，在他爲數不多的傳世作品中，有吐露情懷，自畫像式的〈五柳先生傳〉；有寄寓個人人生理想，憧憬美好生活的〈閑情賦〉；有自詠情志，不願苟合取容、隨波逐流的〈讀史述九章〉；有深蘊父子親情而又感慨世俗的〈與子儼等疏〉；有洞悉世情，悟透生死壽夭、達觀豁朗的〈自祭文〉等等。這些文章不僅內涵豐富，而且趣味韻長，皆是擲地有聲的難得傑作。所以，蕭統才會有「愛嗜其文，不能釋手，尙想其德，恨不同時」（〈陶淵明集序〉）的強烈感應，先後進一步完成了有關詩人文事的搜羅，輯成了第一部《陶淵明集》，較爲完整地保存了原作，開啓了後人研究陶學的契機。雖然其中只是「粗求區目」，但流布之功，亦不可沒。而從唐、宋文人精闢獨到的見解中，我們也可以發現其文學成就不僅睥睨當代，而且也獨出各朝，對於後世文壇浸郁甚深，這般崇高的文學地位，可說是其他文人難與抗衡的。

一、從詩史角度出發

唐、宋文人對陶詩的美學意義和價值，均有相當高的肯定。不過，比較來說，唐人對陶詩之美的掌握，往往是以形象思維的方式來表達，鮮有正面的議論，這與當時評點文章的批評風氣未開，有很大的關係。例如白居易在贊揚陶詩的藝術造詣時，有言：「常愛陶彭澤，文思何高玄。」（〈題潯陽樓〉）但「高」在何處，似乎也沒有說出其所以然來。至於宋人，隨著詩話的發展，評點文章的風氣大開，或論詩人人品，或談文學淵源，或抒作品特色，對陶詩藝術美的認識，就在文士彼此競相探掘中，顯得深入許多。對詩人在文學史上地位的評述，也比唐人所書更爲直接明白。

淵明在中國詩史上的地位，宋人推崇備至，並以多種角度出發，肯定陶詩的成就。例如王安石，特別贊賞陶詩「有奇絕不可及」之語，指出「結廬在人境，而無車馬喧。問君何能爾，心遠地自偏」（〈飲酒〉其五）詩，認爲「有詩人以來無此句也」（蔡正孫《詩林廣記》卷一引范正敏《遯齋閑覽》），這般贊語，蓋從藝術語言高妙來立論，頗有陶詩獨步千古之勢，可見陶公在宋人心目中的地位。陸游也曾在〈自勉〉一詩中，明確表示：

> 學詩當學陶，學書當學顏，正復不能到，趣鄉已可觀。養氣要使完，處身要使端。勿謂在屋漏，人見汝肺肝。節義實大閑，忠孝後代看。汝雖老將死，更勉未死間。

雖是從人品出發，以養氣持節爲本。但是在「文如其人」命題下，人與文（詩），已很難畫清界限，雖學其詩藝，又何嘗不是在師其人格！所以，陸游之見，多少也反映了宋人在詩道上宗陶的強烈觀念之所由。

可以說，王、陸兩人的看法，並非是突發性的個人意見，他們是在長期詩藝的觀照及琢磨下，所生發的審美趣味，從中也傳達出當代文壇的審美理想。這一點，另外可由時人開始從詩史的角度，重新賦予淵明詩學不朽的地位價值，窺見一斑。

《彥周詩話》作者許顗就指出：「陶彭澤詩，顏、謝、潘、陸，皆不及者。」從六朝時期的文壇來評價淵明，跳出鍾嶸的品第趣味，而以更客觀、更合理的文藝審美眼光來肯定陶詩的成就。范正敏也認同這種見解，特別強調：「淵明趨向不群，詞彩精拔，晉、宋之間，一人而已。」（宋・蔡正孫《詩林廣記》卷一引）這種說法，雖然不出蕭統所稱「其文章不群，詞采精拔，跌宕昭彰，獨超眾類，抑揚爽朗，莫之與京」（〈陶淵明集序〉），不過，其標出「晉、宋之間，一人而已」，就有升高淵明地位之勢，這是身處南朝的昭明太子，也不敢驟下定論的地方。周、范兩人能從六朝特定文學發展階段，給予陶詩很高的肯定，已屬不易，顯然已經鬆綁了詩人在《詩品》中的所受的委屈。不過，對於宗陶之風相當熾烈的宋人而言，他們對陶詩的評價，是絕不肯僅止於此的。因爲愛陶、慕陶，所以宗陶。其中的崇敬，遠非其它時代所能比擬並論的。

例如足以代表宋人詩藝成就的東坡，就相當喜愛陶詩，特爲文指出：

> 淵明作詩不多，然其詩質實綺，臞而實腴。曹、劉、鮑、謝、李、杜諸人，皆莫及也。（〈與蘇轍書〉）

文中確切表達出陶詩在藝術成就上是超越李白、杜甫的。這種聲音一出，大有推倒一世英雄之勢，所以，引來不少明、清文人的爭辨，尤其是李、杜的支持者〔註 1〕。姑且不論東坡是就詩人文藝的全面表現來說，還是設定在某一藝術表現的領域而言〔註 2〕，其從詩史角度來對詩人衡長較短，突顯陶詩的特殊意義，則是不爭的事實，在當時，這種意見可說是具有相當代表性的。所以，不惟東坡，南宋理學大師朱熹也認爲〔註 3〕：

〔註 1〕 如清人吳覲文則爲杜甫大抱不平，特指出：「杜老詩已獨絕千古，而謂其不及淵明，吾尤至死不服。」

〔註 2〕 有關東坡這方面的意見看法，及時人陳善的理解，請詳見第六章第四節二、「平淡寓豪放」一段。

〔註 3〕 朱熹這項見解，也爲其學生眞德秀所繼承。在李公煥《箋注陶淵明集》卷首〈總論〉中，即載有眞氏之說：「淵明之作，宜自爲一編，

> 淵明之作，宜自爲一編，而附於《三百篇》、《楚辭》之後，以爲詩之根本準則。(答鞏仲至〉)

《三百篇》向來被視爲《六經》的重要著作，《六經》之教，「詩教」爲先，《楚辭》在漢代，也有被稱爲「經」的事實〔註4〕。朱文公將陶詩置於與《三百篇》、《楚辭》三足鼎立的地位，主張以陶詩爲學習榜樣，無疑是將其指高到儒家經典的特殊地位。這種推崇，正顯示出時人對詩人因愛好而加以贊美的心情。

事實上，將淵明的文學地位提到與《詩》、《騷》並列的地位，也並非是朱熹一人的創見，張戒與曾紘也都發表過類似的意見。張戒在《歲寒堂詩話》中，就是以「思無邪」的詩教來標舉淵明的文學成就，以爲：

> 自建安七子、六朝、有唐及近世諸人，思無邪者，惟陶淵明、杜子美耳，餘皆不免落邪思也。(卷上)

所謂「思無邪」指的是《詩序》中：「經夫婦、成孝敬、厚人倫、美教化、移風俗」等內涵。張戒認爲建安以來，惟有淵明與子美足以當之，所以，他也是以《詩經》的成就來概括陶、杜兩人的文學地位。

至於曾紘之說，則見於李公煥《箋注陶淵明集》卷四：

> 余嘗評陶公詩語造平淡而寓意深遠，外若枯槁，中實敷腴，眞詩人之冠冕也。

這種說法，比起蘇、朱、張等人的評價更高，「詩人之冠冕」，指明超越的，不單是李白、杜甫，即使是漢、魏詩人也要俯首稱臣，可謂一

以附於《三百篇》、《楚辭》之後，以爲詩之根本準則。」文字上，與朱熹幾乎無有分別，可見其說之所本。

〔註 4〕 東漢王逸〈楚辭章句序〉中有言：「至於孝武帝，恢廓道訓，使淮南王安作《離騷章句》，則大義粲然。後世雄俊，莫不瞻慕，舒肆妙慮，纘述其詞。逮至劉向典校經書，分爲十六卷。孝章即位，深弘道藝，而班固、賈逵復以所見改易前疑，各作《離騷經章句》。其餘十五卷，闕而不說。又以壯爲狀，義多乖異，事不要括。」班、賈之書今雖不傳，不過從王逸的敘述中，以及《史記》、《漢書》在記述西漢事時，或者以《春秋》與《楚辭》對舉，或者把《六經》與《楚辭》並列，都足以說明漢人對《楚辭》的重視。

網打盡了宋代之前的每一位作家。這樣的看法，已經暗示出宋人宗陶之風已到相當狂熱的程度，所以才會有上繼《風》、《騷》，下凌李、杜的結論出現。

儘管宋人因對淵明其人與其詩的偏愛，導致評論上輒不自主地由「相對」的比較，轉入「絕對」的肯定，使人容易誤解其中有溢美太過之嫌。不過，其對淵明在風格表現上的獨詣建構，往往能夠因掘汲之深，而妙諦橫生，比起前代唐人，這種深入，幾乎會讓人以爲是跳躍性的進步完成，十分可貴。

南朝文風纖弱綺靡，淵明的詩文與其不苟同的高尚人格一樣，獨樹一格，既不規步時俗，著意雕琢堆砌，也不肯附和時風，專意玄言、游仙一類的仙道雜心。而是以高遠的思想意境，豐富的生活感受和卓越的表現才能，形成自己「質而實綺，臞而實腴」、平淡而自然的藝術風格。雖然，南朝的人不能欣賞他「質直」的風格特色，甚至以「田家語」來嘲諷其作。但自蕭統〈陶淵明集序〉一出，甚爲客觀的評議淵明的文學成就後，便逐漸導引出唐、宋文人對其平淡清遠風格的深入認識。宋人敖陶孫在論及魏晉諸名家風格特徵時，就形容陶詩是「如絳雲在霄，舒卷自如」（《敖器之詩評》），確能生動地抓住其中「自然」的藝術特色。詩人不論抒情寫景，均能輕筆點染，看似不著力處，卻又形象突出，一種自然清新之美，「沛然從肺腑中流出，殊不見斧鑿之痕」（惠洪《冷齋夜話》卷三）。這在「自然美」高於一切的宋代，當然會被視爲乃詩家的極詣表現。所以，他們的愛慕也就與日俱增，頂禮崇拜，比比皆是。由此正可理解，何以有視其作品爲「詩之根本法則」者，甚至喻其爲「詩人之冠冕」者。

在宋人的審美趣味中，特別欣賞的是「自然之美」。宋人蔡啓嘗一針見血指出：「詩重自然。」（《蔡寬夫詩話》）儼然有「不自然，難言詩」的意味。這是因爲「自然美」就像「渾金璞玉」、「混沌之氣」一樣，有一種不假雕飾，出於天機的渾成特色。但是要臻於此境，洵爲不易，所謂「看似尋常最奇崛，成如容易卻艱辛」（王安石〈題張文昌詩後〉)。所以，當他們發現陶詩高妙處，竟可以似「不待安排，胸中自然流出」時(朱熹語，見陶澍集注《靖節先生集・諸本評陶彙集》)，心中的景仰，自是不喻而明。這種心理背景使得宋人除了從斷代史或詩史的角度肯定淵明不墜地位外，也多從其人與謝靈運的優劣比較中，升高淵明的詩史地位。

在唐人眼中，陶淵明和謝靈運，常常是並舉同列的，這與六朝人的看法，已經是有所區別。代表晉、宋衡文標準的《詩品》，將淵明列爲中品，而謝靈運則屬上品，這種情形一直要到唐人杜甫的身上，情勢才有所改觀。杜甫對淵明的文學建樹相當肯定，時常將陶淵明與謝靈運對舉。這個動作正意味著唐人開始注意，甚至欣賞陶詩的美好，對陶詩成就的揄揚及地位的上升，不啻是一項重要的指標：

陶謝不枝梧，風雅共推激。(〈夜聽許十一誦詩愛而有作〉)

焉得思如陶謝手，令渠述作與同游。(〈江上值水如海勢聊短述〉)

第一首詩成於天寶十四年，主要是稱頌時人許生詩歌之作，認爲其語言之妙，連陶、謝也難以比肩，完全可與《風》、《騷》相推激。此種說法誠屬誇張，但我們卻可從中看出，陶、謝在杜甫心目中的地位，不過是於《風》、《騷》而已。第二首則寫於上元二年，主要是發抒個人巧遇江上水勢如海奇景，卻恨無佳句長吟，僅能聊爲短詩一首而已。這時心生一想，倘如文思能像陶、謝這樣，不就能即興寫出與其並駕的好詩？王嗣奭《杜臆》云此詩：「玩末兩句，公蓋以陶、謝詩爲驚人語也，此惟深於詩者知之。」可見杜甫晚年味及陶詩時，主要是懾服於他文思敏捷，善爲言語的特色，進而自嘆弗如。這雖然是杜甫的自謙之詞，不過，其中傾慕之情，也適時反映出陶詩在唐代地位確非昔日可比。所以，陶、謝的並稱，正說明唐人已將淵明作品推到魏晉南北朝詩壇的上乘。

這種見解，也見諸於唐人白居易的身上。

白居易素愛陶詩，不僅在渭川時，有仿陶詩作〈效陶潛體詩十六首〉，還在不少詩文作品中，稱賞淵明的爲人和志趣，甚至還有訪陶公舊宅之舉，愛陶可見一斑。對於陶、謝兩人，白居易亦不出杜甫之見，往往並舉同論，例如：

> 廬山自陶謝洎十八賢已還，儒風綿綿，相續不絕。(〈代書〉)
>
> 篇詠陶謝輩，風衿嵇阮徒。(〈哭王質夫〉)

杜、白二人雖然不能言明陶、謝之別，但是以文學觀念演變的進程來看，唐人能一反六朝的習見，看出陶詩的勝處所在，已屬可貴。而且，以杜、白兩人當時在詩壇的地位、影響力來說，將陶、謝並舉，已具有十分重大的典型意識。陶詩終於走出了六朝的寂寥，開始向詩史的高峰攀昇，沒有唐人的開拓之功，陶詩撥雲之日，也許是還有一段漫長的歲月，足供等待！

經過了唐人的平反，入宋之後，陶、謝兩人在詩史上的評價，又有新的發展。宋代評家多是肯定陶高於謝，除卻人品之外，詩品亦然。劉克莊且云：

> 世以陶、謝相配，謝用功尤深，其詩極天下之工。然其品故在五柳之下，以其太工也。優游栗里，僇死廣市，即是陶、謝優劣，雖詩亦然。(〈戊子答真侍郎論選詩〉)

言爲心聲，人品決定詩品。一個「雜心」，一個「素心」；一個是「雕琢精工」，一個是「質樸自然」，高下不言自明。所以，劉克莊認爲不論就其人或其詩而言，謝與陶相較，便顯得無足論者。這種由人及詩的推崇，正充分反映出宋人對人格養成的重視。黃庭堅也曾倡言道：

> 淵明此詩(衰榮無定在——〈飲酒〉其一)，乃知阮嗣宗當歛衽，何況鮑、謝諸子耶？詩中不見斧斤，而磊落清壯，惟陶能之。(何汶《竹莊詩話》引)

以淵明妙語天成的「自然」極詣，衡量他人詩作，諸家立刻黯然失色，不只是「元嘉」不及，「正始」也得俯首。雖然，鮑、謝等人在「爐錘之功」上，不遺餘力，已臻極境，但其中卻顯示「有意於俗人贊毀其工拙」的用力，所以，還是敗露先機。不如淵明的「直寄焉」，無意爲佳。這種無意的自然，平淡的美感，講究的是語言的雕琢復樸，言約旨遠；重視的是作者胸襟的自然流露，非巧飾鏤刻者，可以力取。因此，山谷才會重言謝氏等人是「未能窺彭澤數仞之牆」（〈論詩〉）。

同樣看法，也見諸於揭示詩歌創作當如「羚羊掛角，無跡可求」（《滄浪詩話・詩辨》）的嚴羽：

> 漢、魏古詩，氣象混沌，難以句摘。晉以，還方有佳句，如淵明「採菊東籬下，悠然見南山」，謝靈運「池塘生春草」之類。謝所以不及陶者，康樂之詩精工，淵明之詩質而自然耳。（〈詩評〉）

謝靈運的山水詩固然有時也清新可玩，但是不免流於繁蕪雕砌，遠遜於淵明的質樸自然之作。嚴羽的批評，適足以說明宋代的審美趣味已與六朝大異其趣。南朝時，謝詩曾被許以「芙蓉出水」的自然〔註 5〕，但是，在以自然美爲最高理想境界的宋代，反而被譏以精工，遠不如陶詩之自然。其中的關鍵，就在於唐、宋以來，對「自然」的內涵要求，已不同於南北朝，在反對駢儷文風下，南朝的「自然」之美，早已不符唐、宋之旨。雖然，從修辭上來說，謝詩不可謂不工，不過其終究缺乏宋人所要求的自然韻味。所以，相對於淵明的「質而自然」，謝靈運就只剩下「精工」了。

這種「陶高於謝」的看法，在宋代可說是極爲普遍的。例如《雪浪齋日記》就言明陶、謝兩人在藝術領域上的各擅勝場：

> 爲詩欲詞格清美，當看鮑照、謝靈運。欲渾成而有正始以來風氣，當看淵明。

一個清美，一個渾成，多少觸及了兩人藝術風格上的差別所在。

另外，宋人中，對於謝詩「自然」之說不能認同者，除了嚴羽，

〔註 5〕鍾嶸《詩品》在「宋光祿大夫顏延之」下，曾載：「湯惠休曰：『謝詩如芙蓉出水，顏如錯彩鏤金。』」（卷中）而鮑照亦言：「謝五言如初發芙蓉，自然可愛。」（《南史・顏延之傳》）自此「芙蓉出水」便爲謝詩特色的代詞。李白就頗爲欣賞謝詩，也曾表明自己所追求的詩歌語言特色是：「清水出芙蓉，天然去雕飾。」（〈經亂離後天恩流夜郎憶舊游書懷贈江夏韋太守良宰〉）借用前人對謝詩的至高評價，做爲自己詩歌追求的極詣。

還包括葉夢得，他也提出強烈的質疑：

> 「初日芙蓉」，非人力所能爲，而精彩華妙之意，自然見於造化之妙，靈運諸詩可以當此者亦無幾。（《石林詩話》卷下）

自然與精工本分屬兩種不同的審美類型，各盡其妙。沒有並列比較時，精工亦爲殊出，一旦同論，即有高下之別。

所以，在宋人心目中，陶詩自然的藝術風格，是詩藝中的極致，是詩家一生追求的最高境界，其在詩史的地位，自是旁人難以動搖者，甚至無人可以淩駕其上。這種推崇，確實已使陶詩躍居歷史的頂峰，今非昔比，是六朝人所想像不到的。也因爲這種推崇在宋代已爲既定情勢，所以，宋人也就無法容忍前人對陶詩的訾評，不惜翻案力駮，指斥駁正，如王應麟：

> 蕭統疵其〈閑情〉，杜子美譏其〈責子〉，王摩詰議其〈乞食〉，何傷於日月乎？（《困學紀聞・詩評》）

在宋人眼中，淵明的爲人與作品「可與日月爭光」，璀璨奪目，大有「雲散月明誰點綴，天容海色本澄清」（東坡〈六月二十日夜渡海〉）的味道。顯見其中狂熱的程度，已蔚成大觀。

二、從詩歌體派形成檢視

淵明在詩歌、辭賦、散文等各類文學體式，均取得獨特的成就，不論是幾占全集詩歌四分之三的五言詩，或僅爲四分之一的四言詩，皆有集中國古體詩之大成的典式意義。所以，在肯定陶詩地位時，宋人也不乏從詩歌體派的角度，揭櫫詩人的可觀成就。

所謂「詩歌體派」，是指特定詩歌體裁形式的標立而促成詩人群體聚合的現象。就體式而言，嚴羽在《滄浪詩話・詩體》中有言：

> 五言起於李陵、蘇武。七言起於漢武柏梁。四言起於漢楚王傅韋孟。六言起於漢司農谷永。三言起於晉夏侯湛。九言起於高貴鄉公。

其中「四言起於漢楚王傅韋孟」的說法是較具爭議性的，一般以爲當起於《詩三百》，或更早〔註6〕，如皎然《詩議》即云：「四言本於《國風》，流於夏世，傳至韋孟，其文始具。」

不論是四言詩或五言詩的創作，淵明的表現均極爲殊出，後人亦視其爲極詣。在四言詩方面，南宋劉克莊就率先指出：

> 四言自曹氏父子，王仲宣、陸士衡後，惟陶公最高。〈停雲〉、〈榮木〉等篇，殆突過建安矣。（《後村詩話》）

透過並列比較，劉氏認爲淵明四言詩的創作成績，是魏晉時代的文人所無法比擬的。陳子仁在此說的基礎上，又做了進一步的補充：

> 淵明四言所以不可及者，全不犯古詩句；雖間有一、二，不多見。他人未免犯古句，又殊不類。（《文選補遺》）

四言詩因形式短小局促，一般而言，要在兩個句式中構成一個完整的文意，較爲不易。加上社會生活、人類情感日益繁複，這種「文繁而意少」的詩體，就顯得捉襟見肘，難於應付。所以，魏晉之後，也就轉向式微。但是不可否認的，這種經過長期蘊制而成熟的詩體，也不會瞬間消聲匿跡，其生命力仍然十分頑強的存在於其他文體，諸如賦體、駢文之中，甚至也仍然和後來興起的五言、七言詩並行不悖，直至清代，偶爲文士所採。不過，它始終未能挽回頹勢，重振旗鼓。其中的質與量，根本難與其他新興詩體相抗衡，而出色的作品更有如鳳毛麟角，不可多得。耐人尋味的是，《詩經》之後，四言詩的幾篇佳作，竟多集中在產生「五言騰踴」的魏晉時代，如曹操、嵇康、陶淵明等，均有名篇傳世，廣爲人們所傳誦。

淵明的四言詩或寫不附流俗、超然物外的志趣；或寫流年不再，壯志難酬的鬱憤。風格上或玄遠俊逸，或平淡自然，實乃四言詩的上乘。其中可以明顯看出與《詩經》的淵源關係。如〈命子〉、〈贈長沙公〉兩詩，典雅莊重，當是受到《大雅》的影響。在表現方法上，陶詩多用比興和復沓，如〈停雲〉四章，都是「比」、「興」開頭；〈歸

〔註6〕有關阮籍、淵明兩人詩歌、思想之比較，可參閱本論文第六章第一節一、「歷史承繼」中的文字說明。

鳥〉四章，每章復沓也極為工整自然，與〈風〉、〈雅〉風格接近；此外，也有點化《詩經》詩句，另設意境者，如〈答龐參軍〉：「昔我云別，倉庚載鳴；今我過之，霰雪飄零。」即是變化《小雅‧采薇》：「昔我往矣，楊柳依依；今我來思，雨雪霏霏。」這種繼承和發展的學習，確實令人有耳目一新之感，故被後人視為《詩經》之後，四言成就的遺響，是繼《詩經》之後的最後一抹餘暉。所以，劉克莊特舉以魏晉之後「最高」之名，信非虛言。

既然四言詩隨著時間推移，難有變化，其走向下坡，也是不能避免的事實。時至晉、宋，早已成為強弩之末，接近尾聲，以淵明的詩學造詣，不可能不知。許是明白其中難有更進一步的突破和創新，所以也就將創作的重點轉移到五言詩，這是相當自然之事。誠如姜夔所稱：

> 蓋文體通行既久，染指遂多，自成習套，豪傑之士，亦難於其中自出新意，故遁而作他體，以自解脫。(〈白石道人詩說〉)

因此，我們看到在淵明的傳世作品中，仍以五言為大宗，而其中表現，也不亞於四言的成就。

在中國詩史上，五言詩句在《詩經》時代，雖有出現，究非全體。西漢時代，見於民間歌謠，到東漢才開出現文人創作的作品。之後，經建安七子王粲、正始詩人阮籍、嵇康，乃至左思、郭璞等著名詩人的辛勤耕耘，成就斐然。各種題材，無所不容，形式駕馭也得心應手。而且敘事寫景之中，也能融入作者豐富的感情。因此，五言詩在淵明的時代，即已呈現出「彬彬之盛，大備於時」的輝煌氣象。這等成績入於淵明之手，加以發展，獨出心裁，另闢一徑，大有將五言古詩推向高峰的態勢。是以唐代之後，對詩人的褒譽之聲，始終不絕。

淵明的五言詩受曹植、阮籍兩人的影響較深。不論詩歌語言與表現方法，甚至內容取材上，都有借鑒曹植之處。就內容而言，曹植詩歌雖不乏游樂宴享之作，但也有一些緣事而發、關乎社會人事、反映現實主義精神的作品。尤其他後期的作品，主題往往置諸在理想與現實矛盾中，特別能夠感動人心。

在動亂時局下，曹植始終堅執拯世濟物的建功立業之想，可是，這位懷瑾握瑜、自視極高的文士，卻偏偏被投置在受壓迫和煎熬的環境中，所以，他內心的衝突、掙扎，一直是相當劇烈的。這種衝擊一旦轉寫在詩歌中，情感特別眞摯，而筆力雄健，不僅體現了「志深筆長」、「梗概多氣」的建安風骨，也呈現出詩境高華，文采斐然的個人特色。這些特質，在後來淵明的身上也隱約可見。如曹植〈責躬〉:「形影相吊，五情愧赧」、〈種葛篇〉:「種葛南山下，葛蔓自成陰」，及〈贈白馬王彪〉:「丈夫志四海，萬里猶比鄰」、〈箜篌引〉:「盛時不再來，百年忽我遒」；分別與淵明〈形影神〉:「身沒名亦盡，念之五情熱」、〈歸園田居〉:「種豆南山下，草盛豆苗稀」、〈雜詩〉:「丈夫志四海，我願不知老」、「盛年不重來，……歲月不待人」等對讀，相通處，一目了然，無論構思、意境均爲相似。

阮籍的五言詩對淵明的影響也是清晰可尋的。淵明的〈擬古〉、〈述酒〉、〈讀山海經〉、〈飲酒〉諸詩，都有取鑒阮籍的表現方法處。兩人的詠懷詩，在反映現實黑暗、表達不滿上，也有許多一致的地方〔註7〕。例如阮詩:「繁榮有憔悴，堂上生荊杞。」(〈詠懷詩〉其三)與陶詩:「繁華朝起，慨暮不存」(〈榮木〉)的思想內容就極爲近似。不過，在藝術上，宋人仍然以爲淵明比阮籍的成就更高:「淵明此詩(榮衰無定在)，乃知阮嗣宗當斂衽。」(黃庭堅語，《竹莊詩話》引)青

〔註7〕陳懋仁《文章緣起註》且云:「《詩家直說》:『四言體起於〈康衢歌〉;滄浪謂起於韋孟，誤矣。』《詩紀》:『按四言詩《三百五篇》在前，而嚴云起於韋孟，蓋其敘事布詞自爲一體。漢魏以來遞相師法，故云始於韋。或又引〈康衢〉以爲權輿，又烏知〈康衢〉之謠非列子因〈雅〉〈頌〉而爲之者耶?然明良〈五子之歌〉，載在典謨可徵也。』」趙翼《陔餘叢考》「四言詩」條亦謂:「四言詩當以〈堯典〉喜起之歌爲首，大禹所訓『内作色荒，外作禽荒』六句，亦濫觴也。」這些都足以說明前人對四言詩的起源看法，意見紛歧，難爲一致。

出於藍而勝於藍，如果說阮籍對五言古詩的獨立發展、內容寫作貢獻良深的話，那麼，在宋人心目中，淵明後來居上的意義，則理當具有「五言詩人之冠冕」的崇高封號。

另外，在體派方面，《滄浪詩話》也曾列述歷代詩體。在「以時而論」中，共列十六體；在「以人而論」中共列三十六體。此外，還有一種體派是指某些詩人之間在創作當時並未意識到在創作題材或藝術體性方面的類似，而是由後人覺察、確認其爲一種獨特的體格或流派。例如做爲陶、謝田園山水詩藝術成就最著的王維、孟浩然，即是這一類型體派的最佳代表。

事實上，陶詩所以能夠對唐、宋以後詩歌產生重大影響，甚至促成某一體派的興起，自與其詩歌題材的擴大與創新，不無關係。在玄言詩、游仙詩盛行的東晉時代，淵明將田園山水和生活，大量引入創作中，對後來文學的發展，的確產生積極的推動作用。雖然淵明之前，曹操等人已有取意山水之作〔註 8〕，不過，卻似鳳毛麟角，未成風氣。淵明的田園詩以及之後謝靈運的山水詩，都說明時人對「自然」已有深入的掌握，這使得田園山水詩後來得以形成特定類型，造成田園詩派的興起與發展。針對這一點貢獻，宋人汪藻認爲陶淵明和謝靈運可謂其中的開山之祖：

> 至陶淵明、謝靈運、王摩詰之徒，始窮極探詩，盡山水之趣，納萬境於胸中。凡林霏空翠之過乎目，泉聲鳥哢之屬乎耳，風雲霧雨，縱橫合散於沖融杳靄之間，而有感於吾心者，皆取之以爲詩酒之用。（《浮溪集・翠微堂記》）

明確地從山水田園詩創始人的角度，稱許陶淵明。

〔註 8〕如曹操的〈觀滄海〉一詩，描繪水天空闊，浩淼無際的壯麗景色，非常動人：「秋風蕭瑟，洪波湧起。日月之行，若出其中，星漢粲爛，若出其里。」張協的〈雜詩〉其四，，描寫深秋的蕭瑟景色，形象也極爲鮮明：「朝霞迎白日，丹氣臨暘谷，翳翳結繁雲，森森散雨足。輕風摧勁草，凝霜竦高木，密葉日夜疏，叢林森如束。」這些作品的問世，其實代表著詩歌的寫作題材，日趨多樣，也預示著後來詩歌蔚爲大觀的融景即將到來。

我國詩歌雖源遠流長，但在淵明之前，反映田園題材者，實不多見，僅僅在《詩經》中的〈甫田〉、〈大田〉、〈豐年〉、〈食耜〉、〈七月〉諸篇中，有所涉及。其中或敘農事耕種，或言田園景色，或明五穀作物收成之情形，已粗具田園詩的內涵與風貌。之後，因經濟發展，社會進步，人們開始有分工之趨：文士專司文華與政事，農民則專業於農務之勞動。所以，眞正能體會農事艱辛的文士，十分希微。直到淵明，因個人情性、思想背景，不願與混濁俗世妥協，寧願過起「薄身厚志」的躬耕生活，這才開始大量以平實的田園生活爲寫作題材，或抒寫大自然之情趣，或揭示農務之艱辛，或寄寓個人之懷抱，開闢了田園詩的藝術田地。後人受其薰沐影響者，不計其數，淵明在此時也被冠以「田園詩人」的開山祖，稍後的謝靈運、顏延之、謝朓的山水亦有由其衍生之說，而這些也都直接影響到後來田園山水詩派的成立。

唐代王維、孟浩然、儲光羲、劉長卿、韋應物、柳宗元，乃至宋代楊萬里、范成大等詩人，均可說是淵明田園詩的直接繼承者〔註9〕。唐代山水田園題材的普遍，自有其社會原因。依今人研究可以歸納爲三點來看：其一是富庶的社會經濟，造成士人生活的山莊別業化，由這種兼有山水田園之美的日常生活環境，轉化爲詩歌創作的背景原因。其二是統治者在盛世氣氛中，熱衷招納隱士高人，促成「終南捷徑」式的入仕方式，與投身隱居風尚的普遍，這也使廣大文人可以從容的欣賞自然之美，進行山水田園詩的創作。其三，則是在強盛的時代精神感染下，文士既可充滿積極的仕宦熱情，也能保持高尚超俗的

〔註 9〕其實王維、孟浩然的詩作中，以田園爲題者，實際不多，與其說他們是「田園詩派」，還不如是「自然詩派」，更爲恰當。一來，兩人皆無農事經驗，二來，其作品雖多自然風光的著筆，但所謂的「自然」，大部分係「山水自然」，而非「田園自然」，以這樣的角度來看，謝靈運、謝朓的重要性是更不能被忽略的；換言之，這些「自然詩派」的詩歌成就，是綜合了陶淵明詠寫田園和謝靈運摹形山水的傳統而出以變化。以田園的情趣領略山水，又以山水的眼光欣賞田園，較多表現出詩人隱逸恬退的思想和閑適自足的情懷，不僅色彩清淡，而且意境也轉爲深幽。

高曠人格，進為人臣，退為隱士，自然山水適可平衡其出處心理的背反，或為其仕宦不遇的清熱解毒。誠如張九齡所稱：「避世辭軒冕，逢時解薜羅」（〈商洛山行懷古〉）〔註10〕。

唐代山水田園詩可說是最典型的體現了由陶淵明開創的田園詩與由謝靈運開創的山水詩的藝術精神的融合，而王維、孟浩然常常是被視為這一創作潮流的代表人物。後人認為王、孟詩「假天籟為宮商，寄至味於平淡。格調諧暢，意興自然，眞有無跡可尋之妙」（《師友詩傳續錄》），其成就的關鍵乃在於能夠「取神於陶、謝」（田雯《古歡堂雜著》），因此，王、孟一派也就被後人視為唐人學陶範式中的體派代表。若純就田園詩而言，王維借鑒陶詩之處頗多，如〈贈裴十迪〉：「風景日夕佳，與君賦新詩。澹然望遠空，如意方支頤。」顯然是從陶詩：「山氣日夕佳」、「悠然見南山」等句脫出。《輞川集》中，也處處可以看到取法淵明詩歌造詣之處。語言自然，情、景、理交融；孟浩然亦然。〈過故人莊〉：「故人具雞黍，邀我至田家。綠樹村邊合，青山郭外斜。開軒面場圃，把酒話桑麻。待到重陽日，還來就菊花。」很容易讓人聯想到淵明的「相見無雜言，但道桑麻長」、「漉我新熟酒，隻雞招近局」（〈歸園田居〉）的情境。

唐人的這種學習、涵養，看在宋人眼裡，豈為不知？陳師道在《後山詩話》中，即言：「右丞、蘇州，皆學於陶，正得其自在。」這種意見，誠為至論。所以，清人沈德潛也增踵其說，細部指出唐代田園詩人一派學陶的成果：

> 陶詩胸次浩然，而其中一段淵深樸茂不可到處。唐人祖述者，王右丞有其清腴，孟山人有其閑遠，儲太祝有其樸實，韋左司有其沖和，柳儀曹有其峻潔，皆學陶而得其性之所近。（《說詩晬語》卷上）

因此，唐代田園山水詩可說是由這種對陶詩的繼承學習中，逐漸走向

〔註10〕此三種說法，乃依據許總先生的〈唐詩體派論〉（文學遺產1995年第三期）的意見，加以整理而成。

繁榮，蔚成詩派。

之後，宋代的田園詩人也無不遠紹淵明，近承王、孟，然後加以發展與改造，獨樹一幟。如楊萬里，即善於抒寫山川自然景色，以及日常生活、周圍事物，詩中充滿濃厚的生活情趣，而題材則以描寫田園自然爲多。特別喜愛陶、謝等人的田園山水詩作，自言：「晚因子厚識淵明，早學蘇州得右丞；忽夢少陵談句法，勸參庾信謁陰鏗。」（〈書王右丞詩後〉）配合他對陶、柳兩人「雅淡而味深長」（《誠齋詩話》）的審美認知來看，其田園山水詩作，風格自然質樸，語言平易通俗，到口即消，幾乎類同陶詩。不惟如此，他甚且偶爾還會有思欲超越前人之志的自覺：「黃陳籬下休安腳，陶謝行前更出頭。」（〈跋徐恭仲省干近詩〉）

此外，像范成大的一系列田園詩作，情韻也直逼陶淵明。如：「晝出耘田夜績麻，村莊兒女各當家。童孫未解供耕織，也傍桑陰學種瓜。」（〈四時田園雜興〉）頗有淵明〈桃花源詩〉的味道。其他如：「今朝南野試開荒，分手耘鋤草棘場。下地若干全種秫，高原無幾謾栽桑。」（〈檢校石湖新田〉）也類似淵明：「開荒南野際，守拙歸園田」（〈歸園田居〉其一）的境地。

上述這些即事歌詠田園生活的優美詩歌，內容風格或有與淵明相映相合者。但在個人經歷與生活實感上，因爲他們都沒有像陶公一樣，有長期躬耕壟畝的經驗，所以，對農事的體驗也就不深。這就形成同爲田園詩，但是在體貌上，諸人與淵明還是有所分別的。淵明後來戮力東林，做詩特其餘事，皆是以其農事生活爲依托，故其雖閒居，卻是心閒身不閒。而王、孟等人身在田園，或心繫仕宦，幾乎鮮有實際參與農事之經驗。所以，造成王、孟諸人的田園詩，始終是表現於自然景物給人的客觀印象，偏重於情景的描寫，與淵明著眼於個人對自然景物的主觀感受，側重於田園生活意趣的抒發，適有出入。因此，讀唐詩，先見畫，後見情；讀陶詩，先見人，後見畫。陶詩中的景物可說是詩人明朗心境的外化，而這種人格化的景物，也使得陶詩具有更鮮明的個人風格。這也就造成不論在詩歌題材的寬廣面、或內容的深度層上，後人的繼作，總顯得有所不足。不過，王、孟、楊、范諸人能夠建立起以田園生活爲描寫對象的優秀傳統，並竭其所能的耕耘這塊園地，各自勉力就學陶而得其「性之所近」，由此加以發揮，促使田園詩派能夠晉身中國詩史的殿堂，針對這種可觀成績，還是值得給予肯定的！

第二節　淵明及其作品對唐宋文士的影響

陶淵明的爲人及其作品對於後世的影響十分深遠。從文學的思想意義而言，其詩文中所透露的個人精神面貌，對後世有相當大的感染作用，使後世文士對其人生典範有著無限的崇敬與嚮往，也增強了自己對抗混濁世事的意志力量。從詩歌創作而言，淵明的詠懷、言理、田園、抒情、諷刺之章，也影響甚鉅，後人不僅由其詩文中汲取創作的題材內容，建立起以田園生活爲抒情對象的優秀傳統，每位文士也依其情性所近及生活條件，學習陶詩，各有所得。即如天才橫溢的李白、蘇軾、辛棄疾等人，也深受淵明的影響。所謂「桃李不言，下自成蹊」，其沾溉後世之深廣，由是可知。

一、思想行誼方面

陶淵明生活在混濁黑暗的晉、宋之際，卻始終能夠「貞志不休，安道苦節」（蕭統〈陶淵明集序〉），不屈從流俗，固窮守節，以任眞淳厚的態度，過著平實無華的簡單生活。這種「不以躬耕爲恥，不以無財爲病」（同上），矢志守節不渝的人格之美，的確爲後世樹立了不隨波逐流，不與濁世妥協的理想人生境界。蕭統是最早從「文」、「德」兩方面，承認詩人的斐然成就。在其眼裡，淵明不愧是一位大賢，其思想儼然已到「與道污隆」的高境：「每觀其文」，自然就會「想其人德」。其詩文中所顯示的品格之美，對於一個人的立身處世，有著相當高的指導意義，所謂：

> 嘗謂有能觀淵明之文者，馳競之情遣，鄙吝之德祛。貪夫可以立，豈止仁義可蹈，抑乃爵祿可辭，不必傍游太華，遠求柱史，此亦有助於風教也。(〈陶淵明集序〉)

這的確說出了淵明在文士心中的積極影響力。

千百年來，淵明的光輝形象，深入文士內心。他以士子之身躬耕西疇，戮力東林，時時以「先師有遺訓，憂道不憂貧」(〈癸卯歲始春懷古田舍〉其二)、「歷覽千載書，時時見遺烈，謬得固窮節」(〈癸卯歲十二月作與從弟敬遠〉)來鞭策自己；即使中年之後，有「擁褐曝軒」之寒，有「窺灶不見煙」之飢(〈詠貧士〉其二)，甚至要面對妻子飢年的「涕泣」，他仍然堅定信念，要效法前賢「固窮守節」，「聊得長相從」(〈詠貧士〉其六)，不因貧寒一改其志，誠所謂「志不可奪，前修可師」(陳祚明《采菽堂古詩選》)。這種理智堅持，使得詩人與「前修」之間，何曾有過距離？「誰云固窮難，邈哉此前修」(〈詠貧士〉其七)，不僅突出了詩人矢志從賢的人生面貌，同時也喚起了晉、宋之後的文士，有著追慕其後的強烈意想。

做爲一個生逢亂世、懷才不遇的文士，淵明在人生道路上的掙扎：出仕與歸隱，希望與失望，痛苦與歡樂，都眞實地反映出封建體制下，知識份子難以改變的共同命運。然類似的遭遇，隨著每個人應對態度的差異，而有了不同的結果。淵明的特別，即在於他能夠以個人的修養，超越外在環境的設限，將文化意識中「達生得意」的自然之道，與儒家「卓然不屈」的兀傲氣節，融合於一身。在腳踏實地的耕稼生活中，建立一個「質性自然」的「眞我」，完成了個人人格上的「全眞」，樹立了中國知識分子心目中，最佳的典型人格。

淵明的人生，觸動了歷代文士的心弦，特別能夠引發偃蹇不遇的知識分子的共鳴。當東坡談及個人受陶公之影響時，且言：「吾於淵明，豈獨好其詩也哉？如其爲人，實有感焉。」(〈與蘇轍書〉)不惟東坡，整個唐、宋之後的文士系統，對淵明的人生，都有不同程度，不同內容的感發。以唐人爲例，對於淵明的人格，尤其是他棄官歸田，終身不仕的這項舉動，感發就極其深刻，李白、杜甫、孟浩然、白居易都曾表達過這方面的意見。他們對淵明的評價雖是與時代精神緊密結合，然因各人際遇的差異，也使得其對淵明的出處，常常呈現出既能理解，似乎又不太贊同的看法。不過，隨著政場的翻雲覆雨，人事的詭譎多變，唐代文士的人生道路也大都會有不自主地接受陶公人生模式引導的傾向。而由這種行爲思想的深入影響，正可以看出淵明在文士心目中的重要地位。

孟浩然，乃是唐人中受淵明影響頗深的文士之一。他雖生活在開元盛世，卻仕宦多蹇，始終無法如願完成「兼濟天下」的志願，所以，一生中幾乎都在充滿矛盾的隱逸生活中渡過。這使得他部分的田園詩作，不乏帶有「身雖隱居而心念魏闕」的色彩。如〈田家作〉：

> 弊廬隔塵喧，惟先養恬素。卜鄰近三徑，植果盈千樹。粵余任推遷，三十猶未遇。書劍時將晚，丘園日空暮。晨興自多懷，晝坐常寡悟。沖天羨鴻鵠，爭食羞雞鶩。望斷金馬門，勞歌採樵路。鄉曲無知己，朝端乏親故。誰能爲揚雄，一薦〈甘泉賦〉。

詩人已屆「而立」之年，卻無緣仕進，只好藉由詩文抒發自己蓄志待飛的壯心，也惋嘆自己孤立無援的處境。孟氏的這種牢騷、激憤，幾乎未曾歇息過，一旦齊湧心頭，甚至會「永懷愁不寐，松月夜窗虛」（〈歲暮終南山〉）。所謂「北闕休上書，南山歸敝廬」（同上），其實是人生幾度浮沈之後的至痛之語。「欲取鳴琴彈，恨無知音賞」（〈夏日南亭懷辛大〉）的心情，使得孟浩然的生命氣質，帶有幾分慷慨任氣，不與俗世低頭的頑強。一直要到晚年，這種出仕的熱情才漸漸趨於淡薄，不得不選擇在鄉園終老一生。

以淵明的仕隱經歷、爲人作風，來檢視孟浩然一生的行爲表現，確實可以發現其中的相似之處。兩人均接受儒家思想，都有強烈的濟世之心，淵明不論在〈讀史述九章〉、〈雜詩〉或〈飲酒〉詩中，都曾追憶自己的雄心壯志；孟浩然晚年之前的詩作，基本上也都帶有這種自抒懷抱、或感嘆不遇的嗟吁。當然，兩人對仕隱的態度，仍然是有別的。淵明幾次出仕，彭澤辭官後，再也不肯復出；而孟浩然則是在多次求仕沒有成功下，而有抱撼終身、抑鬱不得之感。因此，在主觀傾向上，一個不肯出仕，一個是沒有機會出仕，兩者之間有明顯的不同。雖然孟氏最後也不得不終老田園，但是精神情懷還是有了高下之別。不過，孟浩然求仕道路的崎嶇，與他耿介清高、不苟流俗的個性不無關係。這一種特質，也使得他雖希望從政為官，卻也不願「爭食雞鶩羞」(〈書懷貽邑故人〉)，這與被認為是「帶氣負性之人」的淵明，似乎在情性上又有了若干交集。淵明自言自己是「性剛才拙，與物多忤」(〈與子儼等疏〉)、「質性自然，非矯厲所得」(〈歸去來辭兮序〉)，所以，不肯低頭從俗，始終堅持個人理想節操。而孟氏的隱居，也是與這種性格有關。換言之，唐人中的「布衣意識」，在極大層面上，是受淵明清高作風的影響。

孟氏對隱逸、功名的態度，其實不是孤立在整個時代風氣之外。淵明絕意於仕履，主要是晉、宋已無「眞風」，而且「八表同昏，平路伊阻」(〈停雲〉)，他是經過多次努力，試圖以最大極限調整自我適應官場，盡可能縮小理想與現實差距，完成「澤加於民」的人生抱負。可是事實證明他的自我節律失敗，他無法彌合既要完善自我又要適應官場的矛盾，所以，他放棄政治理想，決定去實現生活的理想。大時代不可改變的昏暗腐朽，是驅使淵明走向田園自然的關鍵之一。然而唐代，尤其是開元、天寶年間，國力強盛，經濟繁榮，自會激發士人建功立業之想。加以科舉取士，廣開文人晉身的道路，所以昂揚向上的熱情，乃是當時人們普遍的精神風貌。即使是「隱」，也是指望其為通向仕途的階梯，蓄時而待的動機，是清晰明白的。所以，當時文人因緣際遇，或由仕而隱，或半仕半隱，是極其平常的事，與陶淵明的時代，自是不同。這種政治氣候，使得唐代很難找到像淵明一樣，完全絕棄功名，淡於榮利，甘願托體山阿的文士。也是這種背景，使唐人在汲取淵明精神力量時，往往經過一種比較曲折——從不諒解到理解的嚮往的過程。王維就是其中最能體現這樣過程的代表人物。

做為田園詩人的中堅人物王維，四十歲之前，「平生多志氣，箭底覓封侯」（〈塞上曲〉），隨時洋溢著獻身政治的熱情。試看他那「回看射雕處，千里暮雲平」（〈觀獵〉）的豪情壯志，就可了解到其人的旺盛企圖心。後來政局驟變，情勢逆轉，王維在惶惶不安中，寫下了「既寡遂性歡，恐招負時累」（〈贈從弟司庫員外絿〉）的憂戚，這時才開始想學淵明棄官歸田：「不厭尙平婚嫁早，卻嫌陶令去官遲。」（〈早秋山中作〉）在另一首詩中，王維也揭露了這種心跡：

> 伯舅吏淮泗，卓魯方喟然。悠哉自不競，退耕東皋田。條桑臘月下，種杏春風前。酌醴賦歸去，共知陶令賢。（〈送六舅歸許渾〉）

在「兼濟」無望下，轉向「獨善」，又希望能得其中之悠游，古今唯有陶淵明有此風範，所以，才會引發王維嚮往學習之情。這種認同、傾慕，與摩詰早年詆譏淵明「不爲五斗米折腰」是「一慚之不忍」，以至招來「屢乞而慚」的終身羞辱的見解，根本是無法相提並論的。顯見時人對淵明的相契，輒是在人生進退矛盾、衝突最爲強烈時，感知也才最深刻。

又如李白，其求仕道路也彷彿孟浩然，荊棘叢生，寸步難行。即使在唐代政權已有走向下坡的跡象時，李白仍帶有強烈的「濟蒼生，安社稷」之想，仍然不願放棄求索機遇。所謂「余亦草間人，頗懷拯物情」（〈讀諸葛武侯傳書懷〉），便眞實傳達出他的用世之志。這種「撫劍夜吟嘯，雄心日千里」、「誓欲斬鯨鯢，澄清洛陽水」（〈贈張相鎬〉其二）的激情，自是教詩仙無法認同淵明的獨善隱居。即使在已屆花甲之年時，太白還是存有這種「摧妖氛」、平叛蕩寇的英雄氣概，這也就是爲何他會對陶公的隱居行爲發出「齷齪東籬下，淵明不足群」（〈九日登巴陵置酒望洞庭水軍〉）的背景原因。換言之，這種看法乃是詩仙在「東山高臥時起來，欲濟蒼生未應晚」（〈梁園吟〉）的人生哲學下，衡量淵明的必然結果。

但在生活的經營上，李白又不自主地對淵明的書琴自娛、飲酒賦詩的閒逸人生態度，產生企慕之情。這是因爲李白本身也具有放達浪漫的情性特徵，所以，才有因「性之所近」，而生羨焉的不能自已情懷。從其詩詠淵明如：「崔令學陶令，北窗常晝眠。抱琴時弄月，取意任無弦」(〈崔秋浦〉)、「清風北窗下，自謂羲皇人。何時到栗里，一見平生親」(〈戲贈鄭溧陽〉)、「曲盡杯亦盡，北窗醉如泥」(〈夜泛洞庭尋裴侍御清酌〉)等等，可以發現李白在仕隱道路上，顯達與否，有時便會成爲他對淵明隱居能否同情的理解關鍵。當日他被謗離長安後，在深感人生不如意下，難免會有歸隱之念。這時詩仙對淵明的隱逸行爲，也就會有比較不同的評價：「功成拂衣去，歸入武陵源」(〈登金陵冶城西北謝安墩〉)、「陶令八十日，長歌歸去來」(〈當涂趙炎少府粉圖山水歌〉)。這種評價高低的矛盾，透露出盛唐文士始終以功名爲念的心理特色。在他們的眼中，淵明只是他們舒解心中不平衡的一帖良劑，未必對淵明的人生有眞實的了解。即使如此，我們還是可以看到，李白在淵明的身上所汲取的精神力量，不再只是閒適的人生情趣，也包括「金剛怒目」式的「貞剛」傲骨，所謂「安能摧眉折腰事權貴，使我不得開心顏」(〈夢遊天姥吟留別〉)，這顯示淵明的思想精神，逐漸在唐人中發酵。

相對來說，杜甫的看法就較爲和緩平實。子美出身於「奉儒守官」(〈進雕賦表〉)的家庭，自幼接受儒家思想的薰陶，向來以稷、契自許，冀盼有朝一日能「致君堯舜上，再使風俗淳」(〈奉贈韋左丞丈二十二韻〉)，可說是唐人中典型的儒士君子。他一生憂國憂民，卻因時局漸趨混亂不安，加以個人際遇不佳，進取無門，故困守長安十年，這也造成他對冷酷的現實社會有更深的體會。而長期的苦難磨鍊，讓子美的思想偶爾也會有衝破儒家束縛的時候。他曾激憤地道出：「唐堯眞自聖，野老復何知」(〈秦州雜詩〉其二十)、「儒術於我何有哉，孔丘盜跖俱塵埃」(〈醉時歌〉)，其中感情已從讀書壯游時期的昂揚自信，一轉爲深沈的悲憤不平。肅宗乾元二年後，他飄泊西南，度關隴，客秦州，寓同谷，最後到四川，定居成都浣花溪畔。這一段時間，生活雖相對安定，不過他還是縈懷國事，心繫蒼生。以盛唐末世、中唐的時代背景及子美的種種人生經歷、思想與心理變化過程，對照處於「眞風告逝，大僞斯興」晉、宋時代的淵明，可以發現兩人有許多相似之處。而這種彷彿的背景，正使得詩聖在看待陶公的歸隱時，往往能夠跳出盛唐文士的情志，而以更寬廣的視野，對詩人發出肯定之聲：「鳥雀依茅茨，藩籬帶松菊。如行武陵暮，欲問桃源宿」（〈赤谷西崦人家〉）、「白頭厭伴漁人宿，黃帽青鞋歸去來」（〈發劉郎浦〉）、「黃帽映青袍，非供折腰縣」（〈有懷台州鄭十八司户〉）。雖然，老杜曾在〈遣興〉其三中發言：「陶潛避俗翁，未必能達道。」看似不能諒解陶公的行誼之處，不過，誠如宋人黃庭堅、葛立方所體會的，這只不過是子美的自我解嘲，俗人大可不必認眞〔註 11〕。因此，基本上杜甫對淵明的認識，還是較爲持平而如一的。

中唐以後，國家盛世不再，在政局不穩下，使得知識分子受國事的衝擊也比起初盛唐文士更爲劇烈，「達則兼濟天下，窮則獨善其身」的行事準則，才眞正落實在他們人生的出處上，尤其是後者。因此，淵明棄官歸田的流風遺韻，立刻成爲他們歌詠、效習的對象，也成爲他們失意人生下的一種精神依靠。

白居易是唐人中對淵明最爲景仰、幾乎是一往情深的代表人物。不過其最初對淵明的認識較爲淺薄，所以，有視詩人爲「愛酒不愛名，憂醒不憂貧」飄逸狂士的傾向。甚至在欣賞陶詩時，猶有「篇篇勸我飲，此外無所云」（以上見〈效陶潛體詩十六首〉）之見，顯然未能深入其中三昧。直到其遭受政治挫折和仕途坎坷之後，先前的認識才俱以提升：「不慕樽有酒，不慕琴無弦。慕君遺榮利，老死此丘園」（〈訪陶公舊宅並序〉）、「應須學取陶彭澤，但委心形任去留」（〈足疾〉），

〔註 11〕有關杜甫〈遣興〉一詩所引發的爭議，或宋人的轉圜伸說，詳見第四章第二節二、「世系——悠悠我祖，爰自陶唐」，以及該章註釋 17。

這時樂天先生眼中的淵明乃是一個超越世俗名利，豁朗達道的智者，已然取代了先前不關世情的避隱之士的形象。這也說明白氏正開始以另一種不同於盛唐文士的思考模式，勾描人生的理想藍圖。在〈與元九書〉中，他寫道：

僕志在兼濟，行在獨善，奉而始終之則爲道，言而發明之則爲詩。謂之諷諭詩，兼濟之志也；謂之閒適詩，獨善之義也。

將「獨善」與「兼濟」視爲人生並行的兩條道路，而且均符合「道」的人生原則，這種說法，已經打破了開元、天寶文士以「兼濟」爲上的必然觀念。樂天即是秉此信念，做爲自己參與政治的原則，以及人生處世的哲學。也由此肯定了淵明的歸隱，是「兼濟」未成之下的「獨善」，並不失爲一種正確的人生態度。除此，他還認爲淵明以琴書消憂，詩酒度日，乃是「獨善」下的理想生活方式，體現了詩人高雅的志趣：「書不求甚解，琴聊以自娛」（〈松齋自題〉）、「堂聞陶淵語，心遠地自偏」（〈題吳七見寄〉）、「異世陶元亮，前生劉伯倫。臥將琴作枕，行以鍤相隨」（〈春日閑居〉）、「樽有陶潛酒，囊無陸賈金」（〈閒居貧話〉）、「《周易》休開卦，陶琴不上弦」（〈喜老自嘲〉）、「孟夏愛吾廬，陶潛語不虛」（〈寄皇甫七〉）等。這時淵明在白居易的心目中，除了是知識分子理想人格的最佳典型外，也是文士出處行藏的最佳模式。而在深深折服於淵明人生典範的同時，白居易最終仍忍不住爲詩人被其時代所冷落，感到委屈：「以淵明之高古，偏放於田園。」（〈與元九書〉）其中，或許有著對黑暗現實的遣責，也是對像淵明這樣「猛志逸四海」的文士，未能如願實現自身「大濟蒼生」的價值，深覺無限遺憾。

宋人對淵明的人格傾心，頗與白居易相類，也是將他視爲理想人格的化身來加以稱頌的。他們對淵明思想品格的評議、學習，主要是集中在他對現實政治的態度與處世的哲學等方面。

以「梅妻鶴子」著稱的隱逸詩人林逋就認爲：

陶淵明無功德以及人，而名節與功臣、義士等，何耶？蓋顏子以退爲進，寧武子愚不可及之徒歟。(〈省心錄〉)

將淵明視爲「以無爲行有爲」的仁人志士，所以其所樹立的名節，已然同於功臣義士。這種人生高處，儼然成爲林和靖一生隱居的精神力量之所由。林氏以布衣終身，隱於杭州西湖孤山，無疑是以淵明爲楷模，徹底奉行陶公的人生哲學。

東坡之愛陶、慕陶，是世人有目共睹的，其貶謫黃州後所做的〈江城子〉詞，甚至說：「夢中了了醉中醒，只淵明，是前生。」這與淵明言「縱浪大化中，不喜亦不懼」(〈形影神・神釋〉)的人生態度，近爲相通。由於心境的相彷彿，坡公特別喜愛陶詩，曾毫不隱晦地指出：「吾於詩人無所甚好，獨好淵明之詩。」(〈與蘇轍書〉)早年，他對陶詩也無特別強烈感覺，後來綿歷世事，頗爲物累、情牽後，瞭解到淵明的心志與生活，才幡然大悟詩人的人生境界，也才更熟味出他作品中凡人不到的意趣，感受到他堂廡特大的人生境界。可以說藉由淵明的人生開示，東坡有了反身的自我觀照，始得出「半生出仕，以犯世患，此所以深愧淵明，欲以晚節師範其萬一」(同上)的覺悟。

淵明敢於與現實黑暗決裂，不存幻想，而東坡在北宋政治漩渦中，宦海浮沈，內心矛盾重重，欲隱未隱，欲歸終未歸。儘管他也厭棄官場的爾諛我詐，但總在仕宦與歸田的歧路上徘徊，不能驟下決定。雖然謫居之時，坡公也有躬耕自食的經歷，或補充物質的不足，或做爲「以陶自託」的精神寄寓，但始終不是眞正的退隱。換言之，東坡對政治一直還是存有希冀的：中年謫居黃州時，他曾表示：「世事飽諳思縮手，主恩未報恥歸田。」(〈喜王定國歸第五橋〉)晚年嶺海獲赦北歸時，雖已風燭殘年，卻猶言：「平生多難非天意，此去殘年盡主恩。」(〈次韻王鬱林〉)由是可見一斑。當然，趙宋的政治情勢與六朝晉、宋是不能同日而語的，東坡之所以心繫朝政，常念主恩，也是拜客觀環境所致，因爲他始終無法忘懷當初仁宗、英宗、神宗等對他的欣賞、提舉之恩〔註12〕。而且宋室在當時也並非不可爲，加上他一直是個「奮厲有當世志」（蘇轍〈東坡先生墓誌銘〉）的文士，改革朝政，興廢時事，是他自覺的使命感。所以，要他全然放下，並不容易。何況親友中，也多居官職，或因他屢犯世俗而受連累，他豈能完全無視這等事實存在，然後像淵明一樣「欲仕則仕」，「欲隱則隱」（〈書李簡夫詩集後〉），完全擺脫俗情？或許這也正是東坡雖早悟「長恨此身非我有」（〈臨江仙〉），卻不能引身而退的原因。

淵明高潔的人格，畢竟是東坡所神往的，他一生直把淵明視爲自己的良師益友，特別推崇其守節持志、「雖千萬人吾往矣」的精神品格。在〈錄淵明詩〉一文中，他對〈飲酒〉其九，詩人那一聲「吾駕不可回」的感觸特別深，其中的果斷、毫不動心的堅決，突出了淵明不爲世俗所羈及與物多忤的孤傲個性，東坡特給予極高的評價：

> 此詩叔弼愛之，予亦愛之。予嘗有云：言發於心而衝於口，吐之則逆人，茹之則逆予。以謂寧逆人也，故卒吐之。與淵明詩意，不謀而合。（〈錄淵明詩〉）

這說明東坡對陶公一生行事，不違本心、不屈從世人的行爲準則，特別傾服。而且，從淵明人生中所具有的這項特質，他也發現了自我。雖然自己一生仕途多變，際遇偃蹇，行爲處世必貽俗患，卻仍矢志不願阿附俗流。可見，東坡與淵明，雖隔六百多年，然兩人確實有相通之處。所以，東坡不僅提及：「只淵明，是前生。」甚至還說：「我欲作九原，獨與淵明歸。」（〈和陶貧士〉）連將來身向黃泉時，也要獨與淵明一起，敬愛之深，溢於言表。

宋人中，另一位視淵明爲知己，一往情深的文士，乃豪放詞派大家辛棄疾。辛棄疾中年罷官，在上饒賦閒家居時，嘗謂：「人生在勤，當以力田爲先。」（《宋史・辛棄疾傳》）遂以稼軒名，並自號稼軒居

〔註12〕《宋史・蘇軾傳》稱：「仁宗初讀軾、轍制策，退而喜曰：『朕今日爲子孫得兩宰相矣。』神宗尤愛其文，宮中讀之，膳進忘食，稱爲天下奇才。二君皆有以知軾，而軾卒不得大用。」仁宗、神宗對東坡的欣賞，確實教東坡深爲感知、無法忘情。

士。這項名號，明眼人即可看出乃是學陶的結果。淵明〈勸農〉詩：「民生在勤，勤則不匱。」〈移居〉其二也說：「衣食當須紀，力耕不吾欺。」這些都是「稼軒」名由的注腳。不惟如此，稼軒還據〈歸去來兮辭〉一文，在帶湖新居田邊立「植杖亭」；後又在瓢泉新居以「停雲」名其堂，并闢一徑爲「停雲竹徑」；甚者，屢屢登臨傅巖叟所建的「悠然閣」，並賦詞以寄意，有「到君家，悠然細說，淵明重九」（〈賀新郎・題傅巖叟悠然閣〉）的遐想。可見在稼軒的生活情境中，到處有淵明的影子，或嗜酒，或賞菊，或撫琴，或賦詩。從他形容自己的居處是「種柳已成陶令宅」（〈滿江紅・壽趙茂嘉郎中，前章記兼濟倉事〉）來看，其學淵明是極爲徹底的，果眞是「傾白酒，繞東籬，只於陶令有心期」（〈鷓鴣天・重九席上作〉）。

可貴的是，稼軒雖然愛陶，並在淵明身上寄寓很多個人的理想和情操，但這種移情，不但沒有讓稼軒筆下的淵明，失去個人特色，反而有愈發浮顯其人生眞象的可觀成績。在〈水調歌頭・九日遊雲洞，和韓南澗尚書韻〉一詞中，他顯現淵明的人生形象是 —— 一個胸懷正氣，壯懷激烈的英雄豪傑：

> 淵明謾愛重九，胸次正崔嵬．酒亦關人何事，政自不能不爾，誰道白衣來。醉把西風扇，隨處障塵埃。

其中氣魄，隱士少有。稼軒是以自己的濟世之懷直視淵明，所以，自然容易看到詩人激烈豪放的一面。因此，淵明在隱士外衣下的「幽恨」、「歸來意」及「吾儕心事」，稼軒也就特別容易感知。不僅如此，有關詩人的政治立場，稼軒也有不同於前人或時人的新見。〈鷓鴣天・讀淵明詩不能去手，戲作小詞以送之〉一詞且道：「都無晉、宋之間事，自是羲皇以上人。」以詩解，桃源中人對易代的看法是：「不知有漢，無論魏晉。」適爲淵明本身的政治立場寫照。他對晉、宋兩朝的態度或爲有異，但俱爲不滿，則是事實。所以，淵明心中，何嘗有晉、宋？前人屢道其念念不忘晉室，必以晉臣自居，而對劉宋採取不合作的態度，這無非是強將「忠晉」硬套詩人身上，已違淵明原始心志。稼軒的理解，既客觀又符合詩人眞實的人生圖貌，以做爲淵明知己而言，稼軒無愧矣。

另外，我們還可以看到，在稼軒之前，文士從淵明「醉酒東籬」的行動上，得到最多的開示，仍是偏向於所謂的閒適與悠然。很多知識份子在政治失意或漸近晚境時，往往到陶詩中，尋找精神寄託，與淵明產生感情上的共鳴，如蘇軾：「且待淵明賦歸去，共將詩酒趁流年。」(〈寄黎眉州〉) 就是一例。像稼軒這樣，專注於詩人積極進取、振作奮起之一面者，在南宋之前，其實並不多見。這與時代的政局走向、人們的精神情貌、個人的思想狀態，是有著密不可分的聯繫。與稼軒情誼頗深，是一個具有憂患意識與進取精神的思想家朱熹，也特別注意到陶詩令人「不覺」的「自豪放」(《朱子語類》卷一百四十)。因此，他筆下的淵明正是一個高士忠臣的化身：

> 先生人物魏晉間，題詩便欲傾天慳。向來無地識眉宇，今日天遣窺波瀾。平生尚友陶彭澤，未肯輕爲折腰客。胸中合處不作難，霜下風姿自奇特。小儒閱閫金匱書，不滯周南滯海隅。枌榆連陰一見晚，何當挽袖凌空處。(〈題霜傑集〉)

在辛、朱兩人的眼中，淵明除了是「悠然見南山」飄飄然的棄俗隱者外，他更是一個「猛志逸四海」伉爽兀傲的豪宕志士，這才是淵明全人的寫眞。

相似的見解，也見諸在一生始終「未敢隨人說弭兵」(〈書憤〉) 的陸游身上。陸游一生甚愛陶詩，曾言年十三四時，喜讀淵明詩，至「欣然會心，日且暮，家人呼食，讀詩方樂，至夜，卒不就食」(〈跋淵明集〉)，已到廢寢忘食的境地。之後，他也多次強調「學詩當學陶」(〈自勉〉)、「我詩慕淵明」(〈讀陶詩〉)，可見他愛陶詩之至。對陶公的看法，也一如辛、朱二人，既視其悠然之妙：「君看『夏木扶疏』句，還許他人更道否」(〈讀陶淵明詩〉)、「千載無斯人，吾將誰與歸」(〈讀陶詩〉)，更嘆其節義之高：「節義實大閑，忠孝後代看。汝雖老將死，更勉未死間。」(〈自勉〉) 這等見識，與稼軒慨言：「須信此翁未死，到如今凜然生氣。」(〈水龍吟〉) 如出一轍，頗能代表南宋豪放派詞人一系，對淵明人生思想的體會與實踐。

是知淵明在宋人心目中，無論道德或文章，皆評價甚高，堪稱師表。他們對淵明思想的體認，也遠較前人深廣，其中有些卓見，確實有示人以淵明眞面目之功。陶公精神所以能超越時代而融匯在民族精神之中，與稼軒、朱熹等人的看法，有一定的關係。每當民族與文化面臨危機之時，知識份子難免會從淵明精神中，汲取回應危機的挑戰勇氣與力量，如宋末民族英雄文天祥，就是最好的例子〔註13〕。就一點來看，淵明思想所具有的盛大感染力，已是前代詩人所無法比擬的。

二、創作著述方面

淵明除了在思想、人品上，給予後人深刻影響外，唐、宋文人在藝術方面，也是極盡推崇陶詩的。如杜甫詩吟：「焉得思如陶謝手，令渠述作與同遊。」(〈江上値水如海勢短述〉) 又如相當稱賞淵明爲人與志趣的白居易，對陶詩更是嗜愛有加，隨身攜帶：

> 風竹散清韻，煙槐凝綠姿。日高人吏去，閑坐在茅茨。葛衣禦時暑，蔬飯療朝飢。持此聊自足，心力少營爲。亭上獨吟罷，眼前無事時。數峰太白雪，一卷陶潛詩，人心各自是，我是良在玆。迴謝爭名客，甘從君所嗤。(〈官舍小亭閑望〉)

樂天先生所以甚愛陶詩，除了繫乎思想因素外，也因淵明「文思高玄」，所以，每每令其有「因高偶成句，俯仰愧高山」(〈題潯陽樓〉) 之想。司馬遷在《史記・孔子世家》中引《詩經・小雅・車舝》兩句詩：「高山仰止，景行行止。」將孔子比作高山，以表達其對孔子的崇敬嚮往之情。白居易這兩句詩也是將淵明及其作品喻爲「高山」，流露出無限敬仰之意。這種讚譽直至晚唐猶爲不墜。詩人鄭谷有〈讀前集二首〉，其二云：

〔註13〕請參考第五章第三節二、「生活實踐 —— 守節固窮」，有關文天祥的部分。

> 風騷如線不勝悲，國步多艱即此時。愛日滿階看古集，只應陶集是吾師。

以陶淵明詩文為個人師法的最高典範，可見唐人早已走出鍾嶸《詩品》評第的陰影，直窺詩人詩學之成就。

由於唐代文學無論在創作的題材開拓或內容意境上，都有可觀的成績。其時追求清新自然與渾然天成的審美趣味，也迥異於六朝的富艷繁密。所以，淵明自然本色的作品，立刻受到唐人的青睞，開始有意識地接受陶詩的沾溉影響：或吸收其內容，化用其詩意；或沿續其題材，出為一詩派；或追摹效仿其體製，開一代之風氣等。這些作品不乏如精金美玉者，的確助成了唐詩、散文蔚為大觀的藝術特色。

王績是唐人中，第一位極力模仿陶公為人生活及其詩的作家。他之所以成為中國詩歌史上第一位全力仿陶者，除了緣於個人傾慕之情外，也與其隱士身份有很大的關係。唐初以宮廷創作為中心的詩壇上，流行的正是融合南北典麗謹嚴的詩風，這顯然與隱士生活不合。前人中，唯有陶詩最能呈顯隱者的精神特質，所以，才促使王績有用力追摹之想：

> 追道宿昔事，切切心相于。憶我少年時，攜我遊東渠。梅花夾兩岸，花木何扶疏。同志亦不多，西莊有姚徐。（〈薛記室收過莊見尋〉）

其中有不少語句是從陶詩中變化過來。而後人對其詩評所以不差，主要也是因其詩雖力摹淵明，但卻能掌握其中自然簡樸的風格特色，有時也能達到維妙維肖的地步，如〈田家〉三首，便是此中之代表：

> 阮籍生涯懶，嵇康意氣疏。相逢一飽醉，獨坐數行書。
> 小池聊養鶴，閒田且牧豬。草生元亮徑，花暗子雲居。
> 倚床看婦織，登壟課兒鋤。回頭尋仙事，併是一空虛。
>
> （其一）
>
> 家住箕山下，門枕潁川濱。不知今有漢，唯言昔避秦。
> 琴伴前庭月，酒勸後園春。自得中林士，何忝上皇人。
>
> （其二）

平生唯酒樂，作性不能無。朝朝訪鄰里，夜夜遣人酤。
家貧留客久，不暇道精麤。抽簾持益炬，拔簀更燃爐。
恒聞飲不足，何見有殘壺。　　　　　　　　（其三）

另外，在散文方面，王績也有仿陶之作。如〈五斗先生傳〉:「先生絕思慮，寡言語，不知天下有仁義厚薄也。」這類自我寫生的創作靈感，正是得力於淵明〈五柳先生傳〉的一項明證。

盛唐文人中學陶，又能得陶之神韻者，以孟浩然最爲出色。〈過故人莊〉一詩，後人屢屢將其與淵明〈飲酒〉其九:「田父有好懷，壺漿遠見候」、〈歸園田居〉其二:「相見無雜言，但道桑麻長」並舉，認爲彷彿出自一人之手。其實，仔細較論其中人生經歷背景、詩歌的意趣，仍然可以察覺其中的「貌同而神異」，雖是幾微，然各爲特色，陶不爲孟，孟不爲陶，乃是事實。

王維的田園詩，以〈渭川田家〉爲代表，亦頗近似陶詩〈歸園田居〉的構思，多表現田園安寧，閒靜的清幽境界。但在意境上，陶詩重在田園生活之意趣，飽含作者對鄉村的熱愛及依戀之情，是寫景中之趣，主觀色彩濃厚，「其中有人，呼之欲出」；而唐人重在田園山水之情景，擅於概括景物給人的直覺、強烈印象，從而托出全詩意境，乃是繪詩中之畫，客觀印象較深。《紅樓夢》第四十八回寫香菱與黛玉論詩，就曾對淵明與王維詩做過一番有趣比較，頗能道出兩者差別之處〔註14〕。

從陶詩田園詩中汲取寫作題材與養分者，還包括儲光羲。其〈田家即事〉詩:「蒲葉日已長，杏花日已滋。老農安看此，貴不違天時」、「滿園種葵藿，繞涯樹桑榆。禽雀知我閒，翔集依我廬」，不論題旨、句式，皆酷似淵明，其受陶詩之啓迪，不辨自明。

〔註14〕《紅樓夢》第四十八回寫香菱和黛玉論詩，黛玉指出王維的「渡頭餘落日，墟里上孤煙」雖是套用了陶詩，但她仍然覺得淵明的「曖曖遠人村，依依墟里煙」，事實上是比王詩更「淡而現成」，黛玉的意思蓋指陶詩在「天然渾成」這一點上，乃是勝過王詩的。但在場的香菱卻僅理解爲:「原來『上』字是從『依依』上化出來的。」

另外一位深受淵明寫作影響的人，是李白。許多人但從〈月下獨酌〉:「花間一壺酒，獨酌無相親，舉杯邀明月，對影成三人。」〈春日獨酌〉:「孤雲還空山，眾鳥各已歸，彼物皆有託，吾生獨無依。對此石山月，長醉歌芳扉。」看出太白詩是脫自淵明〈雜詩〉其二:「欲言無予和，揮杯勸孤影。」〈詠貧士〉其一:「萬族各有託，孤雲獨無依。曖曖空中滅，何時見餘暉。朝霞開宿霧，眾鳥相與飛。」由此舉言其中之選材、構思、遣詞造句的相仿，定其一脈相承的關係；以同樣類比的方式，可以看出其中習染陶詩之跡者，還包括杜甫的詩作。子美在〈飲酒〉其五中，曾寫道:「雖有車馬客，而無人世喧。」係就陶詩〈飲酒〉其五:「結廬在人境，而無車馬喧」一轉，巧妙使事，另有一番味道。雖然這些意見大致無誤，確實是察而有徵的。不過，值得注意的是，愈是天才橫溢的作家，其高妙處，誠在於學習前人而不露痕跡、不易爲人所知，李白就是最好的例子。

李白詩集中，不僅沒有一首是以擬陶、效陶爲題，而且其詩的主體風格也是豪放飄逸，與淵明的自然平淡似乎了不相類。但這只是表面的差異，事實上身爲詩人大家，除了主體風格之外，也往往具有其他多樣性的風格。李白受陶詩影響最深者，莫過於〈古風〉五十九首的創作。這類組詩在寫作上有明顯繼承阮籍〈詠懷詩〉及陶淵明〈飲酒〉詩的深刻痕跡，其中感情或是隱蔽而曲折，托物寓意，俱在表現作者內心的情志。此外，諸作的共同特色在於均以五言古體創作，而且不事雕琢，風格質樸自然。淵明在〈飲酒〉詩中，即表現出由出仕到歸隱生活的許多觀感體驗，包括對混濁現實的不滿；藝術表現上，因爲采取較爲隱曲的方式，所以，蕭統才會指出:「吾觀其意不在酒，亦寄酒爲跡者也。」(〈陶淵明集序〉) 這是因爲詩人身處黑暗，恐罹禍事，不得不托於「醉」，如此，始可「粗遠世故」(《石林詩話》卷下)。李白在〈古風〉中直接暴露社會醜陋處，正與淵明對現實的指摘極爲相似。不過相形之下，李白的感嘆還是比較激烈而明白，這是因爲他所處的時代遠較於淵明開明，而且文網寬疏的緣故，所以，也就不至於「躑躅不敢言」了。再細看二作的思想感情，也可以發現有許多切近的地方：如歌詠「固窮守節」的堅定信念，淵明是「竟抱固窮節，飢寒飽所更」（〈飲酒〉其十六）。李白是「勖君青松心，努力保霜雪」（〈古風〉其二十），彼此托物言志，相當明顯。這都可以看作是李白詩歌學習陶詩的一些蛛絲馬跡。所以，當乾隆皇帝弘曆領銜編選《唐宋詩醇》時，對李白詩就常常出現以下的評語：

> **〈獨酌·三月咸陽城〉**：置之陶〈飲酒〉中，眞趣復相似。
>
> **〈下終南山過斛斯山人宿置酒〉**：此篇及〈春日獨酌〉、〈春日醉起言志〉等作，逼眞泉明（即淵明）遺韻。

可見李白學陶是如何眞切！據此也就不難理解清人李調元爲何發出「李詩本陶淵明」（《雨村詩話》）的絕對之說。

在許多效陶、仿陶的詩人群中，韋應物的表現同樣是教人刮目相看。

代宗大曆年間，詩壇主要的代表爲劉長卿和「十才子」之流。因爲時代精神的差異，此期詩歌早已失去盛唐的壯闊氣象，有趨於王、孟一派清淡詩風的傾向，不過卻缺乏他們那種寧靜而充滿生機的境界，而且題材、風格也較爲單調，雖多寫自然景物及鄉情旅思，卻更多流露出「曲終人不見，江上數峰青」（錢起〈省試湘靈鼓瑟〉）空靈而略帶些許悵惘的情味。另外，大曆詩壇也有一條詩歌路線是與「十才子」迥然相異的，那就是元結一類繼承《詩經》、樂府傳統，具有強烈現實主義精神的詩作，質樸淳厚，筆力遒勁，頗具特色〔註15〕。韋應物雖屬此期傑出詩人，但其詩歌特色則又超軼於兩派之上。其田

〔註15〕元結詩歌內容雖富現實性，古質眞樸，不過有些篇章在反映社會問題上，有刻意記事達意之嫌，所以，歷來評價不一。肯定者，如施補華：「詩忌拙直，然如元次山〈舂陵行〉、〈賊退示官吏〉諸詩，愈拙直愈可愛。蓋以仁心結爲眞氣，發爲憤詞，字字悲痛，〈小雅〉之哀音也。」（《峴傭說詩》）批評者，如翁方綱：「次山稱文章之弊，煩雜過多，欲變淫靡，以繫〈風〉、〈雅〉。然其詩樸拙過甚，此乃棘子成疾周末文勝，等虎豹犬羊爲一者也。天寶、至德之際，英哲相望，似未可盡以文勝抹之。」（《石洲詩話》卷一）

園山水詠作，前人有「今之秉筆者誰能及之」（白居易〈與元九書〉）的讚嘆，是繼陶淵明、謝靈運、王維、孟浩然之後，「高雅閒淡，自成一家之體」者（同上）；南北宋之際的韓駒，就極度稱揚其詩：「清深妙麗，雖唐詩人之盛，亦少其比。」（《苕溪漁隱叢話》前集卷十五引）誠爲如此，所以才高意遠的東坡，除了傾心於陶詩外，對韋詩也是稱譽有加，曾言：「樂天長短三千首，卻愛韋郎五字詩。」（葛立方《韻語陽秋》卷一引）並爲文指出韋氏詩歌的最大特色：

> 李、杜詩後，詩人繼作，雖間有遠韻，而才不逮意。獨韋應物、柳宗元，發纖穠於簡古，寄至味於淡泊，非余子所及也。（〈書黄子思詩集後〉）

這種「發纖穠於簡古，寄至味於淡泊」的詩歌美質，其實與東坡稱陶詩是「外枯而中膏，似澹而實美」（〈評韓柳詩〉），有著相同的審美趣味內涵。後人也多視東坡的看法爲眞知灼見，明初宋濂就承坡公之說，指出韋詩：「一寄穠鮮於簡淡之中，淵明以來，蓋一人而已。」（〈答章秀才論詩書〉）足見韋蘇州在規模陶詩方面確實取得相當可觀的成績。這種追倣的意圖，也可由《韋蘇州集》中擬陶之篇特別多見，找到堅實的證據。如：

> 攜酒花林下，前有千載墳。於時不共酌，奈此泉下人。始自翫芳物，行當念徂春。聊舒遠世蹤，坐望還山雪。且逐一歡笑，焉知賤與貧。（〈與友人野飲效陶體〉）

其中造語頗類淵明的〈諸人共遊周家墓柏下〉一詩：「今日天氣佳，清吹與鳴彈。感彼柏下人，安得不爲歡？清歌散新聲，綠酒開歡顏。未知明日事，余襟良已殫。」仔細品味，旨趣亦暗合，均爲意到語隨之筆。

其實韋應物對淵明的深切嚮往，不僅由其詩作上有「效陶體」之舉可以看出，而且從其生活上曾明確地表明要「慕陶」與「等陶」，也可見諸一斑：

> 吏舍跼終年，出郊清曠曙。楊柳散和風，青山澹吾慮。依叢適自憩，緣澗還復去。微雨靄芳原，春鳩鳴何處。樂幽

> 心屢止，遵事跡猶遽。終罷斯結廬，慕陶眞可庶。(〈東郊〉)
> 絕岸臨西野，曠然塵事遙。清川下邐迤，茅棟上岧嶢。玩月愛佳夕，望山屬清朝。俯砌視歸翼，開襟納遠飆。等陶辭小秩，效朱方負樵。閒遊忽無累，心跡隨景超。明世重才彥，雨露降丹霄。群公正雲集，獨予忻寂寥。(〈灃上西齋寄諸友〉)

這些都足以顯示韋氏在「得其一偏，又多其性之似者」(趙秉文〈答李天英書〉)下，由愛陶而學陶的努力用心。

韋詩這種「淡然無意」的特色，確實得到後人極高的評價，不僅被推許爲「天籟」(《唐詩別裁》卷三)，而且還認爲其中「眞率之氣自不可掩」(清・喬億《劍溪說詩》卷上)，特視他爲淵明亞流。這種比配的聲音，從白居易慨言：「蘇州及彭澤，與我不同時」(〈自吟拙什因有所懷〉)、「常愛陶彭澤，文思何高遠。又怪韋江州，詩情亦清閒」(〈題潯陽樓〉)，將兩人詩歌並舉起，就不斷地在歷朝文士間流布。如：

> 後人學陶，以韋公爲最深，蓋其襟懷澄淡，有以契之也。(清・施補華《峴傭說詩》)
>
> 韋公古淡勝於右丞，故於陶爲獨近。如：「貴賤雖異等，出門皆有營」、「微雨夜來過，不知春草生」、「寧知風雨夜，復此對床眠」、「不覺朝已晏，起來望青天」，如出五柳先生口也。(同上)

而《四庫全書總目》也歸結道：「五言古體源出於陶，而鎔化於三謝。」足見韋詩學陶，得其氣象，已爲後來文士所默許。誠如葉矯然《龍性堂詩話・續集》所稱：「韋詩古淡見致，本之陶令，人所知也。」清康熙年間奉敕編纂的《全唐詩》也說：「其詩閒澹簡遠，人比之陶潛，稱陶韋。」這些至評，正充分說明了韋應物在學陶、擬陶上的成績確實是極爲可觀的。

另外，後人也多以爲其詩歌是繼承淵明傳統，且與王維、孟浩然、韋應物並稱的詩人，乃柳宗元。雖然，柳詩數量僅一百四十多首，皆是貶謫以後所作，偏於抒情，但藝術成就頗高。其學陶得力處，主要是指五古〈首春逢耕者〉、〈溪居〉、〈飲酒〉、〈讀書〉、〈感遇〉、〈詠史〉、〈詠三良〉及〈詠荊軻〉等篇。其中思想內容與陶詩相近，語言也較樸質，所以東坡認爲其特色與韋應物一樣，均是「發纖穠於簡古，寄至味於澹泊」（〈書黃子思詩集後〉）；甚至，猶有凌駕韋氏之勢：

> 柳子厚詩在陶淵明下，韋蘇州上。退之豪放奇險則過之，而溫麗精深不及也。所貴乎枯澹者，謂其外枯而中膏，似澹而實美，淵明、子厚之流是也。（〈評韓柳詩〉）

可見柳詩「至味」處，上達淵明者流。以東坡對陶詩的推崇，顯見這種評價是極高的稱譽。不惟東坡，楊萬里也說：「五言古詩雅淡而味深長者，陶淵明、柳子厚也。」（《誠齋詩話》）明人胡震亨《唐音癸籤》也引前人之說，特指出：柳詩「至味自高，直揖陶謝」（卷七，引《西溪詩話》）。以柳氏的五古詩作再配合諸家的審美意見，都可以了解到子厚在追摹陶詩沖淡上所下的詩學工夫。

唐人中，眞正在詩作上清楚表明擬陶、效陶者，實爲白居易，後人也多指其爲唐代擬陶大師。元和九年，白氏在故里閒居時，曾一氣呵成作〈效陶潛體詩〉十六首，詩前序云：

> 余退居渭上，杜門不出，時屬多雨，無以自娱。會家醞新熟，雨中獨飲，往往酣醉，終日不醒，懶放之心，彌覺自得，故得於此，而有忘彼者。因詠陶淵明詩適當意會，遂效其體，成十六篇，醉中狂言，醒則自哂，然知我者亦無隱焉。

這篇序，與淵明〈飲酒〉詩序極爲相似，摹擬淵明的精神意趣是相當明顯的。又如〈香爐峰下新置草堂即事詠懷題於石上〉一詩，曾寫道：

> 言我本野夫，誤爲世網牽。時來昔捧日，老來今歸山。倦鳥得茂樹，涸魚反清源。舍此欲焉往，人間多艱險。

這種還鄉心情與〈歸去來兮辭〉中所言，如出一轍，在在都點出白居易學陶的用心。

有了前人的開拓成績後，加以時代背景因素，宋人擬陶、和陶的風氣，更爲熾盛。東坡和陶詩作之夥，前後竟成百餘篇，蔚爲宋人之冠。

東坡和陶之作雖不是始於貶謫嶺海之時，但數量最多、最集中，則為此時。在這段期間裡，他特將陶詩與柳文，視為「南遷二友」，並且依韻，盡和陶詩。洵如前面所言，淵明因生活在動盪不安的東晉，自己又「性剛才拙，與物多忤」(〈與子儼等疏〉)，不肯「違己交病」(〈歸去來兮辭並序〉)，為「五斗米折腰向鄉里小兒」(《宋書‧隱逸傳》)，所以矢志選擇棄官歸田。而東坡因進言變法得失，才高名大，敢於直言勸諫，所以才會身陷囹圄，造成日後輾轉流落凡二十餘年，以貶謫終老。這種人生際遇與仕宦出處經歷，使得他晚年特別能夠感知淵明心意，所以才「盡和其詩」，這就是東坡〈和陶詩〉的產生背景。

雖然東坡的〈和陶詩〉在藝術表現上，也能達到情景交融、詩情濃郁的藝術境界，但兩人的思想，終究是有別的。淵明最後還是歸身田園，守節固窮，而東坡在屢踣之下，充其量只能借助大自然景物寓情言志，以渲心中之惆悵。雖然他也曾有「與漁樵雜處」，躬耕田園的經驗，體會「人間無正味，美好出艱難」(〈和陶西田穫早稻〉)的田園辛苦。但淵明是完全以此維持生活，東坡畢竟還具備「人臣」身份，即使是任黃州團練副使一類的小官，也還有「尚費官家壓酒囊」(〈初到黃州〉)的官俸之實。所以，他的躬耕，或是做為物質的補充，或是一種「以陶自託」的精神生活表現，實質上與淵明還是有所分別的。

另外，即使同為詠懷，淵明的〈詠荊軻〉是「金剛怒目」的名作，而東坡的和作則是以犀利目光洞識歷史眞相，評判人物功過，指責燕太子丹將國家委交有勇無謀又劍術不精的荊軻，乃失智、輕率之舉，所以，他認為「荊軻不足說」。陶詩原作是托志言情，意欲點出荊軻之「猛志」，東坡則含憤議事，力斥燕丹之「寡謀」、荊軻之「無術」。所以，在內容思想上，也是不盡然相同的。

由於東坡在當時文壇具有舉足輕重的地位，實乃文林泰斗。因此，在他的示範帶動下，唱和陶詩蔚為一時風氣。相傳北宋建中靖國元年，東坡〈和歸去來〉，才到京師，其門下賓客立刻爭相唱和，均自謂得意。胡仔《苕溪漁隱叢話》紀錄當時情形是:「陶淵明紛然一日滿人目前矣。」而「淵明自作〈挽辭〉,秦太虛亦效之」,最後胡仔評曰:「余謂淵明之辭了達,太虛之辭哀怨。」可見爾時盛況。相似的情形也見於晁以道的〈答李持國書〉:

> 足下愛淵明賦〈歸去來辭〉,遂同東坡先生和之。僕所未喻也。建中靖國間,東坡和〈歸去來辭〉,初至師京,其門下賓客從而和者數人,皆自謂意也。陶淵明紛然一日滿人目前矣。參寥忽以所和篇示余,率同賦。謝之曰,童子無居位,先生並無行,與吾師共推東坡一人於淵明間可也。參寥即索其文,袖之。出吳音曰:罪過,吾悔不先與公話。今輒以厚於參寥者爲子言。昔大宋相公謂陶公〈歸去來〉是南北文章之絕唱,五經之鼓吹。近時繪畫〈歸去來〉者,皆大聖,變和其辭者如即事遣興小詩,皆不得中正者也。(陶澍集注《靖節先生集》卷五引)

說明當時唱和風氣之盛,但陶詩是豪華落盡的平淡,返樸歸眞的自然,這是出於淡泊、毫無芥蒂的胸襟所致,很難從藝事上去學習。東坡晚年學陶,所以仍具境界之因,乃因其天分極高,人品亦爲磊落,有「氣象崢嶸,采色絢爛」(東坡〈與二郎侄書〉)的才情做基礎,才沒有老人的衰颯,或流於眞正的「枯淡」,這也是很難學步的。如果說,東坡學陶詩都難免有「造」的痕跡,則後人的追摹成績,更是可想而知。所以晁以道才認爲和陶之作中,「推東坡一人於淵明間可也」,這正說明他人是無足論者。不過,朱熹則持不同的見解,他認爲陶詩的自然境界,單靠模仿是不可能的,所以,即使是東坡的和作,他也深不以爲然:

> 淵明詩所以爲高,正在不待安排,胸中自然流出。東坡乃篇篇句句依韻而和之,雖其高才,似不費力,然已失其自然之趣。(陶澍集注《靖節先生集・諸本評陶彙集》)

以「自然」做爲詩作的極詣來說,朱熹認爲東坡和陶之作模仿痕跡大露,「失其自然之趣」,難言成就。看來,在朱子的觀念中,和陶之作既是難爲，也不必去爲，因爲其中既是刻意和作，模仿乃是事實，就不可能達自然之境〔註16〕，況且無此等胸襟，也是無法「不待安排，胸中自然流出」。

持平而論，東坡〈和陶〉之作，由衷表達出自己對淵明其人與其作的傾慕。時代的不同，經歷的差異，即使性格相近，也無法成其似，這一點，東坡不是不知，否則其於〈詠荊軻〉和作中，爲何另彈別調，不再繼踵淵明之見？顯然所謂的「和作」，主要還是就各人情性、思想懷抱之所近，抒發感想，其中自具的，還是本人的血肉精神，還是必須有「有我」，亦即「本色」的存在，否則千人一律，不過加速「文字之衰」而已！東坡本身對「好使人同己」的作法，就不表贊同，認爲人的情性，各有不同，不能互相取代，否則就如同「荒瘠斥鹵之地，彌望皆黃茅白葦」（〈答張文潛書〉）一樣，無什價值。所以，朱熹所發表的意見，未必是完全針對東坡，而是抓住了時人一窩蜂和陶，強力爲之，已失自然之趣的最大弊病。因爲東坡本身的和作，所追求的，並非是字字的規摹，不同於後人的句句錙銖。是故，如果硬取陶詩來

〔註16〕不惟朱熹對世人的和作、擬作表達不滿，葛立方也批評過韋應物的擬陶之作：「淵明落世紛紛深入理窟，但見萬象森羅，莫非眞境，故因見南山而眞意具焉。應物乃因意淒而採菊，因見秋山而遺萬事，其與陶所得異矣。」（《韻語陽秋》）蔡啓也認爲：「淵明詩唐人絕無知其奧者，惟韋蘇州、白樂天嘗有效其體之作。而樂天去之亦自遠甚。（文宗）太和後，風格頓衰，不特不知淵明而已。」（《蔡寬夫詩話》）不只宋人不能認同唐人學陶的成績，以金人來說，也曾不假顏色地批評了宋人的學陶之舉。王若虛就繼承了朱熹的思想，認爲追摹古人之作是難出佳篇的。他甚至點名了蘇軾：「東坡酷愛〈歸去來兮辭〉，既次其韻，又衍爲長短句，又裂爲集字詩，破碎甚矣。」（《滹南詩話》）鄙薄之意，見乎其辭。基本上，世人學陶，因多僅及皮毛，丟掉了精神實質，所以才會受到文士們的訾議批評。儘管其中有些意見仍有待商榷，不過，信乎晁補之所言：「陶淵明泊然物外，故其語言多物外意。而世之學淵明者，處喧爲淡，例作一種不工無味之辭，曰：『吾似淵明。』其質非也。」無淵明的胸次、人生境界，空爲文字造境，的確只是文子技巧的賣弄而已，如此一來，佳作也就愈來愈少。可見即使擬作、和作，艱難之處，是不下於一般詩作，甚至是有過之的。

核對東坡之作，按號碼入座，似乎也有違作者和作的動機。以此來看楊萬里對和作所抱持的欣賞態度，就讓人十分激賞。

在〈西溪先生和陶詩序〉中，誠齋先生提到淵明〈九日閒居〉詩：「塵爵恥虛罍，寒華徒自榮。」東坡和作爲：「鮮鮮霜菊豔，溜溜糟床聲。」而西溪先生也和云：「境靜人亦寂，觴至壺自傾。」這時其兒問此兩人和陶，誰得似時，誠齋先生的回答是：

> 小兒何用強知許事。淵明之詩，春之蘭，秋之菊，松上之風，澗下之水也。東坡以烹龍庖鳳之手，而飲木蘭之墜露，餐秋菊落英者也。西溪操破琴，鼓斷絃，以寫松風澗水者也。似與不似，余不得而知也。

指出和詩的高下，不宜以「似」或「不似」爲衡量的標尺。這正是從個人情性特質不宜求同出發，欣賞不同的美質。這種文藝見解是相當成熟而合理的。

所以，東坡學陶的意義，可以說不似陶，陶自陶，蘇自蘇，但其中有繼承，有變化，更重要的是有創造，因此能夠從而形成自己獨特的藝術個性，這即是本色之所在。這種特質，也同樣見諸於辛棄疾的身上。

辛棄疾在抓取了陶詩恬淡而豪放的藝術風格後，立刻加以借鑑，或以詩爲詞，或以文入詞，俱不失詞之本色。例如陶詩〈飲酒〉其五「結廬在人境」一詩，辛棄疾將其中意趣隱括之後，完成〈清平樂·檢校山園，書所見〉一詞：

> 連雲松竹，萬事從今足。拄杖東家分社肉，白酒床頭初熟。西風梨棗山園，兒童偷把長竿。莫遣旁人驚去，老夫靜處閒看。

淵明曾有「悠然見南山」句，「悠然」心境十分貼近隱士身分，而辛棄疾則曰「閒看」，看似當時也有「意與境會」的閒適自得。但明白兩人經歷、遭遇後，便知陶的「悠然」和辛的「閒看」，其中的「眞意」是「難與俗人道哉」，各有一段「心事」。淵明心事，本文已著墨甚多，不再贅述。而稼軒的心事，自是與其當時的遭遇有關。這位二十三歲就「金戈鐵馬，氣吞萬里如虎」（〈永遇樂・京口北固亭懷古〉）的老英雄，此際卻在江南「管竹管山管水」（〈西江月・示兒曹，以家事付之〉），可說是「等閒白了少年頭」，只有「空悲切」（岳飛〈滿江紅〉）。在「閒愁最苦」（〈摸魚兒・淳熙己亥，自湖北漕移湖南，同官王正之置酒小山亭，為賦〉）下，只能「檢校山園」，於靜處閒看偷兒的行為。英雄失路，本屬悲哀，而詞人卻出以如此淡筆，愈是說得淡，愁就顯得愈深，愈是以悠然之態掩蓋滿腹心事，心中就愈不能平。所以，「吾儕心事」（〈水龍吟〉），只能說與知音聽。詞作言淺意深，至味曲包，與淵明的藝術特色：「言有盡而意無窮」，其實相當，既發人深省，也耐人尋味〔註17〕。

除了擬作、和作之外，唐、宋陶學發展的具體成果，還包括在對《陶集》的注釋工作上。第一批為淵明作品箋注的人，乃《文選六臣注》的撰者，包括李善、呂延濟、劉良、張銑、呂向、李翰周等人，不過，其範圍僅止於《文選》中所收錄的八首詩和一篇散文。諸人箋注的特點在於既能吸收古代文化遺產，又能自出新意，有所開創。其中資料徵引旁證，多為詳實，有助於後人對陶詩的解讀。像〈始作參軍鎮軍經曲阿作〉一詩，詩題中的「鎮軍」，李善首倡劉裕。又詩中：「望雲慚高鳥，臨水愧游魚。」善注：「言魚鳥咸得其所，而己獨違其性也。」這些解釋多為後代陶學研究者所採，可知其中之具實。

另外，李善的注釋不僅能詳於語典尋根和事典考證，亦精於辨字、注音及釋義。如注〈歸去來兮辭〉首句「胡不歸」時，即言其語出《詩經・式微》：「式微式微，胡不歸。」蓋能以古詩或古事證詩，直接引導讀者心領神會，對後人掌握陶詩，確有啓迪之功。不過，因屬草創時期，所以錯誤難免，或有弄巧成拙、貽笑大方者。其中引起後人最大爭議之處，莫過於〈辛丑歲七月赴假還江陵夜行塗口〉一詩，

〔註17〕本段文字多參考張忠剛先生〈辛棄疾與陶淵明〉一文，（收於《辛棄疾研究論文集》，中國文聯出版公司 1993 年 2 月）

該詩詩題下，李善原引《宋書》一段爲之注，原文是：

> 潛自以曾祖晉世宰輔，不復屈身後代，自高祖王業漸隆，不復肯仕。所著文章皆題年月，義熙已前，則書晉氏年號，自永初以來，唯云甲子而已。

完成於唐高宗顯慶三年的李善《文選注》本，引言本無誤，但六十年後，即天寶年間，經五臣劉良等人的修訂再注時，卻將這段引文所言「文章」，臆改爲「詩」，所言「義熙已前」，變而爲「晉」，啓人疑竇。五臣本的乖疏違情可以說造成了後人研究陶學時，思路無端糾纏。相形下，成書在前的李善注本就顯得淹貫該洽。後來的陶學研究者也多能從中判別李善與五臣的差別，儘量避免受到其中的誤導。

到了宋代，關於《陶集》的注釋，乃是在唐人的基礎上，開始進入全面性、系統性的箋注階段。成績最爲卓著者，首推湯漢及李公煥。

湯漢撰有《陶靖節詩註》四卷，南宋理宗淳祐元年刻印。其註不乏新解，甚至能反復考詳，出前人所未言、所未知者，而理義確鑿，不爲虛妄。如〈述酒〉一詩，長期以來無人知其本意，但湯漢卻能析疑解難，提供較爲合理的看法，使人對詩人生平的掌握，更爲連貫清晰：

> 湯注，舊注儀狄造，杜康潤色之。宋本云，此篇題非本意。諸本如此，誤。黃庭堅曰：「〈述酒〉一篇蓋闕，此篇似是讀異書所作，其中多不可解。」按晉元熙二年六月，劉裕廢恭帝爲零陵王。明年以毒酒一甖，授張禕使酖帝。禕自飲而卒。繼又令兵人踰垣進藥，王不肯飲，遂掩殺之。此詩所爲作，故以〈述酒〉名篇也。詩辭盡隱語，故觀者弗省，獨韓子蒼以「山陽下國」一語，疑是義熙後有感而賦。予反復詳考，而後知決爲零陵哀詩也。因疏其可曉者，以發此老未白之忠憤。昔蘇子讀〈述史〉九章，曰：「去之五百歲，吾猶見其人也。」豈虛言哉！（《陶靖節詩註》）

正因湯漢的考究可以做到「清言微旨，抉出無遺」（紀昀《四庫全書總目・附錄：四庫未收書目提要》），所以清人馬端臨才會認爲湯氏乃

「淵明異代之知己」(《文獻通考》)。這種推崇，可謂實至名歸。

李公煥的《箋注陶淵明集》，也是宋人《陶集》注釋中的一本力作。其注陶篇數，遠勝過湯漢，主要採用兩種注解方法：一是斷以己意，雖是大膽揣摩陶公初衷，但又能剖析細微精當〔註 18〕。其中考訂精審處，頗能探頤索隱，發前人所未見，對後來陶學研究，可謂助成一臂之力。其二則徵引他人成說，披沙揀金，以達造福後學目的。基本上，湯、李兩書均能實事求是，絕不張冠李戴，凡不可解者，往往不妄加評斷，甚至直言不諱，闕義待考，做爲自己實爲不知的表述，這種嚴謹的辨僞正訛態度，確實足以垂範後世〔註 19〕。

除上，據時人記載，尙有費元甫注本，可惜早爲亡佚，後人無由得見。而有關陶詩文字訓詁上的片斷灼見，也散見於宋詩話中。這些考證雖不乏紛歧，但其中相互駁難，回環往復論析，則時有所見。在眞理愈辯愈明下，這些相近或相左的意見，對後來整個陶學研究的進行，無疑產生了推波助瀾之功。

〔註 18〕李公煥剖析淵明〈遊斜川〉一詩有關「開歲倏五日」的異文，就極爲簡約精當，該段文字可參考第四章注釋 12。

〔註 19〕有關唐、宋人對陶詩的箋注這一部分，本文主要是依據鍾優民先生《陶學史話》第二章〈含英咀華，競相祖述〉及第三章〈高山仰止，推崇備至〉的說法，再加以剪裁補充而成。

第八章　結　論

朱自清先生稱：「中國詩人裡影響最大的似乎是陶淵明、杜甫、蘇軾三家。他們的詩集、版本最多，註家也不少。這中間陶淵明最早，詩最少，可是各家議論最紛紜。」（見蕭望卿《陶淵明批評・序》）這項說法，的確是信而有徵的！

陶淵明生活在君昏臣亂的晉、宋易代前後期間，不論人品或他賴以安身立命的文學創作，多被同時代的人所輕忽遺漏，尤其是文學作品方面。即使是其好友顏延之的〈陶徵士誄〉，也僅以「文取指達」四字，輕輕帶過。大部分的人仍把他當作一個「直爲田家語」的農舍翁，無視於他自然平淡風格下的深刻思想。雖然稍後有鮑照、鍾嶸、蕭統等人，或和作，或評詩，或驗志，都有過一些眞知灼見的出現。但基本上，淵明還是處於不被時人所理解和接受的劣勢的地位。這是因爲不論在思想上，或藝術上，他都與當世的時代風潮，不甚相符之故。直到唐朝之後，風氣丕變，才彌縫了詩人「恨無知音賞」的遺憾。

入唐以來，淵明的爲人與詩文妙處，漸爲文士所熟味，稱頌之詞亦隨之遞增。尤其是宋代，聲譽日隆，幾乎是聽不到任何質難的聲音。這種崇盛的氣勢，其實正是從時代風潮與文士風尚中發展起來的。換言之，淵明的歷史地位，其實是受制於各個朝代的文學思想。他之所以不被晉宋人重視，關鍵在此，而其所以受到唐、宋文士的青睞，也是繫乎於此。因此，欲了解唐宋文士對淵明及其詩文的鑑賞態度，必由此著手，才是肯綮所在。

一般來說，文學思想所涵括的層面，包括文學的特質，價值的認定，文苑的風貌，以及如何形成此一風貌和傳承的關係等問題。它不僅關乎實際的創作情形，也大量涉及文學批評與文學理論的領域。要研究這樣龐大的主題，誠非易事！然撮辭以舉要，可知的是，影響文學思想形成的最重要因素，不外乎社會思潮與士人心態的變化。

眾所皆知，任何時代的文學創作或思想特質的形成條件，往往不是孤立存在的。所謂「文律運周，日新其業。變則其久，通則不乏」（《文心雕龍・通變》），它實際包含著「會通」與「適變」兩個層面：既有對前代的繼承，也有經過擇取與轉化，甚至發展創新的部分。歷史傳統雖是它變化中的憑藉，但卻不是唯一的影響。各時代的政經變化，思想形態、文化模式等社會思潮，以及人們獨特的生活方式、藝術心態及審美趣味，無一不對文藝思想產生深刻的制約作用。而社會思潮，其實是由一般社會心理和社會意識形態理論體系所組成，反映一個時期社會群體生活的情感、心境、性格、習慣等方面。它往往可以左右士人的生活理想、方式以至於情趣，與士人心態有直接的聯繫。換言之，社會思潮對文學的影響，最終還是要通過主體心靈才能流向作品，經由作者心態的變化來實現。因爲人是具備能動性：人既創作了文化美學思想，而文化美學思想也改造了人；所以研究文學不僅是對美學的探討，也是對人學的分析。據此，探索唐、宋文藝美學的動向起源時，剖析當代的社會思潮與士人的文化心理，便成爲我們了解該朝文學思想、現象的必要先期作業。

唐、宋的社會環境，對文學思想形成的影響是多方面的。隋、唐之後，因科舉制度的實施，文人普遍有參政的意願與機會，他們的命運自然與政局變化息息相關，精神也會隨政局起伏而產生變化。影響所及，生活情趣，審美理想也在這股潮流中，逐漸萌生，而各具特色。一般而言，盛唐因政局穩定，景氣融朗，所以，文士普遍具有昂揚蹈厲的精神特質，幾乎個個都是以「出仕」做爲唯一的人生正途，汲汲進取，爭爲群雄先。這種時代風氣，使得盛唐文士雖然崇慕淵明曠達的人生態度，但對其隱逸行爲總是既理解，卻又不太能認同。

到了安史之亂後，政局轉趨下坡，明顯地在士人之中引起不同的心理反響，當時文士的精神面貌，根本無法與盛唐恢宏盛大的氣度相比。或者回避現實，灰心失望；或者激情再起，卻已不免露出無力回天的無奈，造成許多文士不再樂觀於「兼濟天下」的理想，因此，對淵明的認識也開始有了深化的趨勢。許多人爭相仿效淵明，或者崇信佛、老，向心靈彼岸世界或世外桃源復歸。對其隱逸的心志、行爲，也逐漸有了同情的了解。

進入了以「文治」開國的宋代，文士與政治、文學和現實的關係更爲密切了。文士普遍是以參政做爲人生志趣所在。但因仁宗以後，政治弊端叢生，朝政又屢受黨爭和派系傾軋所累，當時文士的人生起伏也就更爲劇烈。這種由客觀環境所產生的衝擊愈大，個人出處的矛盾就愈深，也就更能激起他們對淵明人生價值的思考與肯定。所以，多數的宋人，都有引淵明爲同調的強烈傾向。

隨著政治、經濟的相對走向繁榮安定，加上帝王家的崇信提倡，唐、宋文士在思想風貌上，均具有融通儒、釋、道三教的趨勢。這種多方思想綜合作用的結果，使得文士在人生進退仕隱之間，得到意想不到的平衡。而藝術創作或鑑賞表現上，也飫腴良深；或注重主體的治心養氣工夫和道德人格的存養，或強調作品溫柔敦厚的詩教特質及蕭散簡遠的沖淡之美。不論是以志驗詩或以詩逆志，淵明的人品與作品均與上述特質暗合，所以，詩人在唐、宋間所獲得的共鳴也就愈來愈多。

在文化發展方面，唐、宋皆絢爛多姿，異彩紛呈。文士的文化修養因當朝學術研究的盛行，文教的普及，藏書的驟增，書院的林立，以及出版事業的發達，個個才藝出眾，兼攝多方。這使得他們不論在藝術品味或審美情趣上，都有更趨高雅深致的傾向，對美的掌握，也能獨具慧心。尤其宋代，在當朝獎勵倡導下，一直進行著大規模的典籍整理工作，故文士學養，普遍超越前代，思想堂廡特大，無所不包。因應創作之需的文藝批評論著也大量湧現，特別是詩話、詞話、畫論的出現。流風所扇，文士交游頻繁，或唱和酬贈，或切磋技藝，使得詩歌體派紛陳，空前繁盛。這些豐富的文化活動內涵，無疑是個人在欣賞淵明作品時，是否能夠直探詩人詩心的重要條件之一。

在特定的世風環境下，必然會形成相應的士人風尚，而士風又是形成一代文風的主體因素。唐、宋文士的心理結構，緣於上述的社會思潮影響，大都帶有「進取與隱逸」、「狂放與適意」及「曠達與忍讓」的二重特色。這二重心理結構，看似背反、矛盾，然配合政治現實與思想潮流的變化，其中格局也逐漸由衝突轉向調和，演化成對立統一的過程。隋、唐之後，由於科舉制度實施，文士參政機會激增，其心理特徵也就隨著個人的出處遭遇有了變化。值此之際，各種思想的融攝，便適時地在知識分子的人生進退過程中，發揮作用，平衡背反心理，進而建構其人格。然而，對於宦海浮沈不定的唐、宋文士而言，要自然而然地完成這種衝突的平衡，尋求生命的安頓，究非易事，除了借助各家思想外，他們也試圖追摹前賢。就在上下求索中，他們發現了距離自己時代最近，而人格確實是最淳美的陶淵明：「欲仕則仕，不以求之爲嫌；欲隱則隱，不以去之爲高。」（東坡〈書李簡夫詩集後〉）其出處任運自然，可謂是前賢中最具典範意義者。所以從這一刻起，淵明正式進駐唐、宋文士的心靈聖殿，接受他們最虔誠的禮讚。

唐、宋文士的審美認知，主要是圍繞在由「言志」與「緣情」所引發的「道統」與「文統」關係的看待上。偏向傳統「言志」派者，則以爲文學作品中的感情必須接受儒家禮教的約束，後來深化成「功利主義」的文學觀，使得文學成爲了儒家禮教的附庸，政教宣導的工具，而這也就是「道統」說 —— 文以載道、文以明道思想內容的主要依據；傾向於「緣情」派者，則有意打破儒家思想對文藝創作所設的禮教枷鎖，主張充分表現創作主體的各種情感。不論是「言志」或

「緣情」，一旦過分突出自身的色彩，就必須以對方來糾舉己失，始爲正道。而這個從對立到補充的過程，也就形成了唐、宋文士在「文」與「道」觀念上的各種不同看法。就在「道統」與「文統」的審美認知爭議中，許多文士的主體自覺意識慢慢浮顯，遂開始有了調和「功利」和「抒情」的傾向，希望文學作品既是能評說客觀事物，又能展示作者的個性和內心世界。這種調和意義，使得所謂的文藝創作，不再只是一種摛藻繪飾的技巧加工，而是作者才情學識的充分展現。因此，一些胸懷大志的文士，特別在意文藝思想的深度，相信「德盛則言也旨必遠，理也」（胡詮〈答譚思順〉），明顯地將人格養成視爲文藝創作的根本條件。所以，人格與風格的關係自然也成爲唐、宋文士審美認知的另一項中心議題。這也足以說明一向將「抒情」與「言志」融合無間、意趣橫生的淵明，爲何受到時人歡迎的關鍵原因。

唐、宋文士對淵明的學習與研究，從考論他生平事跡的細微處，即可見出端倪。南宋陶公的年譜之作，不僅開風氣之先，有助於日後的陶學研究外，也有具體呈現陶學研究成果的意義。當時文士考證詩人的心志、精神，除了以詩逆志外，也多由他所處的時代背景著手，參稽史傳，所以乃有「忠晉」說的出現。這種議論一開，影響既深且廣，宋人中雖亦有提出質難者，如僧思悅、晁補之等，卻始終不敵對方的浩蕩聲勢。這種現象如果由宋人不論詩文家或理學家均特別強調士人胸襟懷抱、氣節的養成來看，也就不難理解了。

另外，在考究晉、宋的社會背景時，唐、宋人也對詩人筆下的「桃花源」世界，充滿探索的興味。或主神仙世界者，如王維、劉禹錫；或有力駁「仙源」之說者，如韓愈；或以其爲寄意理想者，如王安石；甚或有直指其處者，如東坡。這些說法，均有其代表性，與個人的思想背景、行事態度有深切的淵源關係。明、清文人雖曾競相辨析，卻仍不出以上幾個範圍。

關於詩人年壽問題，隨著陶公年譜的問世，宋人也開始有了不同的聲音出現：有主六十三歲者，如王質《栗里譜》；有主七十六歲者，如張縯《吳譜辨證》。各持己見，至今仍有爭議。

至於詩人先祖世系、生平事跡、經歷、著作方面，亦隨年譜之作，而有了進一步的釐清。王質、吳仁傑雖然考證極其用心，然因惑於當時《陶集》版本的歧異（詳見第四章第一節），其說有待商榷之處尚多。而在詩人里居方面，宋人猶有昧於顏眞卿的〈栗里詩〉，故繼魯公之後，仍不乏有視「栗里」爲詩人之故居者，如陳俞舜與朱熹等人即然。關於詩人名號，自南北朝已眾說紛紜，也是陶學研究上的熱門話題。吳仁傑依據史傳，佐以時人葉夢得說法，認爲陶公有兩套名字，以晉、宋爲分界，立論仍跳脫不出「忠晉」的影子。可見唐以來，持淵明「恥事二姓」的說法，一直在陶學研究中佔主導地位，故凡在解釋陶公行誼、思想處，無不附會此說。至於世系方面，雖沒有名號的異說紛陳，然亦是疑竇重重。宋人除了查考詩人祖父及其父親之名外，爭論最深者乃在〈贈長沙公〉一詩中的「長沙公」爲誰。吳仁傑與吳縯及葛立方均曾發表意見，但多是以該詩中「小序」的句讀出發，琢磨對方身分，句讀有異，結果自然不同。其他像詩人原配過世時間，宋人亦有疑雲。吳仁傑與王質說法相差十年，吳氏則援引《禮記》、《左傳》立說，顯較王氏更具說服力，所以後人亦多主吳氏之說。

在淵明的生平經歷上，宋人針對的主要內容，是在於詩人從仕的對象及時間。王、吳兩人蓋受限《陶集》版本篇章的次序而遽出斷言，造成思路的糾葛與錯誤，這對於釐清事實眞相不但無功，反而致人疑慮；加上「恥事二姓」說的深入其中，否認詩人曾仕於桓玄、劉裕等人麾下，最難令人心服。葉夢得雖能正視詩人曾仕桓、劉的歷史事實，卻也未能跳出「忠晉」觀的束縛，但言詩人迫於「無奈」，也是畫蛇添足之舉，讀者自可判別。

關於淵明的思想背景，歷來亦存在著各種對立意見。首先展開討論的則是宋人。蓋因宋代學術界特別重視「文」與「道」的關係，所以，對待詩人思想出處，也就有極大的討論興趣。不過，文士往往因個人思想立場、精神情懷相近，而將淵明引爲同調，當然不免片面主觀。如眞德秀從儒家彝倫觀、愼終追遠思想出發，解釋淵明乃有承繼其祖「長沙公之心」，而淵明之學，「正是經術中來」（〈跋黃瀛甫擬陶詩〉）。儒學大師陸九淵亦認爲淵明「有志於吾道」（〈語錄一則〉），此「道」即儒道。反而朱熹卻指「淵明所說者莊老」（〈朱子語類〉卷一三六），汪藻亦同意其說。劉克莊則將陶公與前人相較，得出陶公所勝者，乃是道家之「天道」。至於將詩人歸入佛家者，則有施德操，即所謂「時達摩未西來，淵明早會禪，此正夫云」（《北窗炙輠錄》卷下），葛立方亦附合其說，指淵明「蓋第一達摩也」（《韻語陽秋》卷十二）。事實上，淵明於涉及人生存在問題時，難免有合轍老莊「委化自然」或闡明大乘精義「人生空幻」的微旨處。以淵明深厚的文化修養，博采眾華，融冶各家思想於一身的特色來說，實在難言其思想孰爲先後，何者爲內抑，何者是外放了。

各家思想的融通，使得淵明在人生進退的問題處理上，有了較爲完美的體現。不過，受制於時代精神及個人遭遇的不同，唐、宋文士對淵明仕隱的看法也往往迥異其趣，其中又以動機的探討最爲熱鬧。有自認最能「感同身受」、理解淵明所以隱居的高適；有仍持「恥事二姓」，以爲是「改朝換代」結果者，如白居易。其中以韓愈的識見最爲卓越，他的一句「有託而逃焉者」，便涵括一切可能理由。當然唐人論見中也有較淺薄者，但以世俗之見，不能理解淵明爲何「區區折腰」就要辭官者，如劉禹錫。至於宋人意見，則頗有進一步廓清史傳所稱「不爲五斗米折腰向鄉里小兒」，認爲歸隱並非偶發事件使然。其中又以辛棄疾的意見最傑出，他直探詩人心志幽微處，說：「應別有，歸來意。」（〈水龍吟〉）至此，淵明心事可謂一切了然了。

從仕隱的人生抉擇到生活現實的面對，唐、宋人在淵明身上看到了魏晉士人的理想人格，進出自然而從容，所以歌頌之聲不絕。如王績、李白，甚至連早年批評淵明的王維，也一改舊說，發出肯定的讚嘆。宋人的稱頌，更是未嘗休歇，如蘇東坡、黃山谷、葉夢得、辛棄疾、朱熹等。他們或從其「任眞自得」的生活態度，或從其「守節固窮」的生活實踐，來標舉詩人的品格魅力，稱讚詩人以審美的眼光來觀照整個人生，領悟人生的「至美至樂」。所以詩人的生活中不僅有「酒中味」，亦有「琴中趣」。對於前者，唐人體會較膚淺，宋人則在蕭統「寄酒爲跡」說的基礎上深入許多，而且言之成理，其中大部分意見亦爲元、明、清人所接受；至於「琴中趣」一項，兩朝意見相當，均能體悟淵明撫空器之樂趣乃重在「得意」，既能「得意」，也就無適不可，推許淵明能極於音樂表現的最高境界。

淵明在「靈」與「肉」間的完美調適，讓唐、宋文士看到一個既平實又不平凡的士人形象，他能以個人的生活實踐，將所謂的「高人性情」與「細民職務」集於一身，對人生的把握，不僅帶有出世甚遠的境界，而且也不乏入世甚深的色彩。關於這一部分，宋人的談論相當集中，或指出詩人「忠厚率如此」者（葛立方《韻語陽秋》卷二十）；或讓人「想見其人的慈謔可觀」者（蔡夢弼《杜工部草堂詩話》卷二）；或解其心事乃「欲有爲而不能」者（朱熹《朱子語類》卷一百四十）；或折服於他對社會現實、國計民生的關心者（張戒《歲寒堂詩話》卷上）；或稱述其臨死不懼者（李公煥《箋注陶淵明集》）；或肯定其通達而知「道」者（《竹莊詩話》卷四引東坡語）；或形容其人「憂樂兩忘」、「隨所遇而皆適」者（蔡啓《蔡寬夫詩話》）。這都說明在宋人心中，淵明地位之高，確實已是無以復加了。

在作品的細部研究上，宋人的見解分析比唐人有進展，唐人在這方面幾乎是付之闕如。就縱向的歷史承繼而言，宋人接近鍾嶸意見者，有以細部的遣詞用字，考索詩人其中之所本；也有誤解鍾嶸說法，以爲鍾氏特指淵明是「追取一人而模仿之」者，如葉夢得。在橫向的文學環境上，宋人雖未直言淵明受當代風氣潮流的影響，但由其一再在詩人語言、意境上推敲、琢磨，肯定詩人的藝術特色來看，不也暗示陶公的「言約旨遠」，正是從魏晉「言有盡而意無窮」的玄學精神中繼承發展而來。

在作品的內容題材上，唐、宋人均肯定詩人不論是詠懷、田園、哲理之作，均各極其妙。不過，宋人的討論要比唐人深刻周全。對詩人關鍵的心理結構，唐人往往察而未論，宋人則頗爲留意。即以淵明〈飲酒〉組詩爲例，唐人但視淵明爲「醉翁」，宋人則多了解詩人飲酒之眞意，探知詩人以酒爲「言飾」或「文飾」的用心。在文章意蘊的解讀上，宋人也多能突破「皮毛之相」，看出詩人的「機杼」處。如〈閒情賦〉一篇，蕭統指爲「白璧微瑕」，東坡則以獨到眼光，識言其中是「寄言托意」，寄寓個人人生理想的追求，確能得詩人「心之所在」！

如同對淵明爲人的讚許一般，他的文學表現與風格特色也一直是宋人最推崇的。在文士競相探幽抉微下，也具顯宋人審美功力之高妙。從北宋到南宋，從豪放到婉約，從詩文家到古文家，無不對淵明的詩藝，給予「絕對」的肯定。即以宋代文壇代表的蘇軾爲例，他或稱讚其「言約」：「造語精到」、「似大匠運斤，不見斧鑿之痕」（《冷齋夜話》引東坡語）；或形容其「至味」：「外枯中膏，似澹而實美」（東坡〈評韓柳詩〉）；或揭示其「理趣」：「初看若散緩，熟讀有奇趣」（東坡〈評陶詩〉）；或盡道其「無意」：「因采菊而見山，境與意會，此句最有妙處」（東坡〈題淵明飲酒詩後〉）。至於陶詩的風格，唐、宋則一致推崇其「自然」，以「人品」聯繫到「詩品」，肯定陶詩極詣處，乃「不煩繩削而自合」（《竹莊詩話》引黃庭堅），可以「隨其所見，指點成詩」（施德操《北窗炙輠錄》卷下），已達出神入化之境。此外，宋人也在詩人簡樸的語言下，看到他以「自然」爲基調的「平淡」。在「平淡」外表下，卻有「至味」的審美趣味。在唐、宋人一片讚詞中，朱熹另闢蹊徑，指出陶公「沖淡」外表下的「執著」本色。所謂「寓豪放於平淡」，強調這種「得來不覺」的豪放，才是淵明的人生精神所在。

從淵明的人品與詩品來看，他對後世沾溉之功，是他人所難以望其項背的。因此，宋人在論及陶公的成就時，往往會由「相對」的比較中，轉入「絕對」至高的肯定。或從詩史上推舉為「詩人之冠冕」（李公煥《箋注陶淵明集》卷四引曾紘語），或定其作品為「詩之根本法則」（同上，引真德秀語）。這除了顯示淵明在詩史上崇高的至尊地位外，也代表了宋人的愛陶、慕陶、崇陶，已經到了歷史的高點。

從詩歌體派的發展，宋人也肯定陶公的不朽地位。分別視其四言詩為「曹氏父子、王仲宣、陸士衡後」的唯一最高者，「殆突過建安矣」（劉克莊《後村詩話》）；五言詩的成就則更不在話下，不僅鮑、謝要低頭，連阮籍都得俯首。至於田園山水詩派的形成，宋人也多指他為「開山祖」:「盡山水之趣」、「納萬境於胸中」（王藻〈翠微堂記〉），並直接影響到唐人王、孟的自然詩派，即連南宋楊萬里、范成大等人的作品，亦不無受其啓發。

唐、宋文士在思想行誼上受到陶公人生啓示者，亦不在少數。不論是在「任真自得」或「守節固窮」上，都不免以陶公為師法的對象，從他身上汲取強盛的意志力量，用以對抗混濁的世局，或消解個人偃蹇不遇時的二重心理矛盾。至於著作方面，唐、宋許多文士除了創作技巧或內容題材上承淵明特色外，也吹起一股擬陶、和陶、效陶之風，直至清季，未曾寢寂。雖然許多人都明知陶詩的文學成就豈是用力效摹所可企及！可是在鍾愛之情不能自已下，依然追和繼作。才高者如東坡、稼軒，猶能學陶似陶又非陶，有繼承，有變化，形成自己的藝術個性，帶有鮮明的自我「本色」；氣餒者，就僅取得皮毛之相，遑論其中意境了。

隋、唐以前的淵明是被冷落而寂寞的，雖然有少數具有超前意識的學者、詩人，如蕭統、鍾嶸等，已經注意到其人及其作品的存在意義，開啓後人進入陶學世界的一扇窗。但其中或受限時代風潮，無法盡揭詩人之妙諦。唐代是研究陶學的發展期，結合當時蓬勃向上、各教思想兼容的時代精神來看，時人大都能對淵明人格或詩文加以肯定及欣賞。宋代是研究陶學的高峰期，隨著陶集版本的蜂出大備，詩話的相繼問世，評點文章的風氣大開，學術研究的興盛，他們對陶詩美學意蘊的探討，也往往能夠突破唐人但以形象思維抓取的思考方式，具體揭示陶詩既深入又寬廣的美學特質；加上性理思潮的蓬勃，幾乎所有的文士都有治心養氣的一致要求，普遍重視主體的道德性。這使得淵明的人格在宋代是幾近於完美，迅速攀升到文士典型的偶像地位。然而物極必反，在宋人逐漸抬高和絕對化的認知傾向下，淵明的人格形象，雖有了得近其實的可喜，卻也開始讓人有了漸失其眞的不安。

引用及參考書目

一、專　書

1.《箋注陶淵明集》，宋・李公煥注（四部叢刊影印宋刊巾箱本）（臺灣商務印書館影印本，民國68年）。
2.《陶靖節詩注》，宋・湯漢注（拜經堂刻本）（新文豐出版公司影印本，民國74年）。
3.《陶淵明集校注》，孫鈞錫（中州古籍出版社，1986年7月）。
4.《陶淵明集校箋》，楊勇（正文書局，民國76年1月）。
5.《陶淵明集》，逯欽立校注（香港中華書局，1987年2月）。
6.《陶淵明詩箋注》，丁福保（藝文印書館，民國78年1月）。
7.《陶淵明集淺注》，唐滿先（南昌：百花洲文藝出版社，1990年7月）。
8.《陶淵明集全譯》，郭維森、包景誠（貴州人民出版社，1992年9月）。
9.《靖節先生集》，陶澍注、戚煥塤校（華正書局，民國82年10月）。
10.《陶淵明集譯注》，魏正申（北京文津出版社，1994年5月）。
11.《陶淵明集譯注》，孟二冬（吉林文史出版社，1996年6月）。
12.《陶淵明集校箋》，龔斌（上海古籍出版社，1996年12月）。
13.《陶淵明研究資料彙編、詩文彙評》（明倫出版社，民國59年12月）。
14.《陶詩彙評》，清・溫謙山纂訂（新文豐出版公司，民國69年2月）。
15.《陶淵明年譜》，宋・王質等撰、許逸民校輯（北京中華書局，1986年4月）。
16.《陶淵明名篇賞析》，侯爵良、彭華生（北京文藝出版社，1989年1月）。

17. 《陶淵明詩文賞析》，陶文鵬、丘萬紫選析（廣西教育出版社，1990 年 9 月）。
18. 《陶淵明詩選》，徐巍選注（香港三聯書店，1994 年 6 月）。
19. 《陶淵明及其詩的研究》，王貴苓（國立臺灣大學文學院，民國 55 年 5 月）。
20. 《陶淵明的政治立場與政治理想》，齊益壽（國立臺灣大學文學院，民國 57 年 4 月）。
21. 《陶淵明評傳》，李長植（牧童出版社，民國 67 年）。
22. 《陶淵明批評》，蕭望卿（臺灣開明書店，民國 67 年 10 月）。
23. 《陶淵明論稿》，吳雲（陝西人民出版社，1981 年 4 月）。
24. 《陶淵明論集》，鍾優民（湖南人民出版社，1981 年 5 月）。
25. 《陶詩新論》，高大鵬（時報文化公司，民國 70 年）。
26. 《陶淵明論稿》，李文初（廣東人民出版社，1986 年 2 月）。
27. 《陶學史話》，鍾優民（允晨文化公司，民國 80 年 5 月）。，
28. 《悠然見南山——陶淵明與中國閒情》，韋鳳娟（香港中華書局，1991 年 5 月）。
29. 《陶淵明評論》，李辰冬（東大圖書公司，民國 80 年 8 月）。
30. 《陶詩繫年》，錢玉峰（臺灣中華書局，民國 81 年 6 月）。
31. 《陶淵明》，廖仲安（群玉堂出版公司，民國 81 年 9 月）。
32. 《陶淵明新論》，李華（北京師範學院出版社，1992 年 11 月）。
33. 《世俗與超邁——陶淵明新論》，日・岡村繁著、陸曉光、笠征譯（臺灣書店，民國 81 年）。
34. 《陶淵明之人品與詩品》，陳怡良（文津出版社，民國 82 年 3 月）。
35. 《陶淵明》，陳俊山（南昌：百花洲文藝出版社，1994 年 2 月）。
36. 《陶淵明新探》，鄧安生（文津出版社，民國 84 年 7 月）。
37. 《陶淵明評傳》，魏正申（文津出版社，1996 年 3 月）。
38. 《陶淵明探索》，陳美利（文津出版社，民國 85 年 6 月）。
39. 《陶淵明懸案揭秘》，王定璋（四川大學出版社，1996 年 10 月）。
40. 《周易》（十三經注疏本）（藝文印書館，民國 70 年）。
41. 《詩經》（十三經注疏本）（藝文印書館，民國 70 年）。
42. 《禮記》（十三經注疏本）（藝文印書館，民國 70 年）。
43. 《論語》（十三經注疏本）（藝文印書館，民國 70 年）。

44.《孟子》(十三經注疏本)(藝文印書館，民國70年)。
45.《四書纂疏》，宋・朱熹集註、宋・趙順孫纂疏(文史哲出版社，民國73年2月)。
46.《晉書》，唐・房玄齡(鼎文書局新校本，民國69年)。
47.《南史》，唐・李延壽(鼎文書局新校本，民國69年)。
48.《宋書》，梁・沈約(鼎文書局新校本，民國69年)。
49.《舊唐書》，後晉・劉煦(鼎文書局新校本，民國69年)。
50.《新唐書》，宋・歐陽脩等(鼎文書局新校本，民國69年)。
51.《宋史》，元・脫脫等撰(鼎文書局新校本，民國69年)。
52.《資治通鑑》，宋・司馬光(世界書局，民國72年)。
53.《續資治通鑑》，清・畢沅(世界書局，民國72年)。
54.《宋論》，清・王夫之(里仁書局，民國70年10月)。
55.《宋史研究論文集》，宋晞(國防研究院，民國51年6月)。
56.《宋史叢考》，聶崇岐(華世出版社，民國75年12月)。
57.《老子讀本》，余培林(三民書局，民國62年)。
58.《老子周易王弼注校釋》，樓宇烈(華正書局，民國72年)。
59.《老子達解》，嚴靈峰(華正書局，民國72年8月)。
60.《莊子集釋》，郭慶藩(華正書局，民國74年8月)。
61.《全唐詩》，清・彭定求等奉敕參校、王全點校(北京中華書局，1992年10月)。
62.《阮步兵集》，張溥輯(文津書局，民國68年)。
63.《王績集編年校注》，康金聲、夏連保校注(山西人民出版社，1992年2月)。
64.《王右丞集、孟浩然集》，王維、孟浩然(長沙：岳麓書社，1990年7月)。
65.《李太白集校注》，瞿蛻園校注(洪氏出版社，民國70年4月)。
66.《杜詩鏡銓》，楊明倫輯(華正書局，民國67年)。
67.《蘇舜欽詩詮注》，楊重華注釋(重慶出版社，1988年7月)。
68.《臨川先生文集》，宋・王安石(華正書局，民國64年4月)。
69.《東坡題跋》，明・毛晉輯(廣文書局，民國60年12月)。
70.《蘇軾文集》，孔凡禮點校(北京中華書局，1986年3月)。
71.《蘇軾詩集》，清・王文誥輯注、孔凡禮點校(北京中華書局，1987

年 10 月）。
72.《蘇東坡全集》，宋・蘇軾（河北中國書店，1992 年 10 月）。
73.《范石湖集》，宋・范成大（上海古籍出版社，1981 年 8 月）。
74.《稼軒詞編年箋注》，鄧廣銘箋注（上海古籍出版社，1995 年 5 月）。
75.《辛稼軒詩文箋注》，鄧廣銘輯校審訂、辛更儒箋注（上海古籍出版社，1995 年 12 月）。
76.《三曹詩文選注》，韓泉欣、趙家瑩選注（上海古籍出版社，1994 年 12 月）。
77.《唐詩選注》，余冠英等選注（華正書局，民國 80 年 3 月）。
78.《王維、孟浩然詩選注》，葛杰（上海古籍出版社，1994 年 6 月）。
79.《白居易詩文選注》，龔克昌、彭重光（上海古籍出版社，1984 年 1 月）。
80.《梅堯臣詩選》，朱東潤選注（北京人民文學出版社，1980 年 10 月）。
81.《歐陽修詩文選注》，宋心昌選注（上海古籍出版社，1994 年 7 月）。
82.《范成大詩選注》，高海夫（上海古籍出版社，1989 年 12 月）。
83.《楊萬里詩歌賞析集》，吳楚藩主編（四川：巴蜀書社，1994 年 2 月）。
84.《世說新語》，劉義慶撰、劉孝標注（世界書局，民國 71 年 10 月）。
85.《文心雕龍注》，范文瀾註（學海出版社，民國 77 年 3 月）。
86.《鍾嶸詩品校釋》，呂德申（北京大學出版社，1986 年 4 月）。
87.《滄浪詩話校釋》，郭紹虞校釋（東昇出版事業公司，民國 69 年 10 月）。
88.《歷代詩話》，何文煥編訂（藝文印書館，民國 72 年 6 月）。
《詩品》，梁・鍾嶸。
《詩式》，唐・釋皎然。
《二十四詩品》，唐・司空圖。
《六一詩話》，宋・歐陽脩。
《後山詩話》，宋・陳師道。
《竹陂詩話》，宋・周紫芝。
《彥周詩話》，宋・許顗。
《石林詩話》，宋・葉夢得。
《唐子西文錄》，宋・唐庚語、強幼安記。
《珊瑚鉤詩話》，宋・張表臣。

《韻語陽秋》，宋・葛立方。

《白石詩說》，宋・姜夔。

《滄浪詩話》，宋・嚴羽。

89. 《歷代詩話續編》（上下），何文煥編訂（藝文印書館，民國 72 年 6 月）。

《誠齋詩話》，宋・楊萬里。

《庚溪詩話》，宋・陳嚴肖。

《艇齋詩話》，宋・曾季貍。

《藏海詩話》，宋・吳可。

《溪詩話》，宋・黃徹。

《歲寒堂詩話》，宋・張戒。

90. 《四庫筆記小說叢書》（外 8 種）（上海古籍出版社，1991 年 12 月）。

《雞肋集》，宋・莊綽。

《聞見前錄》，宋・邵伯溫。

《聞見後錄》，宋・邵伯溫。

《北窗炙輠錄》，宋・施德操。

《桯史》，宋・岳珂。

91. 《四庫筆記小說叢書》（外 18 種）（上海古籍出版社，1991 年 12 月）。

《冷齋夜話》，宋・釋惠洪。

《嬾眞子》，宋・馬永卿。

《避暑錄話》，宋・葉夢得。

92. 《宋詩話輯佚》，郭紹虞（華正書局，民國 70 年 12 月）。

93. 《宋人詩話外編》，程毅中主編（國際文化出版公司，1996 年 3 月）。

94. 《石林詩話選釋》，周滿江、張葆全主編（廣西師範大學出版社，1995 年 10 月）。

95. 《歷代詩話論作家》（一二三四），常振國、降雲編（黎明文化事業公司，民國 82 年 9 月）。

96. 《兩晉史話》，王文清、許輝（北京出版社，1992 年 8 月）。

97. 《兩晉南北朝史話》，劉精誠（北京中國青年出版社，1993 年 8 月）。

98. 《魏晉南北朝史》（上下），王仲犖（上海人民出版社，1994 年 3 月）。

99. 《魏晉南北朝文化史》，萬繩楠（安徽：黃山書社，1989 年 12 月）。

100. 《六朝思想史》，孫述圻（南京出版社，1992 年 12 月）。

101.《六朝煙水》，陳書良（北京：現代出版社，1990 年 2 月）。
102.《魏晉風度與東方人格》，劉康德（遼寧教育出版社，1991 年 1 月）。
103.《魏晉詩人與政治》，景蜀慧（文津出版社，民國 80 年 11 月）。
104.《士人與社會》（秦漢魏晉南北朝卷），孫立群、馬亮寬、劉澤華（天津人民出版社，1992 年）。
105.《江西文化》，周文英等著（遼寧教育出版社，1993 年 6 月）。
106.《魏晉名士》，孔毅（四川：巴蜀書社，1994 年 4 月）。
107.《人海孤鴻——漢魏六朝士的孤獨意識》，袁濟喜（河南人民出版社，1995 年 4 月）。
108.《魏晉的自然主義》，容肇祖（北京：東方出版社，1996 年 3 月）。
109.《魏晉玄學史》，許杭生等著（陝西師範大學出版社，1989 年 7 月）。
110.《魏晉玄學與六朝文學》，陳順智（武漢大學出版社，1993 年 7 月）。
111.《魏晉清玄》，李春青（北京師範大學出版社，1993 年 10 月）。
112.《魏晉玄學》，孔繁（遼寧教育出版社，1995 年 6 月）。
113.《漢魏六朝文學論集》，逯欽立著、吳雲整理（陝西人民出版社，1984 年 11 月）。
114.《6 朝文論》，廖蔚卿（聯經出版事業公司，民國 74 年）。
115.《中國美學史——魏晉南北朝美學思想》，李澤厚、劉綱紀主編（谷風出版社，民國 76 年）。
116.《魏晉南北朝文學批評史》，王運熙、楊明（上海古籍出版社，1989 年 6 月）。
117.《魏晉南北朝賦史》，程章燦（江蘇古藉出版社，1992 年 2 月）。
118.《漢魏六朝文藝心理學》，李建中（太原：北岳文藝出版社，1992 年 5 月）。
119.《六朝美學》，袁濟喜（北京大學出版社，1992 年 8 月）。
120.《魏晉詩歌藝術原論》，錢志熙（北京大學出版社，1993 年 1 月）。
121.《中國古代文學史長編》（秦漢魏晉南北朝卷），萬光治（首都師範大學出版社，1995 年）。
122.《六朝美學史》，吳功正（江蘇美術出版社，1996 年 4 月）。
123.《漢唐史論集》，趙克堯（復旦大學出版社，1993 年 4 月）。
124.《隋唐文化史》，趙文潤主編（陝西師範大學出版社，1992 年 9 月）。
125.《隋唐五代思想史》，羅宗強（上海古籍出版社，1986 年 8 月）。
126.《唐代美學思潮》，霍然（麗文文化公司，民國 82 年 10 月）。

127. 《中國古代文學史長編》（隋唐五代卷），郭預衡主編（北京師範大學出版社，1993年）。
128. 《隋唐5代文學史》（上中下），羅宗強等著（北京高等教育出版社，1993年3月）。
129. 《唐代文學演變史》，李從軍（北京人民文學出版社，1993年10月）。
130. 《隋唐五代文學批評史》，王運熙、楊明（上海古籍出版社，1994年10月）。
131. 《唐詩叢考》，王達津（上海古籍出版社，1986年2月）。
132. 《隋唐詩歌史論》，管雄（南京大學出版社，1990年3月）。
133. 《唐代詩歌》，張步雲（安徽教育出版社，1990年8月）。
134. 《唐代文學研究》，中國唐代文學學會（廣西師範大學出版社，1990年10月）。
135. 《漢唐文學的嬗變》，葛曉音（北京大學出版社，1990年11月）。
136. 《唐代文學研究年鑒》（一九八九、一九九○），霍松林、傅璇宗主編（廣西師範大學出版社，1991年9月）。
137. 《唐代文學研究年鑒》（一九九一），霍松林、傅璇宗主編（廣西師範大學出版社，1992年8月）。
138. 《唐詩論學叢稿》，傅璇琮（黑龍江人民出版社，1992年11月）。
139. 《唐音論藪》，張明非（廣西師範大學出版社，1993年8月）。
140. 《走向盛唐》，尚定（中國社會科學出版社，1994年7月）。
141. 《唐詩學引論》，陳伯海（上海：東方出版中心，1996年2月）。
142. 《初唐四傑和陳子昂》，沈慧樂、錢偉康（群玉堂出版事業公司，民國80年12月）。
143. 《陳子昂研究》，韓理洲（上海古籍出版社，1988年12月）。
144. 《高適和岑參》，周勛初、姚松（上海古籍出版社，1994年3月）。
145. 《王維研究》（第一輯），中國唐代文學學會編（北京中國工人出版社，1992年9月）。
146. 《杜甫評傳》，陳貽焮（上海古籍出版社，1982年8月）。
147. 《韓愈》，吳文治（上海古籍出版社，1991年12月）。
148. 《李商隱的心靈世界》，董乃斌（上海古籍出版社，1992年12月）。
149. 《杜牧論稿》，吳在慶（廈門大學出版社，1991年3月）。
150. 《兩宋史研究彙編》，劉子健（聯經出版事業公司，民國76年11月）。
151. 《宋朝史話》，吳泰（北京出版社，1992年8月）。

152.《宋代社會研究》，朱瑞熙（弘文館出版社，民國 75 年 4 月）。
153.《宋代文化史》，姚瀛艇主編（河南大學出版社，1992 年 2 月）。
154.《北宋文化史論述》，陳植鍔（中國社會科學出版社，1992 年 3 月）。
155.《宋代的隱士與文學》，劉文剛（四川大學出版社，1992 年 10 月）。
156.《宋明理學概述》，錢穆（臺灣學生書局，民國 76 年 6 月）。
157.《宋代學術思想》，林瑞翰（正中書局，民國 78 年 7 月）。
158.《宋代文學與思想》，國立臺灣大學中文究所主編（臺灣學生書局，民國 78 年 8 月）。
159.《北宋中期儒學復興運動》，劉復生（文津出版社，民國 80 年 7 月）。
160.《理學與中國文化》，姜廣輝（上海人民出版社，1994 年 6 月）。
161.《宋明思想和中華文明》，祝瑞開主編（上海：學林出版社，1995 年 10 月）。
162.《宋人軼事彙編》，丁傳靖輯（臺灣商務印書館，民國 71 年 9 月）。
163.《宋元文學史稿》，吳組湘、沈天佑（北京大學出版社，1989 年 5 月）。
164.《兩宋文學史》，程千帆、吳新雷（上海古籍出版社，1991 年 2 月）。
165.《中國古代文學史長編》（宋遼金卷），趙仁珪（北京師範學院，1993 年 1 月）。
166.《宋代文學思想史》，張毅（北京中華書局，1995 年 4 月）。
167.《宋金元文學批評史》（上下），劉明今、蔣凡、顧易生（上海古籍出版社，1996 年 6 月）。
168.《宋詩派別論》，梁昆（東昇出版事業公司，民國 69 年 5 月）。
169.《宋詩縱橫》，趙仁珪（北京中華書局，1994 年 6 月）。
170.《推陳出新的宋詩》，莫礪鋒（遼寧古籍出版社，1995 年 5 月）。
171.《宋代詞學審美理想》，張惠民（北京人民文學出版社，1995 年 4 月）。
172.《宋金四家文學批評研究》，張健（聯經出版事業公司，民國 64 年）。
173.《歐陽修論稿》，劉德清（北京師範大學出版社，1991 年 9 月）。
174.《王安石詩技巧論》，王晉元（陝西人民出版社，1992 年 11 月）。
175.《東坡詩論叢》，蘇軾研究學會編（四川人民出版社，1983 年 9 月）。
176.《東坡詞論叢》，蘇軾研究學會編（四川人民出版社，1983 年）。
177.《蘇軾論文藝》，顏中其（北京出版社，1985 年 5 月）。
178.《三蘇文藝思想》，曾棗莊（四川文藝出版社，1985 年 10 月）。

179.《東坡思想探討》，四川省眉山三蘇（四川師範大學學報叢刊第二輯，1987 年）。
180.《儒道佛美的融合——蘇軾文藝美學思想研究》，王世德（重慶出版社，1993 年 6 月）。
181.《朱熹思想叢論》，鄒永賢主編（廈門大學出版社，1993 年 1 月）。
182.《辛棄疾研究論文集》，孔崇恩、劉德仕（中國文聯出版公司，1993 年 2 月）。
183.《楊萬里和誠齋體》，周啓成（上海古籍出版社，1990 年 6 月）。
184.《莊子與中國美學》，劉紹瑾（廣東：高等教育出版社，1989 年 10 月）。
185.《從超邁到隨俗——莊子與中國美學》，陶東風（首都師範大學出版社，1995 年 10 月）。
186.《靈根與情種——先秦文學思想研究》，胡曉明（南昌：百花洲文藝出版社，1994 年 12 月）。
187.《中古文學史論》，王瑤（北京大學出版社，1986 年 1 月）。
188.《中國知識階層史論》（古代篇），余英時（聯經出版事業公司，民國 73 年 2 月）。
189.《中國思想史》（上下），韋政通（水牛出版社，民國 76 年 10 月）。
190.《中國文化與中國哲學》，深圳大學國學研究會（北京：東方出版社，1992 年 7 月）。
191.《中國古代的人學與美學》，成復旺（中國人民大學出版社，1992 年 8 月）。
192.《呂著中國通史》，呂思勉（華東師範大學出版社，1992 年 8 月）。
193.《中國典籍與文化論叢》（一），中國典籍與文化編輯部編（北京中華書局，1993 年 9 月）。
194.《中國古代思想史論》，李澤厚（安徽文藝出版社，1994 年 1 月）。
195.《中國自然美學思想探源》，魏士衡（北京中國城市出版社，1994 年 8 月）。
196.《歸去來兮——隱逸的文化透視》，張立偉（北京三聯書店，1995 年 9 月）。
197.《狂與逸》，張節末（北京：東方出版社，1995 年 10 月）。
198.《中國傳統社會心態》，陸震（浙江人民出版社，1996 年 3 月）。
199.《任繼愈學術論著自選集》，任繼愈（北京師範學院出版社，1991 年 11 月）。

200.《中國儒學》，謝祥皓、劉宗賢（四川人民出版社，1994 年 9 月）。
201.《華夏聖學——儒學與中國文化》，蔡方鹿（四川人民出版社，1995 年 2 月）。
202.《盡善盡美——儒學藝術精神》，李明泉（四川人民出版社，1995 年 2 月）。
203.《六祖壇經箋註》，釋法海撰、丁福保註（文津出版社，民國 79 年 4 月）。
204.《佛教與中國文學》，孫昌武（上海人民出版社，1991 年 2 月）。
205.《禪宗與中國文化》，葛兆光（上海人民出版社，1991 年 6 月）。
206.《禪與中國文學》，張錫坤（吉林文史出版社，1992 年 7 月）。
207.《佛教與中國文化》，文史知識編輯部（北京中華書局，1992 年 11 月）。
208.《禪與老莊》，徐小躍（浙江人民出版社，1992 年 11 月）。
209.《禪意與化境》，金丹元（上海文藝出版社，1993 年 4 月）。
210.《禪宗與中國古詩歌藝術》，李淼（麗文文化公司，民國 82 年 10 月）。
211.《禪與中國藝術精神的嬗變》，黃河濤（北京商務印書館，1994 年）。
212.《禪與中國園林》，任曉紅（北京商務印書館，1995 年 3 月）。
213.《禪宗的美學》，皮朝綱（麗文文化公司，民國 84 年 9 月）。
214.《禪學與玄學》，洪修平、吳永和（浙江人民出版社，1996 年 4 月）。
215.《禪與詩學》，張伯偉（浙江人民出版社，1996 年 4 月）。
216.《佛學與儒學》，賴永海（浙江人民出版社，1996 年 4 月）。
217.《中國文學發展史》，劉大杰（華正書局，民國 71 年）。
218.《書畫論稿》，石峻（華正書局，民國 71 年 10 月）。
219.《中國藝術札記》，莊伯和（聯經出版事業公司，民國 72 年 3 月）。
220.《中國畫論類編》，俞崑編著（華正書局，民國 73 年 10 月）。
221.《羅根澤古典文學論文集》，羅根澤（上海古籍出版社，1985 年 7 月）。
222.《中國文學理論》，劉若愚著、杜國清譯（聯經出版事業公司，民國 74 年 8 月）。
223.《冰繭盦叢》，繆鉞（上海古籍出版社，1985 年 8 月）。
224.《中國古代美學藝術論》，朱孟實等著（木鐸出版社，民國 74 年 9 月）。
225.《照隅室古典文學論集》，郭紹虞（丹青圖書公司，民國 74 年 10 月）。

226.《中國繪畫美學史稿》(木鐸出版社，民國 75 年 6 月)。
227.《中國詩歌藝術研究》，袁行霈（北京大學出版社，1987 年 6 月)。
228.《中國古典繪畫美學》，郭因（丹青圖書公司，民國 76 年 6 月)。
229.《中國古代美學範疇》，曾祖蔭（木鐸出版社，民國 76 年 7 月)。
230.《美的歷程》，李澤厚（崑崙書店，民國 76 年 10 月)。
231.《中國書法理論體系》，熊秉明（谷風出版社，民國 76 年 11 月)。
232.《中國美學史》(十二卷)，李澤厚、劉綱紀主編（谷風出版社，民國 76 年 12 月)。
233.《中國藝術精神》，徐復觀（臺灣學生書局，民國 77 年 1 月)。
234.《中國古代藝文思想漫話》，胡壽凱（木鐸出版社，民國 77 年 9 月)。
235.《華夏美學》，李澤厚（香港三聯書店，1988 年 10 月)。
236.《中國美學思想漫話》，馬采（上海人民美術出版社，1988 年 12 月)。
237.《文學概論新編》，向錦江、張建業主編（北京師範學院出版社，1988 年 12 月)。
238.《美學四講》，李澤厚（香港三聯書店，1989 年 3 月)。
239.《美學與意境》，宗白華（淑馨出版社，民國 78 年 4 月)。
240.《中國美學思想史》(一二三卷)，敏澤（山東：齊魯書社，1989 年 8 月)。
241.《中國詩史》，日・吉川幸次郎、徐少舟等譯（山西人民出版社，1989 年 11 月)。
242.《中國文藝心理學史》，劉偉林（廣東：三環出版社，1989 年 12 月)。
243.《藝術創造工程》，余秋雨（允晨文化實業公司，民國 79 年)。
244.《氣化諧和——中國古典審美意識的獨特發展》，于民（東北師範大學出版社，1990 年 6 月)。
245.《中國文學理論史》(一二三四五)，黃保眞、成復旺、蔡鍾翔（北京出版社，1991 年)。
246.《中國古代文學批評學》，賴力行（華中師範大學出版社，1991 年 3 月)。
247.《古典詩論集要》，屈興國等選注（山東：齊魯書社，1991 年 5 月)。
248.《中國古代文學創作論》，張少康（文史哲出版社，民國 80 年 6 月)。
249.《神韻論》，胡調公（北京人民出版社，1991 年 9 月)。
250.《詩學・詩觀・詩美》，陳良運（江西高校出版社，1992 年 2 月)。
251.《文藝美學》，胡經之（北京大學出版社，1992 年 2 月)。

252.《中國美學主潮》，周來祥主編（山東大學出版社，1992 年 6 月）。
253.《文與質・藝與道》，陳良運（中國人民大學出版社，1992 年 7 月）。
254.《中國詩歌的審美境界》，禹克坤（北京中國廣播電視出版社，1992 年 8 月）。
255.《詩詞賦散論》，胡國瑞（上海古籍出版社，1992 年 8 月）。
256.《中國審美文化》，周邵馨（南昌：百花洲文藝出版社，1992 年 12 月）。
257.《中國美學家評傳》，姜小東、姜萬寶、韓沛林主編（吉林教育出版社，1993 年 1 月）。
258.《中國美學論稿》，王興華（南開大學出版社，1993 年 3 月）。
259.《古典文學研究動態》，《文史知識》編輯部（北京中華書局，1993 年 3 月）。
260.《有聲畫與無聲詩》，鄧喬彬（上海社會科學院出版社，1993 年 5 月）。
261.《中國古代文學原理》，祁志祥（上海：學林出版社，1993 年 7 月）。
262.《中國詩學之精神》，胡曉明（江西人民出版社，1993 年 9 月）。
263.《論詩藝》，王運生（雲南人民出版社，1993 年 9 月）。
264.《中國古典文學風格學》，吳承學（廣州花城出版社，1993 年 12 月）。
265.《藝術價值論》，黃海澄（北京人民文學出版社，1993 年 12 月）。
266.《詩文淺說》，周振甫（北京師範學院出版社，1994 年 2 月）。
267.《中國藝術思維流論稿》，金丹元（雲南教育出版社，1994 年 6 月）。
268.《中國古代心理詩學與美學》，童慶炳（萬卷樓圖書有限公司，民國 83 年 8 月）。
269.《美學概論》，王朝聞（北京人民出版社，1994 年 8 月）。
270.《中國詩歌美學史》，莊嚴、章鑄（吉林大學出版社，1994 年 10 月）。
271.《中國古代美學要題新論》，張國慶（中國社會科學出版社，1994 年 11 月）。
272.《詩美思辨》，艾治平（上海：學林出版社，1994 年 12 月）。
273.《中西美學思想比較研究》，馬奇（中國人民大學出版社，1994 年 12 月）。
274.《中國藝術理性》，趙憲章（遼寧古籍出版社，1995 年 5 月）。
275.《中國古代氣論文學觀》，陳竹（華中師範大學出版社，1995 年 8 月）。

276.《中國美學的文化精神》，祁志祥（上海文藝出版社，1996年2月）。
277.《境生象外》，韓林德（北京三聯書店，1996年3月）。
278.《中國文學理論批評發展史》（上下），張少康、劉三富（北京大學出版社，1996年4月）。
279.《中國歷代文學論著精選》（上中下）（華正書局，民國73年8月）。
280.《中國美學史資料選編》（上下），中國文史資料編輯委員會（輔新書局，民國73年9月）。
281.《文學理論資料匯編》，華諾文學編譯組（丹青圖書公司，民國74年10月）。
282.《中國古代文學理論名著解題》，吳文治主編（合肥：黃山書社，1987年2月）。
283.《中國古典美學叢編》（上中下），胡經之主編（北京中華書局，1988年1月）。
284.《中國無神論史資料選編》（魏晉南北朝編），王友三編（北京中華書局，1988年1月）。
285.《中國大百科全書——中國文學》，中國大百科全出版社編輯部編（中國大百科全書出版社，1988年9月）。
286.《中華帝王大辭典》，許陽柘主編（北京：海洋出版社，1990年1月）。
287.《中國古代詩話詞話辭典》，張葆全主編（廣西師範大學出版社，1992年3月）。

二、論文期刊

1.《六朝形神思想與審美觀念》，周靜佳，臺灣大學中研所78年碩士論文。
2.《六朝藝術理論中之審美觀研究〉，鄭毓瑜，臺灣大學中研所79年博士論文。
3.《陶淵明思想研究》，鄭安森，臺灣師大國研所80年碩士論文。
4.《蘇軾詩學理論及其實踐》，江惜美，東吳大學中研所80年博士論文。
5.《王荊公金陵詩研究》，劉正忠，高雄師大國研所84年碩士論文。
6.〈陶淵明的生活與思想〉，鄭文開，《開封師範學院學報》，1978年第五期。
7.〈談陶淵明的「乞食」與「躬耕」〉，谷風，《安陽師專學報》，1980年第一期。

8. 〈陶淵明評價中的幾個問題〉，何世華，《四川師範學院學報》，1980年第三期。
9. 〈陶詩與菊、鳥、酒〉，吳中，《山西大學學報》，1980年第三期。
10. 〈陶淵明與門第觀念〉，王立群，《河南師範大學學報》，1981年第三期。
11. 〈陶淵明故里說〉，鄧鍾伯，《江西師院學報》，1982年第二期。
12. 〈陶淵明名字考辨〉，劉禹昌，《九江師專學報》，1984年第一期。
13. 〈東晉大詩人陶淵明〉，齊天舉，《文史知識》，1984年第二期。
14. 〈陶淵明詩歌社會影響的歷史分析〉，陳域，《爭鳴》，1987年第六期。
15. 〈論陶詩中的孤獨感〉，馮慶祿，《九江師專學報》，1988年第一期。
16. 〈由陶淵明之讀書論及讀陶淵明之書〉，張玉聲，《新疆師範大學學報》，1994年第四期。
17. 〈「好讀書，不求甚解」新注〉，王振泰，《九江師專學報》，1986年第二期。
18. 〈陶淵明田園詩的內容局限及其歷史原因〉，王運熙，《山西師範學院學報》，1979年第四期。
19. 〈「此翁豈作詩，直寫胸中天」——陶淵明田園詩藝術特徵管見〉，馬秀娟，《江西大學學報》，1980年第二期。
20. 〈談陶淵明田園詩的浪漫主義〉，孫靜，《北京大學學報》，1980年第四期。
21. 〈陶淵明田園詩問題討論綜述〉，曾遠聞，《文史知識》，1983年第十二期。
22. 〈怎樣評價陶淵明的田園詩〉，韋鳳娟，《文史知識》，1983年第十二期。
23. 〈陶謝山水田園詩差異論〉，孫敏強，《杭州大學學報》，1988年第三期。
24. 〈陶淵明的〈飲酒二十首〉作于何時〉，唐滿先，《九江師專學報》，1985年第一、二期合刊。
25. 〈關於陶淵明〈飲酒〉詩的兩個問題〉，紀永祥，《九江師專學報》，1986年第二期。
26. 〈試論陶淵明〈飲酒〉詩的思想層次〉，黃海鵬、梅大聖，《九江師專學報》，1988年第三期。
27. 〈〈飲酒〉詩主旨新探〉，郭滿祿，《煙台師範學院學報》，1994年第三期。

28. 〈藝術精神與酒文化精神的密切契合——兼論陶詩與酒〉，王守國，《中州學刊》，1994 年第五期。
29. 〈陶淵明〈詠貧士〉試析〉，吳雲，《天津師範學院學報》，1980 年第二期。
30. 〈陶淵明〈與殷晉安別〉及移居新探〉，鄧安生，《天津師院學報》，1982 年第三期。
31. 〈陶淵明〈擬古〉詩論略〉，吳雲，《遼寧大學學報》，1981 年第三期。
32. 〈正確理解〈桃花源記〉的思想意義〉，姜濤，《遼寧師範學院學報》，1980 年第一期。
33. 〈〈桃花源詩並記〉詮解瑣議〉，貴淳，《浙江師範學院學報》，1980 年第二期
34. 〈〈桃花源記〉中三「外人」的辨析〉，蔣潤，《西南師範學院學報》，1980 年第三期。
35. 〈〈桃花源記〉中的「外人」及其它〉，陳永中，《寧夏大學學報》，1980 年第四期。
36. 〈試論「桃花源」理想的進步性〉，張如法，《河南師大學報》，1980 年第六期。
37. 〈〈桃花源記與詩〉與歷史實際〉，趙克堯、許道勛，《復旦大學學報》，1981 年第四期。
38. 〈陶淵明的「桃源理想」初探〉，趙夫青，《山東師範大學學報》，1982 年第四期。
39. 〈從陶詩看〈桃花源記〉〉，查洪德，《安陽師專學報》，1982 年第四期。
40. 〈也談〈桃花源記〉的原型〉，錢耀東、孫自誠，《九江師專學報》，1984 年第一期。
41. 〈試論陶淵明「桃花源」理想的社會根源〉，田毅，《遼寧大學學報》，1984 年第二期。
42. 〈對〈桃花源記並詩〉的幾點看法〉，王元明，《河南大學學報》，1984 年第五期。
43. 〈讀〈桃花源記〉的創作基礎〉，錢振新，《湖南師院學報》，1984 年第五期。
44. 〈試論陶淵明「桃花源」理想的社會根源〉，高黎明，《昭通師專學報》，1986 年第一期。

45.〈也談桃花源記與繫詩的關係〉，徐聲揚，《九江師專學報》，1986年第三期。

46.〈兩個民族，兩個時代的理想世界——「桃花源」與「烏托邦」之比較〉，包涵，《九江師專學報》，1986年第三期。

47.〈試論我國文學史上反映「桃花源」思想作品的系列性和差異性〉，朱立春，《學術研究叢刊》，1986年第四期。

48.〈〈桃花源記〉和〈五柳先生傳〉作時初探〉，張文生，《九江師專學報》，1988年第二期。

49.〈「桃花源」「烏托邦」？〉，徐志嘯，《中國文學研究》，1995年第一期。

50.〈陶淵明〈閑情賦〉散論〉，吳雲山，《山東師範學院學報》，1980年第三期。

51.〈陶淵明〈閑情賦〉論綱〉，王振泰，《九江師專學報》，1986年第三期。

52.〈陶淵明〈閑情賦〉繫年新探〉，王振泰，《九江師專學報》，1987年第三期。

53.〈陶淵明〈形影神〉主旨探究〉，徐聲揚，《九江師專學報》，1987年第三期。

54.〈陶淵明〈閑情賦〉的主題與傳統文化心理〉，湯志岳，《雷州師專學報》，1989年第一期。

55.〈也談陶淵明的政治傾向〉，王寬行、張如法，《開封師範學院學報》，1978年第四期。

56.〈陶淵明的世界觀及其歸隱〉，馮鍾芸，《北京大學學報》，1979年第三期。

57.〈試論陶淵明歸田的原因〉，黨玉敏，《廣西師範學院學報》，1979年第四期。

58.〈關於〈歸去來辭〉的一些問題〉，湯志岳，《華南大學學報》(社會科學版)，1983年第四期。

59.〈陶令「忠憤」說質疑〉，李文初，《暨南學報》，1984年第四期。

60.〈陶淵明辭官歸隱管見〉，陳可璧，《天津教育學院院刊》，1985年第二期。

61.〈陶淵明「歸隱說」新辨〉，徐新杰，《九江師專學報》，1986年第二期。

62.〈說陶淵明「不爲五斗米折腰」——兼談「達則兼濟天下，窮則獨善其身」〉，韋鳳娟，《文史知識》，1987年第二期。

63. 〈「歸去來」小議〉，梁曉虹，《九江師專學報》，1987 年第三期。
64. 〈陶淵明的歸隱思想探略〉，王雁冰，《北方論叢》，1988 年第一期。
65. 〈對陶淵明的歸隱看魏晉士人的價值觀〉，歐陽小桃，《九江師專學報》，1988 年第一期。
66. 〈關於陶淵明出仕問題的反思〉，馮宇，《北方論叢》，1989 年第六期。
67. 〈再論陶淵明的歸隱及其中國傳統人格的影響〉，沈寧生，《蘇州大學學報》，1994 年第二期。
68. 〈魏晉玄學對詩的影響〉，黃永武，《幼獅月刊》，第四十八卷第三期，民國 67 年。
69. 〈陶淵明思想三題〉，白本松，《河南師範大學學報》，1981 年第一期。
70. 〈陶詩與魏晉玄風〉，李文初，《暨南學報》，1983 年第二期。
71. 〈論陶淵明的道家思想與佛家思想〉，包根弟，《輔仁國文學報》第二集，民國 75 年。
72. 〈釋陶詩中的「道」〉，徐聲揚，《九江師專學報》，1990 年第一期。
73. 〈淵明之思想「實外儒而內道」說質疑〉，徐聲揚，《九江師專學報》，1990 年第三期。
74. 〈東晉佛學思想對陶淵明苦難觀和生死觀的影響〉，蔡錦軍，《廣西師範大學學報》，1994 年第三期。
75. 〈讀《詩品．宋徵士陶潛》札記〉，李文初，《文藝理論研究》，1980 年第二期。
76. 〈鍾嶸《詩品》陶詩源出應璩解〉，王運熙，《文學評論》，1980 年第五期。
77. 〈陶詩的藝術成就——兼論有關詩畫表現藝術的發展〉，葛曉音，《文學遺產》，1980 年第一期。
78. 〈論陶詩的藝術風格〉，吳雲，《齊魯書刊》，1980 年第五期。
79. 〈漫談陶詩的藝術表現〉，朱家馳，《遼寧師範學院學報》，1980 年第六期。
80. 〈陶淵明詩文的傾向問題〉，張嘯虎，《江漢論壇》，1983 年第四期。
81. 〈陶詩蠡測〉，徐聲揚，《九江師專學報》，1984 年第一期。
82. 〈陶詩的寫意傳神與玄學的言意之辨〉，朱家馳，《遼寧師範大學學報》，1984 年第四期。
83. 〈陶淵明詩歌意境的美學風貌〉，陳長榮，《蘇州大學學報》，1985

年第一期。
84.〈「但識琴中曲　何勞弦上聲」〉，徐聲楊，《九江師專學報》，1985年第一、二期合刊。
85.〈淺論陶淵明的「怒目」與「靜穆」〉，蕭章洪，《九江師專學報》，1985年第一、二期合刊。
86.〈也談陶詩語言風格的的形成原因〉，章文，《湘潭大學學報》，1985年第二期。
87.〈陶淵明散文自然眞樸的美學追求〉，常康，《北京師範學院學報》，1985年第三期。
88.〈陶詩的言約旨遠與玄學的言不盡意〉，朱家馳，《內蒙古大學學報》，1985年第三期。
89.〈陶淵明美學思想芻論〉，胡治紅，《江西社會科學》，1986年第二期。
90.〈陶淵明詩歌的藝術風格與道家的崇尚自然〉，朱家馳，《南開學報》，1987年第一期。
91.〈陶淵明美學思想的形態、成因及其地位〉，胡治洪，《九江師專學報》，1987年第一、二期。
92.〈試論陶淵明的自覺的文學創作意識〉，魏正申，《九江師專學報》，1988年第二期。
93.〈陶潛「簡語寫思深」〉，笑梅，《蘇州大學學報》，1988年第三期。
94.〈話說淵明三賦〉，徐聲揚，《九江師專學報》，1988年第三期。
95.〈「跌蕩昭章，獨起眾類」——論陶淵明的散文〉，李殿瑋，《求是學刊》，1994年第二期。
96.〈論陶淵明的境界及其所代表的文化模式〉，韋鳳娟，《文學遺產》，1994年第二期。
97.〈陶詩理趣說〉，張斌榮，《煙台師範學院學報》，1994年第二期。
98.〈陶淵明詩歌魅力探源〉，鄧瓊，《徐州師範學院學報》，1994年第四期。
99.〈陶淵明及評陶專著提要〉，李家祺，《中華文化復興月刊》，第十二卷第四期，民國68年。
100.〈杜甫「諷刺」陶淵明辨〉，繆志明，《重慶師範學院學報》，1981年第三期。
101.〈陶潛、王維、李白的田園山水詩異同略探〉，陳瀅廣，《廣東教育學院學報》，1983年第一期。

102. 〈朱熹論陶淵明〉，韓鍾文，《上饒師專學報》，1985 年第三期。
103. 〈蘇軾論陶淵明〉，龔斌，《九江師專學報》，1986 年第四期。
104. 〈陶詩與蘇軾〈和陶詩〉思想傾向比較〉，李華，《江西社會科學》，1986 年第六期。
105. 〈「謝從陶出」芻議〉，臯于厚，《蘇州大學學報》，1988 年第二期。
106. 〈茅盾論陶評析〉，歐家斤，《九江師專學報》，1988 年第三期。
107. 〈「陶縣令是吾師」〉，辛在鑄，《天津教育學院學報》，1990 年第一期。
108. 〈論祖詠及其與王維、陶淵明之關係〉，劉繼才，《瀋陽師範學院學報》，1990 年第四期。
109. 〈論蘇軾詩文中的理趣——兼論蘇軾推重陶王韋柳的原因〉，葛曉音，《學術月刊》，1995 年第四期。
110. 〈簡論李白對陶詩的學習與繼承〉，房日晰，《南昌大學學報》，1995 年六月。
111. 〈今日見餘暉——關於陶淵明研究的點滴雜感〉，孫靜，《九江師專學報》，1984 年第一期。
112. 〈陶淵明研究情況綜述〉，韋鳳娟，《遼寧大學學報》，1984 年第六期。
113. 〈陶淵明研究座談會略述〉，王憲章，《九江師專學報》，1986 年第三期。
114. 〈三十年來陶淵明討論和研究的回顧〉，鍾優民（齊魯書社，1987 年 4 月）。
115. 〈陶淵明研究近況概述〉，閔定慶，《九江師專學報》，1987 年第三期。
116. 〈近年來陶淵明研概況〉，李華，《江西社會科學》，1987 年第三期。
117. 〈從布衣入仕論北宋布衣階層的社會流動〉，陳與彥，《思與言》，1972 年第四期。
118. 〈試論蘇軾的文藝思想〉，曹學偉，《四川大學學報叢刊》第六輯，1980 年 10 月。
119. 〈蘇軾美學思想管見〉，劉長久，《四川大學學報叢刊》第六輯，1980 年 10 月。
120. 〈蘇軾的文藝思想〉，顧易生，《文學遺產》，1980 年第二期。
121. 〈蘇軾的文藝觀〉，劉乃昌，《文史哲》，1981 年第三期。
122. 〈蘇軾創作藝術論述略〉，劉禹昌，《武漢大學學報》，1982 年第六期。

123. 〈蘇軾論詩歌創作〉，顏中其，《求是學刊》(黑龍江大學學報)，1983 年。

124. 〈黃庭堅詩論再評價吳調公〉，《社會科學戰線》，1984 年第四期。

125. 〈中國古代山水田園詩文的美學價值發微〉，皇甫修文，《克山師專學報》，1984 年第一期。

126. 〈人的自覺和淳眞美的追求〉，葉幼明，《求索》1988 年第一期。

127. 〈論宋代審美文化的雙重模態〉，周來祥、儀平策，《文學遺產》，1990 年第二期。

128. 〈中國古代文學觀念的演進〉，寇養厚，《文史哲》，1990 年第四期。

129. 〈審美感應與山水文化〉，陳水雲，《湖北大學學報》，1994 年第一期。

130. 〈詩爲禪客添花錦，禪是詩家切玉刀——略論禪宗與古代詩歌的關係〉，吳培德，《雲南師範大學學報》，1994 年第二期。

131. 〈略論唐詩發展繁榮的原因〉，劉繼才，《遼寧大學學報》，1994 年第二期。

132. 〈宋代文化的繁榮及其原因〉，魯堯賢，《安慶師範學院學報》，1994 年第二期。

133. 〈從濃烈到淡泊——由六朝詩歌看魏晉名士生命情感的變遷〉，張建華，《人文雜志》，1994 年第三期。

134. 〈六朝美學範疇——哲學孕育之結果〉，吳功正，《人文雜志》，1994 年第三期。

135. 〈唐初政治的開放性與唐詩的繁榮〉，路雲亭，《山西大學學報》，1994 年第三期。

136. 〈宋代詩人及詩歌特點略說〉，朱明倫，《遼寧大學學報》，1994 年第三期。

137. 〈禪宗與宋詩〉，郝瑋剛、賈利華，《河北師範大學學報》，1994 年第三期。

138. 〈心隱與身仕——淺析王昌齡的矛盾心態〉，李樹志，《雲南師範大學學報》，1994 年第四期。

139. 〈唐人風格論——兼論普通風格論〉，黃炳輝，《廈門大學學報》，1995 年第一期。

140. 〈從人的覺醒到價值的迷失——魏晉玄學流變的一條軌跡〉，張平，《河北學刊》，1995 年第二期。

141. 〈略論中國古代詩人的人格類型〉，李春青，《學術月刊》，1995 年第三期。

142. 〈儒、道、禪審美觀素描〉，高長江，《雲南師範大學學報》，1995 年第三期。

143. 〈唐詩體派論〉，許總，《文學遺產》，1995 年第三期。

144. 〈李杜詩論新探〉，蕭瑞峰，《杭州師範學院學報》，1995 年第四期。

145. 〈寒梅秋菊——宋代審美心態的外在表徵〉，邱建國，《徐州師範學院學報》，1995 年第三期。